[美] 梭罗 —— 著 李安安 —— 译
HENRY DAVID THOREAU

去你梦想的方向，
过你想过的生活

北京时代华文书局

图书在版编目（CIP）数据

去你梦想的方向，过你想过的生活 /（美）梭罗著；李安安译. —— 北京：北京时代华文书局，2020.6
（轻经典系列 / 陈丽杰主编）
ISBN 978-7-5699-3640-7

Ⅰ. ①去… Ⅱ. ①梭… ②李… Ⅲ. ①散文集－美国－近代 Ⅳ. ① I712.64

中国版本图书馆 CIP 数据核字（2020）第 061482 号

轻经典系列
QING JINGDIAN XILIE

去你梦想的方向，过你想过的生活
QU NI MENGXIANG DE FANGXIANG GUO NI XIANG GUO DE SHENGHUO

著　　者｜[美]梭　罗
译　　者｜李安安

出 版 人｜陈　涛
选题策划｜陈丽杰
责任编辑｜袁思远
执行编辑｜高春玲
责任校对｜徐敏峰
封面设计｜艾墨淇
版式设计｜段文辉
责任印制｜訾　敬

出版发行｜北京时代华文书局 http://www.bjsdsj.com.cn
　　　　　北京市东城区安定门外大街 138 号皇城国际大厦 A 座 8 楼
　　　　　邮编：100011　电话：010-64267955　64267677

印　　刷｜河北京平诚乾印刷有限公司　010-60247905
　　　　　（如发现印装质量问题，请与印刷厂联系调换）

| 开　本｜880mm×1230mm　1/32 | 印　张｜6.5 | 字　数｜200 千字 |

版　　次｜2021 年 6 月第 1 版　　印　　次｜2021 年 6 月第 1 次印刷
书　　号｜ISBN 978-7-5699-3640-7
定　　价｜42.00 元

版权所有，侵权必究

目录 CONTENTS

简单生活/ *001*

阅读/ *068*

声音/ *078*

独处/ *093*

豆子/ *102*

村子/ *113*

湖/ *119*

小木屋/ *141*

昔日居民；冬日访客/ *155*

冬日的鸟兽/ *167*

春天来了/ *176*

冬日漫步/ *192*

无原则的生活/ *196*

你必须活在当下，
乘着每一个波浪前行，
在每一刻找到你的永恒。

简 单 生 活

当我写下这篇文章,以及后面的文字时,我一直独居在森林中的一间小木屋。这间小木屋是我亲手搭建的,它坐落在马萨诸塞州康科德镇的瓦尔登湖边。木屋周围一英里内,没有人烟,我一个人在这里辛勤劳动,自食其力,养活自己。我在这湖边住了两年零两个月。如今,我又作为一名过客,回到了文明社会。

如果不是镇上的人对我心怀好奇,总想详细打听我过去的事,我是不会随便写下自己的私事来吸引读者的。一些人认为我很古怪,但我丝毫也不觉得。想到我曾经的境遇,我认为很自然,很合理。一些人问我在那儿吃什么,是否会感到寂寞、恐惧等等。另有一些人,对我的收入感兴趣——他们想知道我的收入中,有哪些捐赠给了慈善事业。还有一些生活在大家族的人,想知道我领养了几个穷苦的孩子。所以,当你在本书中看到我对这些问题的答复时,我恳请对我毫无兴趣的读者,对我加以谅解。很多书,都不用第一人称的"我"字,而我这本书,用了很多"我"字。事实上,我们经常忘记了这点:其实有很多书,都是以第一人称"我"在讲述。我并不愿意谈自己。如果我对其他人的了解,能像我对自己的了解一样深刻的话,那么我就不会在这里口若悬河地说我自己了。遗憾的是我阅历不深,所以只能局限在这一个主题里,说一下自己了。但是,我希望每一个作家,不仅仅能描述他道听途说来的别人的生活故事，还能简单而真诚地写下自己的生活，就好像他从遥远的地方寄给亲人的信一样。我以为，如果一个人生活得真诚的话，就像他生活在一个很遥远的地方，时常关注着家乡亲朋的生活。以下章节的文字，也许更加适合生活境况不好的寒门学子。至于其他的读者，我想大家都会各取所需。因为，毕竟没人会强迫他穿上一件不适合他、明显会被他撑破的大衣。只有选择适合自己的文字，才能对自己有用。

我要讲述的事情，与中国人和夏威夷岛人都没有关系，但却与你们，我这些文字的读者有关系。还有，与住在新英格兰的人们有密切的关系。这些事情，与读书、与你们的生活境遇有关，尤其与生活在这个时代的同一个镇上的居民有关，与他们的外部生活条件，或者说生活环境有关。生活在世间的人们，究竟该以一种什么样的姿态生活呢？大家都活得如此悲惨，这是否有必要呢？这种生活是否还有改善的可能？我在康科德镇曾涉足过许多地方：商店、办公室、郊外田野。我感觉这里的居民好像在赎罪一样，辛苦地履行着上千种令人惊奇的苦役。我曾经听说过婆罗门教的教徒，坐在熊熊的火焰中，两眼盯着太阳；或者在烈火之上，头朝下倒挂着身体；或者扭头望着青天，"一直到他们身体变得僵硬，再没有办法恢复原状，而且由于一直扭头看天，所以除非是液体，否则，什么食物都不能进入他们的胃里"；或者用一条铁链，把自己牢牢地束缚在一棵树下，终生不得解脱；或者如毛毛虫一样，用他们的身体来测量帝国辽阔的土地；或者单腿独立在柱顶上……然而，就算这种有意为之的赎罪苦行存在于这个世上，也未必比我每天看到的景象更加令人难以置信和胆战心惊。大力神赫拉克勒斯所完成的12种苦役，与我的邻居所从事的苦役相比，根本就不算什么。因为大力神一生也就12种苦役，做完就完事了，但我从来没有看到我的那些邻居们杀死或捕猎到一只怪兽，也从来没有看到他们做完任何苦役。他们也没有像伊俄拉斯这样的、对赫拉克勒斯忠诚的伙伴和朋友，他用一块滚烫的烙铁，去烙焦九头怪兽许德拉的头颅根部，以免那被赫拉克勒斯撕掉的头再长出来。虽然，他们知道，怪兽许德拉的头被割去后，还会在原来的地方再长出一个头来。

我觉得年轻人，即我的同乡们，他们的悲惨，在于一出生就自然而然地继承了土地、房屋、粮仓、牛群和农具，要放弃它们，远比得到它们更加困难。假如他们出生在广阔的牧场上，自小吃野狼的乳汁长大成人，或许会好些。这样他们就能够看清：自己是在什么样的环境中辛勤劳动，究竟是谁把他们变成了土地的奴隶。为什么有的人能依靠60英亩土地的供养，安然地享受生活，而更多的人，只能命中注定似的，与土地为伴、成天以尘埃为食呢？为什么他们刚刚降生到这个世界，就开始了自掘坟墓的生活呢？他们必须在生活中痛苦挣扎，被迫来忍受这一切，使足了力气，不停地做工，尽最大的努力让生活过得好一些。我曾遇到过许多令人悲悯的灵魂，他们被生活的重压压得苟延残喘，气喘吁吁，拼命地呼吸。他们在人生的路上拼命地爬着，去推动他们眼前的那个75英尺长，40英尺宽的巨大粮仓，还有那个从未清理过的奥吉亚斯牛圈，同时还要推动上百英亩的土地，耕地、草原、牧场，还有森林。还有一些人，并没有继承祖上的产业，虽然没有这种世代相传的、毫无理由的磨难，但也必须得为了养活自己几立方英尺的身体而委曲求全，精疲力竭地工作着。

人，就是在这样的一个错误下劳动的。身强力壮的身体，随着周而复始、日复一日的劳作，很快累趴下，被犁头耕进泥土，化作土中的肥料……如一本经书中所说，一种若有若无的、无法确定的、通常被称为"必然"的命运，操纵着人们，他们辛苦劳作之后所积累起来的财富，却被飞蛾、铁锈和霉斑一点点地腐蚀掉，甚至会招来撬开箱柜的盗贼。这不能不说是一个令人恼火而愚蠢的人生历程。如果说生前人们是迷糊

的,那么到死后,到离开这个世界前,往往才会明白这个道理。传说中,杜卡利盎和彼尔把石头扔向身后,创造了人类。诗曰:

此后人类便成为坚强之物,
纵使千辛万苦,
人们在此处得到求证。
又如罗利豪迈而铿锵吟咏出的两句诗:
从此人心坚如磐石,可忍受磨难和艰辛,
证明我们的躯体原本是岩石。

这真是盲目啊,我们一直遵从了一个错误的神谕。把石头从头顶扔向身后,却不在乎它们,这些石头,到底会坠落到何处?

大多数人,即使是生活在这个相对自由的国家里的人们,也都因了愚蠢和错误,烦恼着无尽的烦恼,干着永远干不完的粗活,而从没想过,是否该停下来,采摘收拾一下他生命的甜蜜果实。他们的手指,因为操劳过度变得粗糙笨拙,甚至两手已经颤抖得很厉害,已经不适合采摘果实了。的确,辛苦劳动的人们,日复一日地劳作,根本抽不出空闲,来真正地完善自己的生活,体味人生的意义;他没有办法和能力,来维持人与人之间那种勇敢坚毅的关系;在市场上,他们的劳动果实又总会被贬值。他除了埋头做一台机器之外,没有时间去做别的事情。这样,他怎么可能感受或者说发现自己的愚笨呢?或者可以这么说,他是靠着自己的愚笨才活下来的。他有思考吗?他不可能有思考的时间,也没有那个习惯。在以这种标准评价他之前,我们必须要让他吃饱穿暖,使他恢复精力,心情愉悦。我们天性中最高尚的品质,就像果实上的那层白霜一样,只能细心温柔地呵护,才能维持它的鲜美。然而现实是,人与人之间,很难如此温柔地和谐相处。

可想而知，读者中有些人生活困窘，觉得活得很艰辛。甚至有时，感觉被生活压得喘不过气来，几近窒息了。我相信本书的读者中，一些人肯定已经没钱支付每天的餐费了，身上的衣服和鞋子很快磨损，甚至有些已经穿破了，但是没有钱去买新的，好不容易能读到这几页文字，还是从债主那里偷偷挤出来的时间。显然，我的观察力已经在岁月和阅历中磨砺得十分敏锐了。你们，过得如此卑微、如此暗无天日，朝不保夕！你们时常犹豫不决，期望做成一笔生意来还清债务。你们陷入了一个古老的泥潭中而无法自拔。就像拉丁文所说的aes alienum，在别人的铜钱中，有些钱币的确是用铜铸成的，而就在别人的铜钱中，你们生，你们死，最后被埋葬；你们许诺明天还清债务，接着是下一个明天，直到死亡，债务还未还清；你们祈求他们开恩，乞求他们怜悯，请求他们多关照，千方百计，总算没有被投入监狱；你们面不改色地撒谎欺骗，阿谀奉承，投票参选，把自己装进一个安分守己的硬壳里，或者吹捧自己，装出一副虚伪华而不实的慷慨大方的样子，从而取得你们邻居的信任，准许你们为他们制鞋、做帽，或缝制上衣，或制作马车，或为他们代买食品杂货；你们为了预防将来某一天患病而存钱，防患于未然，未雨绸缪，结果反而为了存钱把自己累病了。你们把钱塞在一只破旧箱子，或者塞进泥墙后的一只袜子，或者投进更安全的砖砌的"银行"里。那么小心翼翼，不论藏在哪里，必须安心才好，也不管自己所存的数目是那么少。

有时我觉得奇怪，不免要问：为什么我们如此轻率，竟然建立起野蛮的奴隶制度？奴役了南北方奴隶的庄园地主们，是如此残酷冷漠。有一个南方的监守人本来已经很糟糕，而北方的监守人的出现，会让情况更加恶劣，难以忍受。但是最悲哀的是，你才是你自己最苛刻的监守人。不要讲什么人的神圣。看那大马路上赶马的车夫，日夜兼程地向市场赶路，他们的心里，有神圣的思想在流淌吗？他们的职责，无非就是赶马车，给骡马喂草饮水而已。与运输中那些巨大的牟利者比起来，他们的命运算什么呢？他们不就是在给一位忙碌的绅士赶驴马吗？在他们身上有高尚吗？有不朽吗？他们成天低眉顺眼，安分守己，忐忑不安，一点也不高尚、一点也不神圣。他们只看到自己所从事的职业，知道自己只属于奴隶或囚徒这个圈子。与自我认知相比，公众舆论这个暴戾的国王也显得软弱无能，无能为力，不堪一击。一个人对自己的期许和评价，决定了他的命运，预示了他的归宿。如果想在西印度的州省中畅谈心灵与思想的自我解放，即便是威勒尔福司到了那里，又能改变什么呢？我们再想想，这片大陆上的女人们，她们成天编织着梳妆用的垫子，以备死亡那天使用，却对自己的命运从来没有过认真的思考，仿佛这么得过且过、日复一日地蹉跎光阴，丝毫无损于心中的那个永恒。

大多数的人，过着沉闷而绝望的生活。所谓听天由命，正是一种习以为常的无奈和绝望。从绝望的城市走到绝望的村庄，人们在水貂和麝鼠的勇敢精神中寻求安慰。甚至，在人类所谓的游戏与娱乐背后，都暗藏着一种惯性的、下意识的绝望。所以在娱乐和游戏中，也不再有乐趣。因为，真正的乐趣，在工作后才能感受到。然而，工作也是有选择的，不去做让人绝望的工作，就是智慧生活的一种体现。

当我们用教理上的问答方式，来思索什么是人生的真谛，什么是生活的真正需要，以及怎样的生命有意义时，看上去人们好像曾经历过谨慎的思考，才选择了这种共同的活法。因为比较起来，人们似乎更喜欢这种活法。事实上，他们自己也很清楚，他们别无选择，只能这么活。但是，清醒健康的人明白，太阳亘古常新，朝升暮落，放弃偏见，永远不会太迟。无论传统的思想与生活方式多么古老，但如果不经证明，其实都是不可轻信的。今天人们齐声附和或默认的真理，或许明天，就会变成一阵虚无缥缈的轻烟。然而正是这给人误会的轻烟，却被一些人认为是能滋养大地能给大地带来雨露的云朵。老人们说的你不可能办到的事情，你尝试了一下，然后你有可能发现你能做到。老人有他们旧的处事原则，新人有新的一套方法。古人不知继续添加燃料，便能使火焰不灭；今人知道，把一点干柴放在水壶下面，就可以像迅疾的飞鸟一样围绕着地球旋转。正如谚语说："气死老家伙。"老人虽然年纪大，但未必有足够的资格做年轻人的导师。因为他们从生活中收获得多，也损失不少。我们尽可以这样质疑：即使是智者，活了一世，他能领悟到多少生活的真理呢？事实上，老年人并不能给年轻人什么特别的忠告。他们的人生经验常常是支离破碎、零零散散的，他们经历了很多惨痛和失败，而这些失败都是他们自己造成的。也许，他们还保留一些信心，虽然这些信心与他们的经验背道而驰，只可惜，他们已经不再年轻了。我在地球上生活了将近30年，老实说，我还从没有从长辈那里聆听到一个对我有用的忠告，或者说真诚的建议。他们什么也没告诉我，或许他们也没有什么有价值的东西可以告诉我。这就是生活，很多都是我从未经历过的，需要我自己去体验和试验。老年人经历过，但对我来没有帮助。如果我得到了自以为有价值的经验，我心里总在想：这条经验，我的导师们可从来没有提起过呀！

有个农民对我说："你只吃素食，这样是活不下去的，因为素食不能供给骨骼所需要的营养。"他每天都认真地抽出一些时间，来获取那为他的骨骼提供营养的肉食。他一边和我说着话，一边赶在耕牛后劳作，让这头靠植物生长了骨骼的耕牛，冲破障碍，拉着他和笨重的木犁，不断前进……一些东西，在某些场合确实是生活的必需品，例如对无助的病人；而在另一些场合，他就可能被看成是奢侈品；如果再换一个场合，又可能成为不为人知的东西。

有人认为，人生的所有经历，无论高峰还是低谷，都已经被前人走过，前人已经涉足了生活的人生的方方面面。伊夫林曾经说过一句话："充满智慧的所罗门曾颁布法令，规定树木之间应有的间距；罗马的地方官也曾规定了，你到邻居家的地上去捡拾那些掉落下来的橡树果实而不算违法。"古希腊医学之父希波克拉底，甚至还传给后世修剪指甲的方法：剪得既不要太短也不要太长，要刚好和手指头平齐。显而易见，人们总认为：正是那冗长乏味和单调无聊，把我们生命中的多姿多彩和欢喜快乐消磨殆尽的。这种观点与亚当一样久远。可是，事实上，人的潜力还远远没有被发现殆尽呢！所以我们不能从他已经完成的事情来断定我们的能力。人们之前所做的事情，是如此的有限，还有很多未知等待我们去发现。所以，无论你已失败了多少次，"别苦恼悲伤，我的孩子，谁能指派你去做你尚未完成的事呢？"

我们可以用很多简单的方式，来体验我们的生活。举个例子，太阳能让我们种的豆子成熟，同时，它也照耀着除地球之外太阳系的其他天体。假如我能牢记这点，就能预防很多错误。但我在锄草时并没想到这个。星星像三角形的锥尖，绚丽神奇！在宇宙的各个地方，有多少人同一时刻凝望着这同一个太阳呢？大自然和人生都是如此变化莫测，与我们国家现有的几种不同的体制一样，是不同的。谁能推测出别人的生命，将来会怎么样？难道还有比刹那间的彼此相视更伟大神奇吗？我们能够在一小时之内就阅尽世上所有时代、所有国家、所有人的生活。除去历史、诗歌、神话，我不知道通过什么，才能把别人的经历了解得如此详尽而令人惊叹。

我的邻居都说好的事情，有很大一部分我认为却是坏的。对于我来说，如果说有什么需要忏悔，那么，我要忏悔的反而是我的高尚品德了。是有什么心魔控制了我，让我的品行如此高尚吗？老人家啊，你尽管说你那些睿智的话语，因为你毕竟已经走过70个年头，并且德高望重，但我却听到一个无法抗拒的声音，它告诉我：不要听他的话。可见，新生的一代摒弃老一代的经验和伟绩，就如同抛弃搁浅在岸边的小船一样，那么自然，那么容易。

我以为，我们可以从容地相信很多事情，甚至比我们现有相信的还要多。你能放弃多少给自己的爱，就能真诚地给别人多少爱。大自然既能容纳我们有优点，也能包容我们有缺点。有些人，终其一生都在无休止地忧虑，这几乎成了他一个无法治愈的疾病。同时，我们天生喜欢夸大自己所做的事情的重要性，尽管其实很多该做的工作你还没有做。倘若我们一病不起，那怎么办呢？我们如此谨小慎微，为了避免生病，我们决心不依赖信仰生活，于是一天都处于紧张状态，到晚上，我们又违心地祈祷，把自己交托给未知的命运。我们被生活压迫得如此筋疲力尽，又如此墨守成规，总是怀着谨慎，从而拒绝了改变自己的可能，还辩解说：没办法，这是我唯一的生存方式。就像圆心，能画出很多条半径，生活也有很多生活方式。一切改变都可能成为奇迹，每一瞬间发生的事情都可能成为奇迹。中国的孔子说："知之为知之，不知为不知，是知也。"当一个人把他的预想上升到理论的高度时，我可以预见，所有人都能够在此基础上重新构建起自己崭新的生活。

我们不妨认真思考一下，我上面提到的那些烦恼和忧虑究竟都是什么？其中哪些是不得不忧虑的？哪些至少是值得认真思考的？现在，我们虽然身处一个表面文明的社会，但如果能体验一下原始的蛮荒的生活，还是大有益处的。即使仅仅为了求证生活的必需品是什么，以及怎样才能获得这些必需品，甚至，我们还可以浏览一下商店里陈旧的流水账，看看人们经常购买的是些什么，商店积存哪些商品？简言之，就是了解一下杂乱无章的杂货铺。时代虽然在不断变迁，但人类生存的基本法则却不曾发生多少改变。正如我们的骨架，与我们祖先的相比，基本没什么不同。

我以为，所谓的生活必需品，是指人类通过努力收获的那些物品，这些物品一开始就是人类生活所不能缺少的。或者说，由于长期使用，它们已经占据了人们生活的重要地位，即便有人尝试着脱离它，但这样的人屈指可数。这些人或是出于野蛮，或是因为贫穷，或者仅仅因为哲学的思考，而拒绝生活必需品。对许多生灵来说，最具备这种意义的生活必需品，就是食物。美味可口的食物。几英寸长的青草，加上饮用的冷水，就能成为草原上野牛的美味。除此之外，它们还要寻找森林的遮蔽之处或者山洞。野兽的生存只需要食物和遮蔽之处就可以。对人类而言，就目前来说，生活必需品可分为：食物、住房、服装和燃料。倘若没有这些，我们是无从怀着从容的心情，去应对那么多人生问题的。人类不仅发明房屋，还发明了衣服和美食。可能祖先因为偶然间发现了火焰的热度，于是开始使用火。最初，火还是奢侈品，可到了现在，人们的生活已离不开围火取暖了。我们观察到，猫和狗也同样获得了这个第二天性。住得适当，穿得适当，就能恰到好处地保持体内的热量。倘若住的和穿的都过热的话，或火焰燃烧太旺，烤得人太热，外边的温度高于身体的温度，不就成了炙烤人肉了吗？科学家达尔文说，火地岛的居民，有一伙人穿着衣服围着火堆烤火，并不觉得热，令人诧异的是，那些站得很远的野蛮人，"竟然被火焰烘烤得汗流浃背"。同样，我们听说新荷兰人赤身裸体但能够从容自若地四处活动，而欧洲人裹着厚厚的衣服还冻得瑟瑟发抖。野蛮人的耐寒和现代文明人的聪明，有没有可能合二为一呢？按照德国化学家李比希的说法，人的身体好比一个火炉，而食物就是它的燃料。天寒时，我们吃得多；天热时，我们吃得少。动物体内的恒定体温，也是体内食物缓慢内燃作用的结果，而如果内燃太旺盛，疾病和死亡就会发生。假如燃料用尽，或者通风装置发生问题，火焰自会熄灭。当然，体温与自然之火不一样。由此可见，动物的生命几乎和其体温是同义词。而食物是提供其能量的燃料。熟食当然也是燃料，熟食被我们吞进肚里，同样为我们的身体增加热量。此外，房子和衣物可保障体内热量的存在。我们体内的热量，就是这样产生和吸收的。

因此，对人体来说，最重要的必需品是保暖物品，以维持我们体内的热量。我们如此忙碌，为了食物、衣服、住所，还为了我们舒适的床铺、夜晚的衣物，我们竭尽全力。我们用鸟儿的羽毛来装扮我们的卧室，像住在地穴中的老鼠用草叶来装扮它们的鼠穴一样。一些可怜人总抱怨，这个社会很冷漠。可见，无论是身体的疾病，还是社会供给不足，我们都把它归为寒冷。在某些地方的夏天，人们过的是一种乐园般的生活。除了必需的煮饭燃料之外，其他一切燃料都不需要。火热的太阳炙烤着大地，它的光线灼熟了果实。于是，这里的果实丰富，而且容易采摘，而衣服和住所在这里也显得多余，或者说有近一半是不需要的。当下，在我们国家，以我个人的经验来说，我觉得只要有几件工具，就足以生存了：一把刀，一柄斧子，一把铁铲，一辆手推车。勤奋刻苦的人还需要灯光和文具，再加上一些书，这些都已是第二位的必需品了，只需花很少的费用就能买到。然而有些人很愚蠢，他们穿越了一个半球，跑到另一个半球上，在一个野蛮的荒芜不净的地方，做了几十年的生意，就为了让自己生存，让自己活得安逸而温暖一些。最后，他们又返回新英格兰，还是不能避免死亡的命运。这些奢侈的有钱人，他们得到的不只是安逸和温暖，还有不自然的高温。正如我前面提到的，他们在被炙烤着。当然，他们可能自以为这种炙烤很时尚。

很多奢侈品，以及很多人认为的所谓舒适生活，不但没有必要，而且对人类的进步是一种阻碍。所以，在奢侈与舒适这个问题上，智慧的人往往选择比穷人更加简单而朴素的生活。古代哲学家，如中国的、印度的、波斯的和希腊的智者，他们都是这样一种人——安贫乐道，清贫的物质生活，丰富的内心生活。虽然我们对他们的了解不够，但对他们的生平事迹却知道不少。同样，我们对那些现代的改革者和民族拯救者的了解也是如此。倘若你想成为公正无私、充满智慧的观察者，最好站在人生边上，安贫乐道，这个位置和姿态对你更有利。无论是在农业、商业、文学中，还是在艺术中，奢侈的结果必然都是奢侈的。今天的哲学教授遍地都是，但哲学家却没有一个。哲学教授是令人羡慕的，因为他们的物质生活条件好。但是，事实上，要做一个哲学家，不但要有精巧的思想，这思想可形成一个学派，而且还要十分热爱智慧。唯有这样，他才能按照神的指示，过一种简单、朴素、独立、洒脱、自信的生活。他解决一些关于生命的问题的方式，不仅从理论，而且从实践来解决。卓尔不群的学者和思想者的成功，一般不是君主那样权倾天下，也不是英雄那样拯救苍生，而是像臣子那样谦卑，但内心坚忍不拔。而一些所谓的哲学家，他们的生活哲学，是遵循祖先那套，因循守旧，一成不变。这样他们是不可能成为人类的高尚导师的。为什么人类一直在退化？是什么原因让那些显赫的家族走向没落消亡？导致国家衰败灭亡的奢侈是什么性质的？我们是否确定自己在生活中并没有这样奢侈？哲学家们，即便在生活方式上，他也是要走在时代的前列的，他并不追求同时代人都追求的那种衣食住行和生活方式。是的，他既然是哲学家，对于如何保持体内的热能，他当然有比别人更高明的办法。

有一个人，他已经在我描述的几种方法中获得温暖了。接下来，他要做什么呢？首先，他当然不会再要求有同样的温暖；其次，他也不会再要求更多食物、更宽敞的房屋，更美更舒适的衣服，更多更热的火炉等此类必需品。他已经占有了这些以后，就不会再满足于此，而开始追求另一些东西。这就是说，他不必再受困于卑微的工作，他现在开始涉足生命的探险了。对种子的生长发芽适合的泥土，能让胚根向下无限延伸，之后胚芽破土而出，自信地生长。为什么人类在泥土里扎根后，却不能像种子一样向天空伸展呢？因为那些昂贵的植物，有充足的空气和日光的滋养，从而结成硕果。这是那些廉价蔬菜的境遇不能比的。即使是两年生的蔬菜，被浇灌长好了根之后，就会被摘去枝叶，以致它们在开花时，人们总认不出它们。

我认为，不必给那些性格强悍的人定什么规则，因为他们无论在天堂还是地狱，都会专注于自己的事业，他们甚至比富翁们更能大兴土木、建立豪华住所，更善于挥霍，但他们不会因此而穷困。我很想知道，他们是如何生活的。如果确实如人们所期望的那样，这种人也许存在于世。

另外，我认为对另一种人，也不必制定规则。因为他们善于体验生活，从生活中接受激励和灵感。像热恋中的人儿一样，对现实生活充满热爱。我自己是此类人。

还有一些人，在任何情况下，他们都能甘之如饴、安居乐业，不管他们是否自觉。对此类人我没有意见，我现在只想对那些不断抱怨生活的人说话。他们本来有能力改善自己的生活，却偏偏选择不去做，而是选择无关痛痒地到处倾诉自己苦命和时运不济。有些人是这样，对任何事情，都喜欢不加选择地抱怨，真是不可救药了。他们不以为然，用他们自己的话说：我已经竭尽全力了。

除上面这些人，还有一种人。他们看起来富裕阔绰，实际上却是最贫困的。他们虽然有一定积蓄，却不懂得如何利用它来为自己服务，也不懂得如何摆脱它的束缚。因此说，他们这些积蓄，就是他们为自己打造的一副华丽的镣铐。

倘若谈起我曾经的生活方式，了解我情况的读者会感到奇怪，不熟悉我的陌生读者会更惊讶。在这里，我简单介绍一下我心中一直珍藏的几件事。

在任何境遇下，我都是立足当前，积极改善我的生活，并在自己的手账上刻下印记。我正站在过去和未来的交汇点上。请原谅我说得如此晦涩难懂。我的职业相比更多人的职业，更神秘。不是我故弄玄虚，而是我的职业特点确实如此。我愿意把自己知道的和盘托出，我站立的门前，没有"不准入内"的招牌。

很久之前，我丢了我的宠物：一匹红色的马和一只斑鸠。直到现在，我还在寻找它们。我对许多游人描述它们的外形、踪迹，以及它们会如何响应我的召唤。我曾遇到过一两个人，说曾经听到它们的叫声、马奔驰的蹄声，甚至还看到过灵巧的斑鸠消失在一片云的后面。他们也曾急切地寻找，像他们自己的丢失了一样。

我不仅想看日出，欣赏黎明，可能的话，我还想欣赏整个大自然的景色。许多个冬天和夏天的黎明，在我的邻居们忙碌之前，我已经起床开始忙碌我自己的事情了。许多同镇的居民，包括清晨去波士顿的农民，或上山干活的樵夫，肯定都曾经看到我做完事情回来。我每天早起，虽然我没有为每一天的日出做过什么贡献，但我能够在日出之前起床做事，对我是最重要的事了。

许多个秋日，以及冬日，我在城外度过。我耳边呼呼响着风声，为一些消息而奔走传播。为这个，我投下自己所有的资本。我忍受着寒风侵袭，我几乎要窒息了。如果风声传来两党的政治新闻，那一定是他们在机关报上提前发表的。有时，我站在高高的山崖，在布满树枝的瞭望台上远望，一有陌生的客人到来，我就发出电报，广而告之。有时，我在黄昏的山巅默默守候，等待夜幕的降临，借此抓住一些东西。我抓住的东西不多，但这不多的一点东西，会像古代以色列人漂泊在荒野时上帝赐给他们的食物一样，很快会在太阳底下消失殆尽。

很长一段时间，我做着一家销路不畅的报社的记者。报社的编辑一直认为我写的都是些无聊没用的东西。有一种感觉，相信作家们都有这种感觉。那就是，忍受着万般苦痛劳动，换来的只是更大的痛苦。在写作这件事上，痛苦就是写作给我的唯一报酬。

多年来，我自命为暴风雪与暴风雨的监测员，忠于职守。同时，我兼任测量员，不是测量公路，而是测量林间小径和所有的穿越地界的路线，以保证它们畅通无阻，我还测量了一年四季都通行无阻的桥梁。

我也曾看护镇上的野生动物，它们越过篱笆想要逃脱，给牧人带来了很多麻烦。农场上人迹罕至的偏僻角落，对我却有着莫名的吸引力。虽然我并不了解约那斯或所罗门今天是否正在那块地里劳作。我浇灌过鲜红的美洲橘子树，沙地上的樱桃树、荨麻树、红松和黑桦树，还有白葡萄藤树和黄色的紫罗兰。否则，它们会在干燥中枯萎。

总之，我坚持这样做了很长时间，我没有夸张，我尽心职守地照料着它们。后来我才明白，镇上的居民是不愿意把我列在公职人员的名单上的，更不用说给我微薄的薪金了。我所记的账单，我发誓它是详细无比、事无巨细都会记上去的。这账单没人审核过，上面所花费的数额，当然不用说了，好在我也不在意这些。

前不久，一个推销产品的印第安人到我的邻居——一个有名的律师家中推销篮子。"你们想要篮子吗?"我的邻居回答:"不,我们不需要。""什么!"印第安人在走出大门时喊道,"你们要饿死我吗?"当他看到勤奋工作的白人邻居的家境如此阔绰之后,他忍不住发作了。律师只要把辩论词串联起来,就像会魔法似的,拥有富裕和地位就是自然而然了。这位印第安人自语:"我要做生意,进入商界。我编织篮子然后卖出去,这个我相信自己能做到。"他以为把篮子编织好了就算完事,接下来自然会有白种人买他的篮子了。但他没想,他必须让人感觉他的篮子的价值,起码得让人感觉到,买他的篮子是物有所值的。否则,他应该做一些别的什么东西了。我也曾编织过一种精致的篮子,不过没达到让人有购买的冲动。我也不关心这个。对我来说,我没有必要一定编织它们,也不必去琢磨如何让人来购买。相反,我倒喜欢琢磨如何阻止买卖交易的产生。人们赞美和通常认为的所谓成功的生活,不过是众多生活方式中的一种。为什么要夸大这种,而贬低那种呢?

我发现,我的同乡们并不愿意给我提供在法院、教会,或其他地方的发展机会,我只好改变方向。很快,我对森林生活产生巨大兴趣,并很快对那里的一切熟悉起来。我决定立即行动,而不去等待经费到位时再行动,我动用了手上现有的一点微薄资金。我去瓦尔登湖的目的,不是去过简朴的生活,不是去挥霍钱财,而是去经营自己的事业,希望在那里少被打扰。我想,自己常识不足、事业刚起步,加上对生意经知之甚少,在这里"隐居"一下,可避免我做出愚蠢甚至悲惨的事情来。

跟别人一样,我也希望自己有严谨的商业习惯。这对每个人来说,都是必要的。如果你是和天朝帝国做生意,你需要在海岸边有个会计室,定位于塞勒姆的某个港口就行了。然后你就可以把本国生产的土特产,比如许多的冰、松木和花岗岩石,出口到别的国家。这一定是笔好生意。同时,你必须亲自处理一切大小事务:兼任导航员与船长,既做业主又做保险商；买进卖出货物时记账；阅读收到的每件信函，亲自撰写每件发出去的信件；日夜监察进口货物的装卸。在海岸上的每一个地方，几乎都能看到你的身影。载货量最大的船，通常都在泽西港停靠装卸的。你还要亲自兼任电报员，忙碌着把信息传送到远方。与每一个驶向港口的船只保持联系；有条不紊地出售装载货物，源源不断地向远方那个巨大的市场提供商品。在了解行情的同时，还要了解各地的状况，是战争还是和平，从而预测贸易和社会生活的发展走向。你还要充分利用所有探险的经验，在最新的航道行驶，自如运用一切航海技术。为此，还要研究海上地图，以辨认珊瑚礁和新灯塔、浮标的方位。要知道，航海图表是不断更新的，假如计算上有一点疏忽，航船就会撞到岩石而沉入海中。如果航船行驶顺利，它就应该停靠在一个安全的码头。此外，你可能还会遇到如法国航海家拉贝鲁斯的无法占卜的命运。为此，你要紧跟宇宙科学的发展，仔细研究历史上那些伟大的开拓者、航海家、冒险家和商人的人生历程，从迦太基探险家汉诺与腓尼基人，到现在他们的生活。最后，你还要时刻清点货物，以了解自己生意的经营状况。啊，这真是一个折磨人的差事啊，它考验着一个人的综合素质。关于利润、亏损、利息的问题，关于净重的计算方法问题，等等，而处理这些问题，需要丰富的知识，否则根本无力应付。

在我眼里，瓦尔登湖是个做生意的绝佳地方。这里不但有铁路线和贮冰的行业，而且有优越的条件，虽然向你吐露这些便利也许不是个好主意。瓦尔登湖是一个天然的港口，基础良好。虽然你必须打桩奠基，但你不必填埋如涅瓦河区那样的沼泽。人们说，如果涅瓦河涨水，伴着呼啸的西风，顺风吹来的冰块，甚至可以瞬间让圣彼得堡在地球上消失。

因为我的行业，不需要政府经费支持也能做，所以你们对我的资金从哪里来，就不容易揣测了。让我们回到实际问题上来，先从衣服说起。我们购买衣服时，常被一种好奇心理所驱使，而且在意别人对它的评价，而不关心这些服装的真正用处。职业人士们着装的目的，第一是取暖，保持身体能量，第二是为了在文明社会中掩羞，免得一丝不挂。那么，现在思考一下，如果不去增加衣橱的衣服，他可以完成多少必须而重要的工作呢？对于国王和皇后，所有的衣服只穿一次，他们虽然有御用的裁缝，但他们无法体会试衣穿衣的愉悦感。他们不过是个悬挂衣服的衣架罢了。而我们的衣服，却和我们合为一体，上面有我们的性情，所以有些衣服我们一直不愿意丢弃。丢弃它们，就好像抛弃我们的躯体一样，难舍难分。而且为此心情郁闷，甚至像生病，需要吃药才能缓解。在我眼里，穿补丁衣服的人的身价并不低微。而我知道，一般人都要在着装上花费很多心思：要穿得时尚，至少也要干净整洁，补丁是不能有的。而对于衣服穿在自己身上，内心是否感到坦荡无愧，就不重要了。事实上，即便衣服破了不去缝补，结果不过是小洞变成大洞而已。有时，我用这种方法来测试我的朋友们，看谁愿意穿膝盖上有补丁的裤子，或者有针线缝补过的衣服。他们大部分人都认为，如果他们这么穿了，人生前途也就毁于一旦。所以，他们宁可跛着一条腿进城，也不愿意穿一条有洞的裤子。一位绅士的腿受伤了，这是可以治愈的，他可以去找医生。但如果他的裤子破损了，他就认为没有办法补救了。因为人们只关注受人尊敬的东西，而忽略了真正让人敬重的东西。我们认识的人很少，但却认识很多的衣服。如果你把自己的最后一件衣服给稻草人穿上，而自己一丝不挂地站在旁边，那么，路过的行人，哪一个不是立刻就向稻草人致敬呢？有一天，我经过一片玉米地时，在那根头戴帽子、身披上衣的木桩旁，我看到了这里的农场主。他比我上次看见他时更憔悴、苍老了。我听人说，一只狗会向每一个衣冠楚楚的靠近它主人的陌生人狂叫，却对一个赤身裸体的盗贼一声不吭。这真是有趣。倘若没有衣服，人们能多大程度地保持自己的尊严呢？如果没有衣服，你能在一群文明人中，准确地指出哪一位值得尊贵吗？

法伊弗夫人曾有一次周游世界、环球冒险的旅行。当她到达俄罗斯的亚洲地区，准备去拜见当地的长官时，她感觉到穿着旅行装去拜见长官就不妥了。因为她认为自己"现在是在一个文明的国度里，那里的人们是根据衣冠来评价人的"。即使在我们这个以民主自居的新英格兰城镇中，如果有人偶然富裕起来，穿着时尚、住所富丽，他就会受到尊敬仰慕。而且，衣服是需要缝纫的，而缝纫是一种无休止的工作，至少我没有见过哪个女人的缝制工作有完工的时候。

一个人找到了工作，其实没必要一定穿上新衣去上班，那些存放在阁楼中的浇上灰尘的旧衣服，随便哪件穿上就可以。如果英雄也有随从的话，那么他穿旧鞋子的时间一定比他的随从穿得时间长。至于赤脚，比穿鞋子的历史更悠久。英雄当然也可以赤脚。只有那些去奔赴晚宴的人，以及在立法院工作的人，才必须要穿新衣服。他们换衣服的次数，就好比那些地方换人的次数。可是如果我穿上短上衣和裤子，戴上帽子穿上鞋子，要去做礼拜，这些不就够了吗？谁还会注意到他的破烂衣服呢？那衣服是够破的，即使送给一个乞讨者也不算乐善好施，难说那乞讨者还会把它转送给一个比他更穷困的人。这个施舍的人，也可算得上富有的人了，因为他虽一无所有，却还可维持生计。我警告你，要对那些衣冠楚楚的人保持警惕，而不必提防那些衣着简朴者。倘若你有什么业务要做，不妨穿上旧衣服试验一下。人活于世，并不只是做一些事，而是要事业有成。如果我们只是专注于事业，我们大概永远不会添置什么新衣服，也无暇顾及旧衣服如何破旧和肮脏。因为我们古老的身体里已经被注入了新的生机，即使我们穿着旧衣服，也是旧瓶装新酒。就像飞禽，换羽毛的季节，就是它们生命的一个重大的转折。潜鸟会到僻静的池塘边蜕换羽毛，蛇蜕皮也是如此，蛹虫的出茧也如此，这都是内心强大的结果。衣服不过是我们外面的一层皮，或者说，是我们凡尘中的镣铐而已。我们的一切行为，都似乎在衣服的伪装下进行，这样最终会被全世界甚至自己所厌弃。

我们穿上一件又一件衣服,像寄生的植物一样,没有衣服好像就无法生长。我们穿在最外面的,常常是丝薄精致的衣服,它只是我们的保护层。换句话叫假皮肤,它并不是我们生命中的一部分,从身上脱下来也不会带给我们致命的伤害。我们时常穿着的、稍微厚一点儿的衣服,是我们的细胞壁,换句话叫皮层;我们的衬衣就是我们的韧皮,换言之就是真正的树皮,剥下来的话,肯定连皮带肉,对我们的身体有所伤害。我相信所有的生物,在四季的某一时刻都穿着类似衬衣的东西。倘若一个人能穿得这么简单,甚至在黑暗中都能摸到自己,在生活的各个方面他都能面面俱到,有备无患,那么即使敌人侵占了他的城市,他也能如古代哲人那样,坦然而宁静地走出城门。

一件厚衣服的价值,大概等同于三件薄衣服。便宜的衣服可以用真正照顾顾客财力的价格销售,5美元就可以买到一件厚实的上衣,并可以穿上好几年,厚点儿的长裤2美元,一双牛皮靴1.5美元,夏天的帽子每顶25美分,冬天的帽子每顶62.5美分,或者也可以花上更少的钱,自己在家里制作一顶极好的帽子。如果穿上一套靠自己辛勤的劳动赚来的衣服,哪里会感到贫穷?谁能说没有聪明人来向他致敬?

当我定做一件款式新颖的衣服时,女裁缝会认真地对我说:"现在人们都不穿这个款式的衣服了。"语气中一点也没有强调"人们"这两个字,似乎她说的是跟上帝一样的非凡的旨意,所以我感觉我很难得到我想要的那种款式了,因为她讲给我的话是真诚的,她觉得我太鲁莽了。而我一听到这神谕般的话语,就陷入沉思,把每一个字都在心中过滤一下,以便我真正明白它的意思,好让我明白"人们"和"我"到底有什么样的血缘关系,在这件和我有着很多关系的事情上,他们用什么样的权威左右着我。最后，我决定用同样神秘的语气答复她，因此也不把"人们"两个字强调出来："确实，最近人们并不穿这个款式，可是现在人们又流行穿这个了。"她测量的只是我的身材，并没有测量我的性格，只测量了我的肩宽，仿佛我是一个挂衣服的钩子，可是这样的量法又有什么用处呢？我们并不敬仰娴雅，也不敬仰命运，但我们追逐时尚。她纺织，她剪裁，她不容挑衅地全权操持着这一切。巴黎的猴王如若戴上了一顶旅行帽，那么全美国的猴子都会学着那么做。有时我几近绝望，我在想，这世上，还有什么哪怕是简单的事不是人们相互协助而做成的？首先必须把人们的旧观念，用一个强大的压榨机把它们榨挤出来，让他们不能立即重新站起来。那时，你俯瞰整个人群，你会发现有些人的脑子里装满了蛆虫似的奇怪想法，不知从何时起搁置在那里的卵就开始孵化，继而占据了整个头颅，烈火都烧不尽这些蛆虫。如果不把这些旧观念从他脑中剔除，我们做什么都是白费力气。总之，我们不要忘了，埃及有一个木乃伊传下了一种麦子，一直传到了我们手中。

整体讲，我们认为某国或别国的服装已经在艺术上备受尊崇这种话是不成立的。现代人，还是有什么穿什么，就像失事船只上的水手漂流到岸边，能找得到什么蔽体就穿什么。有时人们还要故意站得更远一点，通过空间的或时间的距离来观察彼此，继而打趣对方的衣着。每一代人，都在鄙夷过时的服装款式而不懈地追求着新款式。然而，当看到亨利八世或伊丽莎白女王的奇装异服时，你难道不觉得好笑吗？他们就像是食人岛上的国王和皇后一样。任何衣服倘若没有人来支撑，就会变得可怜和怪异。让人忍俊不禁。而且，让那些衣服庄严起来的，是穿衣服的人两眼中所露出来的威严，以及他们的阅历。如果一个穿着漂亮衣服的小丑突然肚子痛，那么他的衣服也会表现出痛苦的情绪。同样，当士兵被炮弹击中，即便是再破烂的军装，它也和神圣的王袍一样华美。

这些男女们喜欢的那些新款式，其中隐藏着一种幼稚而野蛮的趣味。这种趣味吸引无数的男女们，眯起眼睛打量着如同看一个万花筒，以便发现现在在流行着什么。商家早就猜透了他们这种反复无常的趣味。两种颜色相似的款式摆在店里售卖，两款衣服的差别只是一款多了几条丝线，然后其中一件衣服马上就会被人买走，而另一件却被束之高阁，无人问津。往往在下一个季节到来时，后者又成了最时尚的款式。与此相比，在皮肤上刺青，的确不像人们所说的那样可怕。因为刺入皮肤，并没有改变皮肤的内在品质。

我不认为人们有衣服穿要归功于我们的工厂制度。现在，美国工人工作的情形越来越向英国工厂的制度靠拢了，这不足为奇。到目前为止，就我耳闻目睹的事实是，制衣厂的主要目的，并非为了给人们提供更耐穿而舒适的衣服，而是赚得更多利润。长远看，人们总能达成一致的目标，即便很多事情短时间内无法实现，所以不妨把目标定得高远些。

对于住房，我承认现在它的确是一种生活必需品了。尽管有许多事例可以证明，长久以来人们在比这更寒冷的土地上，没有住所也照样能生存下去。塞缪尔·拉宁说："北欧的拉普兰人穿着皮衣，头上和肩上都裹着皮囊，可以夜复一夜地在雪地上睡觉。那寒冷的程度简直可以把穿着羊毛衣服的人也给冻死。"他亲眼见到他们这样席地而睡。接着他说："但是他们并没有比其他人更强壮。"或许人类在地球上生活不久之后，就发现了房屋的好处，以及家庭生活的舒适安宁。他这话的意思，是说住房给人的满足感，要远远大于对家庭生活的向往。但是有的地方，一说到房屋，人们的脑海中就会浮现出冬季和雨天，他们一年当中有三分之二的时间不住在房子里，一把遮阳伞就够了。在这些地方，上述说法就不合适了。正如我们这里的气候，从前夏夜只需在身上有所遮盖就可以了。在印第安人的日记中，一整天行程的标志就是一座座尖房顶的屋子，树皮上刻画着的一排排尖房顶的屋子，房子的数目表明了他们野外露营的次数。肢体并不硕大强壮，身材也不魁梧的人类，一直想方设法缩小他们的世界。于是，人类用围墙来打造一个适合他的空间。起初他在户外是赤身裸体的，虽然在天气温和宁静，以及在晴朗的白天里，心情还是非常愉快的，可是一旦雨季和冬天来临，情况就大打折扣。且不提炎炎烈日，倘若人类不立即用房子来躲避风雨保护自己，人类大概早在萌芽时期就已经灭绝。依照传说，亚当和夏娃在穿衣之前，是用树叶遮盖身体的。人类需要家庭，这个温暖舒适的地方，但首先需要身体的温饱，其次才是情感的温暖。

我们不妨回想人类的幼儿时期，一些充满冒险精神的人，已经爬进洞穴寻找庇护了。每个婴儿在某种程度上都重新上演了这部人类的发展史。他们本能地喜爱户外运动，不管雨天还是冬天，他们尽情地玩盖房子的游戏，骑竹马。有谁不怀念童年时曾经窥望一个洞穴，或靠近洞穴时的那种喜悦的心情呢？可见，我们的祖先最原始的天性还遗留在我们体内。从洞穴开始，我们发展到用棕榈树叶、树皮、树枝覆盖屋顶，编织可以拉伸的亚麻屋顶，又发展到搭建青草和稻草房顶，木板和木瓦屋顶，直到石头和砖瓦屋顶。最终，我们忘记了什么是露天生活，我们的室内生活的精致已经超出了我们的想象，而野外围火取暖的日子，已经变得遥远而模糊。如果很多时候，我们在度过白昼和黑夜时，没有东西把我们与天体隔开，如果诗人不是一直在屋檐下吟诗，如果圣人也不在室内逗留，那么，也许我们的生活会变得更加美好些。鸟雀们不会在巢里鸣叫，白鸽也不会在笼里表现它们的天真。

然而，如果有人试图建造一所房屋，他应该像我们新英格兰人这样，稍微聪明一点才好，以免将来他发现他自己原来住在一个厂房内，或住在一座找不到出口的迷宫中，或住在一所古老的博物馆中，或住在一所救济院里，甚至住在一个幽深的监狱中，以及一座富丽堂皇的墓穴中。如果再想一想，遮蔽并不是绝对必需的。我见过这镇上在潘诺勃斯各特河边生活的印第安人。他们住在用薄棉布制作的营帐里，四周的积雪约一英尺厚，我想倘若积雪更厚，可以为他们遮风挡雨的话，他们肯定更高兴。如何才能维持我正常的生计，又能保证我能自由地去追求我热爱的事业呢？以前，这个问题比现在更让我烦忧，令我庆幸的是，现在我已经对此冷漠麻木了。我时常看到，在铁路旁边有一只6英尺长、3英尺宽的大木箱，工人们把他们的工具锁在这箱子里面。随后他们去睡觉。然后我就想，所有觉得日子艰辛的人都可以花一美元买这样一只箱子，在上面打几个洞孔，让空气可以流进去，在雨天或是夜晚他可以躺进去，把箱盖关上，这样他的灵魂就获得了自由，他就可以随心所欲地做他喜欢做的事了。看起来这并不是很坏，也绝不是一个不值得一提的方法。你可以自由自在，在夜晚长时间久坐而不睡觉。起身出去时，也不会遇到什么大房东二房东堵住你向你索要房租。有多少人因为必须支付一只更宽敞、更奢华的箱子的租金而忧愁致死，但是如果住在这样一只箱子里，人是不会被冻死的。我没有半点开玩笑的意思。经济学作为一门学科，曾经受到无尽的鄙视和冷落，但它决不能被轻视。那些强健壮实的人，大部分时间在户外生活，他们曾在户外盖起一所舒适的房子，选用的材料几乎全部来自大自然现有的。马萨诸塞州垦区印第安人的总督戈金，曾在1674年写道："他们那最好的圆锥顶的房屋，其房顶是用树皮覆盖的，好处是看起来整洁清爽，严实而温暖，树皮是在干枯的季节从树上脱落下来的，趁树皮还青翠的时候，人们用很重的大木材把树皮压成巨大的木片……较差一点的圆锥顶房屋，也是用灯芯草织成的席子盖在房顶上，也很严实温暖，只是没有前者那么美观耐看……我所看到的房屋屋顶，有的是60英尺长，或100英尺长，30英尺宽……我住在他们的屋子里时，常常感觉它跟最好的英式房屋一样温暖。"他接着又说道，印花的席子，通常是被铺在室内的地上，或是挂在墙上；各种各样的器皿，摆放得错落有致。而且印第安人还会在屋顶上开个天窗，在上面放上一张席子，用一根绳子来控制开关，这就是他们的通风设施。但需要注意的是，这样圆锥形屋顶的房屋最多一整天就可以搭盖好，同时，摧毁它也只要几个小时。每户人家都有一间这样的房屋，或者有其中的一个单间。

在野蛮时代，每户人家都有一座最好的房屋，以满足他们最基本而简单的需要。但我以为我下面的话，才准确地描述了这个社会。虽然天空翱翔的飞鸟都有巢穴，狐狸有洞穴，甚至野蛮人都有草屋，但是在现代文明社会中，有房子住的家庭却只占半数。尤其是在文明高度发达的大城市里，只有极少一部分人拥有房屋，绝大多数人如果想居有住所的话，必须每年交给房东一笔租金。因为在夏天和冬天，房屋作为遮蔽的场所是必不可少的。这些租金，本来足以购买到一个印第安人的草屋，而人们却宁愿为这个租金付出一生贫困的代价。在这里，我无意对比租房子与拥有一套房子的优势和劣势。不过显然的是，野蛮人拥有一套房屋是因为价廉，而文明人之所以选择租房子住，是因为他所拥有的资金买不起房屋。这时有人就会辩解道，值得同情的文明人只要支付租金，就会有地方住。他们租的房屋与野蛮人的草屋相比较，难道不像皇宫一样富丽吗？在乡村，人们每年要支付25美元至100美元的租金，才能得到经过几个世纪的发展才能改良好的宽敞房间。房间里刷着光洁的油漆，贴着墙纸，墙上挂着朗福德壁炉，还有百叶窗、铜质的水泵、弹簧锁、方便宽敞的地窖，还有许多其他的物品。但是，你会发现，享受着这一切现代文明成果的可怜的文明人，却不如缺乏这一切现代设施的野蛮人生活得富足，这究竟为什么呢？如果说文明就是人们生活条件的一种完善，我不否认它的正确性，虽然只有智者才能从这种完善中受益。那么，它肯定能证实，我们不用哄抬物价就可以把更好的房屋建造出来。我认为所谓的物价，就是用来交换物品的那部分生命，或者马上支付，或者以后支付。在这一带，一座普通的房屋大概要800美元。为了积攒起这一笔钱，一个劳动者大概要付出十年乃至十五年的劳动，而且还必须没有家庭负担才行。这是按照每个人的日劳动价值为一美元来估算的，如果有人赚得多一些，其他人就要赚得少一些。所以，他就要用他的大半辈子光阴，才能可怜地赚到他的一间房屋。假设他仍然是租房子住，那他也只是在两难之中做了一次值得商榷的选择。如此情况下，野蛮人会不会用他的草屋来换取城市里那一间皇宫般的房子？

也许有人认为，占有多处房产，是为了未雨绸缪，以备不时之需。而我以为，他这样做的好处，仅仅是可以让他支付他自己的葬礼费罢了，而人们其实根本不需要自我安葬的。或许，这就是文明人和野蛮人一个最大区别吧。有人给都市人的生活制定了一套制度。不可否认，这能促进我们更好地生活，这套制度的初衷是为了保存种族的繁衍能力，使种族的生活更趋于完善，但是它却以个人的生活为代价。所以我特别说明，为了获得这种好处，人们现在做出的牺牲是多么巨大！而事实上，我们完全可以不用做出这些牺牲就能收获到很多。你说可怜的穷人经常围着你打转，或者那位父亲吃了酸葡萄，孩子也感到口中酸水直冒。你这样说，是什么意思呢？

每当我想起我的邻居，那些生活在康科德的农民们，他们的家境也算富足。我发现他们中间的绝大多数人，都在这世上辛勤地工作了二三十年，或者四十年，他们这样拼命，目的是想拥有自己的农场。这些农场，有些是办理了贷款抵押，把它们作为遗产传给他们的后代的；有些则是向别人借钱而买下来的。我们可以把他们劳动成果的三分之一，看作是房屋的代价。通常情况下，他们一代又一代地劳作，却总也没能还清那一笔借款。毫无疑问，那贷款抵押的价格有时还高过农场的原价。结果，农场就变成了他们的一个巨大的负担，但最后，总是有人来继承它，正如继承人自己所说，他自己和这个农场有着千丝万缕的联系。当我和财产评估员聊天时，我惊讶地发现，他们竟然也不能一口气说出12个拥有自己农场且没有债务的市民。倘若你想知道这些农场的情况，你可以去银行咨询一下抵押的情况。你会发现，完全依靠劳动来还清农场债务的人很少。即使有，也是屈指可数的。我怀疑在康科德这地方，这样的人连三个也找不到。

说到经商，大多数商人，100个当中大概有96个注定是失败的。关于商人的失败，有一位商人曾表示，商人的失败多不是因为血本无归，而是由于没有履行合约，因为他们已经无能为力了，也就是说，失败于信誉的丧失。这样一来，问题就要复杂可怕多了。破产呀，欠债呀，不过是一个个跳板，我们大多数人的文明做法，就是在这些跳板上跳来跳去，而野蛮人则是乖乖地站在饥饿这条没有弹性的木板上。米德尔塞克斯耕牛比赛大会，每年都会在这里定期举行，场面热闹非凡，让人感觉到农业的发展状况还是蛮不错的。

农民们，一直努力地想用比做难题更复杂的方法，来解决生活中的难题。譬如为了他需要的鞋带，他开始在畜牧业中投机。他运用娴熟的技巧，用细弹簧精心设置好一个陷阱，想捕猎到"舒适"和"独立"，等他正要抬脚离开，而他的另一只脚倒掉进了陷阱中。这正是他们贫穷的原因。虽然我们被各种物质包围着，但我们却比不上野蛮人安逸。英国诗人查普曼吟唱道：

这虚假的人类社会，
为了追求人生的宏伟，
最重要的快乐却稀薄得如空气。

等到农民有了他梦寐以求的房屋时,他并没有因此而变得富裕,倒因此变得更加贫穷——因为房屋把他束缚住了。以我的理解,嘲笑与非难之神莫墨斯曾说过一句很精辟的话,以反对智慧女神密涅瓦建一座房子,莫墨斯说她"没有把它建造成一座可以随意拖动的房屋,否则就可以随心所欲地把房子从一个卑劣的邻居那儿拖走了"。我们的房屋建得如此不方便,它把我们禁锢其中,并不是我们生活在里面。至于那些卑鄙的邻居,常常表现出我们鄙夷的"自我"。我知道,这镇上至少有一两户人家,几乎一生都期盼着出售他们的房子,准备搬到乡村居住,但始终实现不了。或许只有等到生命结束时,他们才能重新获得自由。

即使最终大部分人都能拥有或租住上现代经过改善的房屋,但可惜的是,文明促进了房屋的改善,但没有同时改善居住在其中的人。文明将皇宫打造出来,可要改造出真正的贵族和国王,却绝非易事。如果都市人心里想的并不比野蛮人高贵多少,如果他们花费时间很多,而得到的却不过是简单的生活必需品,以及自以为是的安逸生活,那么,他有必要比野蛮人住更好的房子吗?

那少数的贫困者的生活状况怎样呢?或许我们会发现,他们中一些人的境遇,表面上看起来比野蛮人好得多,但另一些人的境遇,则比不上野蛮人了。一个阶层的奢华生活,全靠另一个阶层的痛苦挣扎来维持。一边是富丽堂皇的华屋,一边则是落魄的救济院和沉默的穷人。数以百万的工人建造了法老国王用作陵墓的金字塔,可他们自己只能吃些大蒜来填饱肚子,并且他们死后连个像样的葬礼也没有。刚完成皇宫上飞檐的泥水匠,在夜色中回家,大概是回到一个比草屋还不如的小草棚里。在一个文明随处可见的国家里,大部分居民的生活境遇并没有降低到如野蛮人那般悲惨。这样的想法无疑是错误的。我说的还只是一些生活境遇糟糕的贫穷人,还没有涉及那些生活得恶劣的有钱人呢。要搞清楚这一点,不用把目光放得太远,只要看一下铁路旁边四处遍及的棚屋,就可知文明社会还没有得到彻底的改善。我每天散步时,看到人们住在这污浊不堪的草棚子里,整个冬天,他们的门一直开着,因为只有这样光线才会射进来,火堆从未在他们的屋内燃起,那是他们梦寐以求的珍品。男女老少的身体,由于长期抵御寒冷和贫苦而蜷缩一团,久而久之就变了形。他们的肢体和器官的发育因此停滞不前。我们应该去看看这些人,这个世界所有伟大的工程都有他们的贡献。在英国这个世界工厂中,各个企业的工人们,每天为行业发展添砖加瓦。或许,我可以跟你讲一讲爱尔兰的情形,在地图上,这个地方是作为白种人的开拓地而被标志出来的。将爱尔兰人的身体素质,和北美洲的印第安人或者南海岛民,或者和没有与文明接触的野蛮人相比较,我一点都不怀疑,野蛮人的君主与文明人的君主,有一样的聪明。野蛮人的状况,证明了文明社会有多少污垢和秽物!我不需要讲我们南方各州的劳动者了,这个国家的主要物品都是他们辛勤生产出来的,而他们本身,也成了南方各州的一种主要商品。远的不说,我就说说那些被称为中产阶级的人吧。

大部分人好像从没认真想过,一座房屋有什么大不了。他们不该穷困潦倒,但现实状况是他们终身穷困。因为他们总奢望有一座和邻居一样的房屋。就好像你只能穿裁缝做的衣服,而戴棕榈叶帽子或鼠皮做的软帽,就感觉到耻辱了。这样,你只能不断对艰辛的生活发出感慨,因为你始终无力购买一顶皇冠。要建造一座比我们现有的,更方便、更奢华的房子不是没有可能,但大家都必须承认,我们都买不起。为什么我们总是琢磨怎样获得更多的东西,而不能接受偶然少占有一些东西呢?难道要那些令人尊敬的公民们,严肃地用他们的言传身教,来教导年轻人在年老死亡之前就准备好许多双多余的皮鞋或雨伞,还有空荡的客房,来招待参加葬礼的客人吗?为什么我们的家具不能如阿拉伯人或印第安人的那样简单实用呢?我们把民族英雄尊为上天的使者,给人类带来奇妙礼物的使者。每当我想起他们时，我就会思索许久，他们的身后，哪有奴仆随从？哪有装载着时尚家具的车辆？倘若我们在品德和智慧上优于阿拉伯人，那么我们的家具也该比他们的更为复杂！倘若我同意上面这种说法，会是怎样的结果呢？现在，我们的房屋被堆满的家具弄脏了，一位优秀的家庭主妇宁愿把大多数家具扔进垃圾箱，也不愿在清晨看到家具上布满灰尘。在淡红色的晨曦中，在唯美的音乐里，世人该做什么清晨的工作呢？我桌子上摆着三块石灰石，我每天不擦拭它们一遍心里不舒服。当我察觉到这点后，十分震惊。我思想中的灰尘还来不及擦拭呢，于是我不会把它们扔到窗外。你看，我有什么资格值得拥有一栋带家具的房子呢？我宁愿在露天地里闲坐，因为青草叶上面没有灰尘。当然，人类已经践踏过的地方除外。

奢侈的人开创了时尚的潮流，他后面有成群结队的人趋之若鹜。当一个旅行家在最豪华的房间里留宿时，他会发现这点。因为客店的主人们立即把他当作萨丹纳帕勒斯一样来招待，倘若他接受了他们的盛情款待，用不了多久，他就会完全丧失男性气概。我想到在火车车厢里，我们宁愿花很多的钱在奢侈的装饰上，也不愿多关心行车是否安全和快捷，结果安全和便捷都顾及不到，车厢倒成了一个豪华的客厅，铺着软垫的睡椅，土耳其风格的厚榻，遮阳的窗帘，以及各种各样东方的摆设装饰，我们都把它们挪到西方来了。那些花样，本来是为天朝帝国的天子嫔妃、后宫佳丽发明的，连乔纳森听到他们的名字都应该感到羞耻。我宁愿坐在一个只容我一人占有的南瓜上，也不愿意挤坐在天鹅绒的软垫上。我宁愿乘坐一辆牛车，随心所欲地来去，也不愿乘坐豪华的游览火车，呼吸着污浊的空气去天堂。

我们祖先的生活简单极了。他们赤身裸体，至少有一个好处，那就是他还是大自然中的一分子。当他吃饱睡足后，便神清气爽地继续赶路。他以苍天为幕帐,在下面休息,他不是翻越山谷,就是走过平原,又攀登高山。但如今,看呀,人类已经成为自己手中工具的奴隶了。那个独立在世上、饥饿时就采摘果实的人,已进化成一个农夫;那个靠在树荫下休息的人,已演变成一个管家。我们已经不在夜晚露营,我们已经定居在大地上,但早已忘记了天空;我们信奉基督教,但只是将它当作改良农业的办法。我们在世上建造好了自己的宅院,之后又开始建造一座坟墓。优秀的艺术作品,都在力图表现人类如何从这种境遇中挣脱出来,以解放自己的状态,但它们的效果不过是把我们的遭遇渲染得更舒适一些,而其中高尚的艺术境界反而被遗忘了。实际上,美术作品在这个村子里根本没有立足之地,即使有些作品被流传了下来。但我们的生活、我们的住房和我们的街道,都不能为这些作品提供一个合适的展厅。连挂一张画的钉子都没有,更别提一个承载英雄或圣人雕像的架子了。每当我想起我们住房的建筑过程,想起如何付清房子的贷款或者仍没交的欠款,以及未来的生活如何维持时,我就不禁暗自疑惑,为什么当客人赞赏壁炉架上那些精致的陈旧饰物时,地板不会突然塌陷,坠落到地窖中去,一直跌到坚硬的、厚实的地基上?我不能对这样的景象视若无睹,人们一直在朝着所谓富裕而优雅的生活跃进,我对那些装饰生活的美术品没有一点欣赏之情,我集中精神关注人们的跳跃,想到人类的肌肉所能达到的最好的跳高纪录,还是由居无定所的阿拉伯人保持的。据说他们能从平地上跳起25英尺之高。但如果没有东西支撑的话,即使跳到了这样的高度,人也还是要跌下来的。所以,我想问问那些不怎么体面的产业主,第一个问题是,谁喂饱了你?你是那97个失败者之一呢,还是那3个成功人士之一?回答完这些问题,可能我会去观赏一下你那些华丽而无用的玩物,品味一下它们的装饰风格。车子套在马前面,既不耐看,也不实用。在你用精美的装饰物粉饰房子之前,还必须刮去一层墙壁,就像刮去一层我们的生命,同时还要有服务到位的家政管理和美妙的生活,作为你生活的底色。可你应该明白,最美好的趣味都在户外培养，那里既没有住房的束缚，也没有管家的制约。

老约翰逊在他的《神奇的造化》中，谈到了第一批与他同时到达这个城镇的移民，他对我们说："他们在山脚下，挖掘窑洞，作为第一个庇护所，他们把挖掘出来的泥土高高地堆在木材上，在最高的一边，生起冒着滚滚浓烟的火，烘烤着泥土。"他们并没有"给自己建造房屋"，他讲到，直到"上帝赐福，大地生产了富足的面包给他们充饥"，但是第一年的收获却令人失望，"他们被迫在很长的一段时间里小心节食"。1650年，新尼特兰州州秘书长用荷兰语写过一段话，更详尽地告诉准备向那里移民的人们当地的情况："新尼特兰人，特别是新英格兰人，最初是无法依照他们心中所想来建造农舍的，他们在地上凿开一个像地窖一样四方的、六七英尺深的大坑，长短随个人所需，之后在墙壁安装上木板，然后用树皮填充木板中间的缝隙，避免泥土脱落，地面是用木板做成的；他们还用木板制作天花板，架起了一个斜梁的屋顶，在上面铺上树皮或绿草皮，这样他们整个家族就可以住在这个温暖而干燥的地窖里两至三年，甚至是四年。你还可以想象，在这些地窖中，甚至还隔出一些小单间，当然这要把家里的人口数目考虑进去。新英格兰的达官要人，在殖民开始的最初时期，也是住在这样的地窖里面，主要原因有两个：第一，不用建造房屋可以节省时间，以免下一季粮食不足；第二，不希望挫伤他们成批从本国雇来的劳工的期望。三四年之后，当田地已适合播种了，他们才耗费上千元给自己建造了漂亮的房子。"

可以看出，我们的祖辈这样做，他们至少是很小心谨慎的，他们的生存准则似乎把最紧迫的需求放在第一位了。那么现在，我们最紧迫的需求得到解决了吗？一想到要给自己置办一座豪宅，我就感到心烦，头都大了。如此看来在这一片广袤的土地上，还没有诞生出相应的人类文明，所以导致我们迄今还被迫缩减我们的精神食粮，缩减的程度远远超过我们祖辈节省面粉的程度。这并不是说所有关于建筑的美化装饰，都要在开始建造的时候被完全忽略掉，而是说我们可以把屋里与我们有密切关系的那部分装修得精致些，就如贝壳的内壁一样，但不要搞得过于夸张。然而，现实让人失望，我曾经参观过一两幢房子，它们内部的装修风格实在让我不以为然！

显然，我们今天还没有退化到住窑洞、住草屋，或者身披兽皮的程度，这便利自然是付出了高昂的代价才换来的，所以人类的聪明才智对工业以及社会发展所做的贡献还是值得赞扬的。在我们这一区域，木板、木瓦、石灰、砖头与可以居住的山洞、整条的圆木，大量的树皮、黏土，以及平薄的石片相比更容易得到，也更价廉。我说得很专业吧？因为我既熟悉理论，又了解实际情况。如果我们稍微聪明一点儿，就可以利用这些原料，使得我们比今天的首富还富有，从而让文明成为我们的一种庇护。文明人也不过是野蛮人变得更老道、更睿智了而已。现在，我还是来讲述我的实验。

1845年3月底，我借来一把斧子，走进瓦尔登湖边的森林，到达一个地方，我准备在这里盖起一座房子。我开始砍伐一些像箭一样高耸入云的白松，它们的一些幼松，很适合做我要用的木材。如果不想东挪西借，这是一件很难办到的事，但这或许是唯一的办法了，而且还可以让朋友们对你所做的事产生兴趣。斧子的主人，当他把斧子递到我手上时，他叮嘱我说这斧头可是他的掌上明珠。而当我还给他斧头时，斧头变得比以前锋利多了。我把工作的地点设在一个令人神清气爽的山头，极目望去，满山的松树，越过松林，湖水就展现在眼前。站在屋里，我还能望见森林中一小块空旷的地方，小松树和山核桃树茂盛生长。湖水结成的冰面，还没有完全融化，融化的一些地方，看上去黑漆漆的，而且还向外渗着水。我在那儿工作的几天，天空还飘过几次小雪。当我走在回家的途中，从林中走到铁道上时，能看见一大片黄沙地一直延展至远方，在蒙蒙雾气中不断闪烁，铁轨也在阳光的照耀下熠熠发光。而且，我听到云雀和其他的鸟聚集鸣叫的声音，我和它们共同开始迎接这新的一年。那是个快乐的春天，让人们感到郁闷的冬天正在和冰块一起融化掉，冬眠的生命也开始复苏了。一天，我的斧子柄掉了，我砍下一节青翠的山核桃树枝，削成了一个楔子，并用石头把它敲得紧紧的。随后，我把整个斧子泡在湖水里，为的是让那木楔子胀大。就在此时，我看见一条赤链蛇蹿入水中。我的存在并没有惊扰到它，它徜徉在湖底，大约有15分钟，竟和我在那儿待的时间一样长。我想，可能它还没有完全从冬眠的状态中苏醒过来。依我看，目前人类身上还残留的低级而原始的状态，或许也是出于冬眠的原因。然而人类如果感到春风的轻拂，便会从冬眠中苏醒，他也必定会跃升到更高级脱俗的生命中去。以前，在下霜的清晨，我见过路上躺着一些蛇，它们的身体还有一部分僵硬、不灵活，还在静静地等待温暖的太阳把它们唤醒。4月1日这天下雨了，冰雪开始融化，这天早上有很长时间，天气是雾蒙蒙的。我看到一只离群的孤雁在湖上飞翔探寻，像迷了路一样哀号着，有如雾的精灵。

我用那短小的斧子，砍伐树木，削修木料、支柱和橡木，一连这样好几天，没有什么可以分享的思想，更没有形成什么学术思想了，我自己吟唱一首诗：

人们自夸懂了很多。
看哪，他们长出了翅膀，
百种多的艺术和科学，
还有千种的技巧。
其实，只有拂面而过的风，
才知晓他们全部。

我把主要的木料砍成6英寸见方，大部分的支柱只砍去两头，橡木和地板也只砍一头，余下的都还留着树皮，所以它们与木锯锯出来的木料相比，一样笔直，而且更结实。在每一根木料上，我都凿出了榫眼，在木料的顶端削出了榫头，我借到的一些工具帮了我大忙，使我完成这些。我在树林中每天工作的时间不长，但我经常带上我的牛油面包作为午餐。中午休息时，我还阅读裹着面包的报纸上的新闻。由于我手上有一层很厚的树脂，当我坐在被砍倒的青松枝上，手上树脂的芳香就沾到面包上。在我砍伐树木时，松树就是我亲密的朋友。虽然我砍伐了几棵松树，但没有和它们结下仇怨，反而和它们更加亲密了。有时，一些在林中散步的人会被我砍伐树木的声音吸引过来。每当这时，我们就会面对着碎木片愉快地交谈。

我的工作一点也不紧张，我只是努力地去做。到四月中旬，我的屋架全部完工，完全可以直立起来了。我买下了詹姆斯·柯林斯的棚屋，我是想使用棚屋的木板。詹姆斯是一个爱尔兰人，在菲茨堡铁路工作，他的棚屋是公认的好建筑。

我去找他时，他正好出门了。我随意地在外面走动，看不到屋里面的样子，只看到窗户又深又高，屋子看起来有点狭小，有一个三角形的屋顶，其他的就看不到了。棚屋四周堆积着有5英尺高的垃圾，宛如肥料堆。虽然屋顶被太阳折射得弯弯曲曲，而且看上去已经有些焦脆，不过还算是最完整的部分。房子没有门框，门板下打通了一条通道，为方便常年乱跑的鸡们。柯夫人走到门口，邀请我到室内看看。我走近时，母鸡也被我赶进室内了。屋里光线不足，暗淡压抑，地板很不干净，湿湿的，黏黏的，还有些晃动。到处都是木板，这儿一条，那儿一条的，不能搬动，一搬动就裂。她点亮了一盏灯，借着灯光，指给我看木屋的屋顶和墙壁，以及延伸到床底下的地板。柯夫人提醒我不要踏进地窖里，但我看来,那只不过是个两英尺深的垃圾坑。照她的话就是,"头顶上还有四周,全都是质量不错的木板,窗户也蛮好的"。我定睛一看,原来是两个简单的木框,眼下已经成为猫儿出入的必经之路了。那里还有一个火炉,一张床和一个能坐的地方,一个在那里诞生的婴儿,一把丝质的太阳伞,还有一面镀金的镜子,以及一只钉在橡木板上的崭新的咖啡豆研磨机。这就是我看见的全部。詹姆斯回来之后,我们的交易很快就谈成了。当天晚上,我付了4美元25美分订金,因为他在次日清晨5点搬家,我得确保他不会再把什么东西卖给别人,6点的时候,我就可以拥有那座棚屋了。他说,最好趁早来,在别人还没来得及在地租和燃料上再来讲价之前,我最好赶到。他对我说这是唯一的额外开支。等到6点时,我在路上遇见了他们一家人。一个巨大的包裹,全部的家当都在其中——床、咖啡豆研磨机、镜子、母鸡,只是没有那只猫。后来,那只猫跑进了树林,成了一只野猫。再后来,我得知它触碰到一只捕获土拨鼠的夹子,没命了。

当天早晨,我就动手拆卸这个棚屋,拔出钉子,把木板用小车搬运到湖边,整齐地码在草地上,让太阳把它们晒干,以恢复原状。在我驱车经过林中小径时,一只早起的画眉鸟为我送来悦耳的歌声。年轻人帕特里克悄悄告诉我说,一个叫西莱的爱尔兰邻居,在我装车的时候把还有利用价值没弯曲的钉子、骑马钉,还有大钉子等都拾进自己的口袋了。等我回到我的棚屋,看见他时,只见他一脸满不在乎的样子,得意地昂着头,愉悦地看着那废墟。他站在那儿,正如他自己所说,他没有工作可做。他在那里就是一个观众,在他看来,这些琐碎而无关紧要的事情,就像特洛伊城的众神撤离一样。

在一个向南倾斜的小山坡上,我挖好了我的地窖,6英见方,7英尺深。有一只土拨鼠,也在这里挖好了它的洞穴。我剔除了漆树和黑莓的根,以及植物在土壤深处的痕迹,一直挖,直到触碰到一片沙土层。这样,即使再冷的冬天,也不会把土豆冻坏的。地窖的四周是逐渐倾斜的,我并没有给它砌上石块,因为太阳根本照不到它,也没有沙粒滑落下来。这个工作从头到尾只花费了我两个小时的时间。我很喜欢挖土,几乎在任何纬度上,人们只要往地下挖掘,就能得到一样的温度。甚至在都市里、最豪华的住宅中,也能找到地窖的身影。人们在地窖里面储存他们的块茎植物,像古人那样,纵使未来地面上的建筑完全坍塌,后来的人还能看到建筑残留在地面上的凹痕。所谓房屋,不过是进入地洞的一个过渡和通道罢了。

最后,5月初时,我找到一些熟人来帮忙,他们帮我把屋架立起来。其实我完全可以自己立起来,但是我想借这个机会和我的邻居联络一下感情。我感到自己最幸运了,能够有他们来帮助我竖起屋架。我相信,将来有一天,大家还会一起来竖立一个更高的建筑。7月4日,我住进了我的房屋。直到这时,屋顶才装上,木板才钉齐,之前削好薄边的这些木板才最终搭接在一起,日后防雨一定是没有问题的。但是在钉木板之前,我在屋子的一端已经砌好了一个烟囱的地基,用了足有两车的石块,都是我亲自从湖边一块一块抱上山来的。可是一直到秋天,耕完地之后,我的砌烟囱的工作才完成,而且正好赶在生火取暖之前。而在此之前,我总是一大早就起床,到野外的草地上做饭。我甚至认为这种做饭的方式更方便、更诗意。倘若正在烘烤面包时,起了风雨,我就会在火上撑起几块木板,使火躲藏在木板下面,继续烤我的面包。我度过了很多这样的快乐时光。那些日子,我手上的活儿不少,所以读书的时光相对就少了很多。不过即便是地上的破纸片,或者单据,甚至是台布上的零星纸片,都会让我兴奋无比,读它们上面的文字,就像在读《伊利亚特》一样。

如果大家在建筑房屋时比我小心谨慎，也是对的。比如，首先要想好门窗、地窖或者阁楼，它们在人的天性中占据什么地位。除了眼下的需要，在你找出更好的理由之前，其实你永远也不需要建立地上的建筑。一个人建造他自己的房屋，就跟一只飞鸟筑巢是一样的道理。有谁能知晓呢，如果大家都亲手建造自己的房子，都简朴、忠实地用食物喂饱自己和家人，这样诗人才会淋漓尽致地发挥才情，就像那些飞禽，在它们筑巢时，它们的歌声遍及整个森林。可是，哦，我们讨厌八哥和布谷鸟，它们经常占据别的鸟儿的巢下蛋，它们那聒噪刺耳的叫声，真的不能使路人快乐。难道我们打算永远把建筑的快乐交给木匠工人吗？在人们大多数的经历中，建筑又算什么呢？在我一生所及的地方，我从没遇见过一个人自己给自己建造房屋。而事实上，这项工作是如此简单、自然。我们生活在一个社会，不单裁缝是一种职业，还有布道者、商人、农民等各种职业，而这种职业分工到什么程度才能结束？最后会得到什么样的结果？显然，有人可以代替我来思考这个问题。可是如果他这么做是为了阻止我独立思考，就不必了，因为那不是我期待的。

的确，在我们国家有一种人被称为建筑师。至少，我听说过有这样一位建筑师，他心中怀着这样一种想法，想让建筑上的装饰物具有一种真实性，有存在的必要性，因此建筑就被赋予了一种美。这观念犹如神灵给他的指示。站在他的立场，这原本没错。但实际上他不过比普通的美术爱好者稍微高明了那么一点点。一个真正在建筑学上有志于改革的人，不是从地基做起，而是从飞檐入手。只在装饰中放一个真实的核心，就如在糖拌梅子中放进一颗杏仁或者一粒香菜籽一样。我总觉得吃杏仁时，不吃糖对健康更有利。他没有想到住房子的人，会把房屋建造得内外绝佳，而不去操心装饰。任何聪明人都会赞同装饰只是表面的功夫，只属于皮肤上的东西。和乌龟拥有花纹的甲壳，贝类拥有光泽的珠母，住在百老汇的市民拥有三一教堂一样,有必要签合同吗?一个人与他房子的建筑风格无关,就好像乌龟跟它的甲壳无关一样。当兵的人也不必那么无聊地,把代表勇气的颜色涂在旗帜上。如果那样做,敌人会看见的。在生死关头上,他肯定脸色发青。我感觉,这位建筑师就好像趴在高高的飞檐上,滔滔不绝地向他粗鄙的住户们絮叨着他那模棱两可的理论。而事实上,他的住户们比他有知识多了。

我如今认识到了关于建筑学的美,我发现它是由内而外逐渐散发出来的,而它的这种魅力是从它的居住者的需求和性格中散发出来的。居住者是唯一的建筑师。它的建筑的美,来自他潜意识的真诚和高尚的心灵。至于建筑的外在,他没丝毫的考虑。如果说这种美是注定要发散出来的,那么他已经在浑然不觉中拥有了这种生命之美。在我们的国家,以画家们的品位来看,最有味道的住宅,往往是穷人所住的那些毫无修饰的简陋的木屋和农舍;最精致的房屋,不是体现在外表上的那些特性,而是取决于居住在其中的人的生活方式。同样生动的房子,还要算上一些市民在郊外的那些箱形的木屋子,这些市民在郊外的生活简单而质朴。如我们想象中的一样,他们的房子没有一点矫饰造作的风格,他们的建筑的大部分装饰都显得空洞无意义,一丝九月的微风就能把它们吹掉,仿佛吹落一支借来的羽毛一样,但这对建筑本身丝毫没有影响。那些不需要把橄榄与美酒储藏进地窖的人,没有建筑学的知识照样可以生活得很美好。如果在文学作品中,我们也如此刻意地追求华丽与唯美,如果我们《圣经》的创作者,也和教堂的建筑师一样耗费许多时间花在飞檐上,那么会出现什么情况呢?那些从事文学和艺术创作的人,以及教授们,就是如此刻意修饰的。当然,人在思考几根木棍是斜放在他上面还是放在他下面时,在思考他的箱子应粉刷上什么颜色时,当然还是有一点象征意味的。严格地说,他把木棍斜放了,把箱子粉刷上颜色了。可是在精神和身体已经分开的情况下,他这样做,就好像在打造自己的棺材一样。这里说的建筑学，是坟墓建筑学；这里说的"木匠"，是"制棺者"的代名词。

有人曾对我说，当你失望中，或者对人生悲观绝望时，抓起脚底的一把泥土，把你的房子粉刷成泥土的颜色吧。难道他想起他那狭长的房子了吗？他要在那房子里与世长辞了吧！不如抛一个铜钱来决定一下吧。他肯定闲得没事，有很多闲暇时光。为何你抓起一把泥土？为什么把房子刷成泥土的颜色？如果用你皮肤的颜色来粉刷房屋，岂不是更好吗？让房屋呈现一种苍白的颜色，或者刷成粉色，像为你羞红一样。可以说，这是一个改变村子房屋建筑风格的发明，倘若你能帮我找到适合我房子的装饰，我一定采用。

入冬之前，我造了一个烟囱，并且在房屋侧面钉上一些薄木板。因为那些地方已经不能挡雨了。这些薄木板是我从原木上砍下来的，虽然不是很完好，但经我用刨子将它们的两边刨平以后，看上去好了很多。

这样，我就拥有了一个密不透风、四周都钉上了薄木板、抹了泥土的房子。它10英尺宽，15英尺长，支柱高8英尺。房子还有一个阁楼，一个单间。房子四面各有一扇大窗，两个通气门，房子末端有一个大门。在正对着大门的地方，我用砖砌了一个火炉。在建造这所房子时，我买的原材料都是按普通价格，因为房子是我亲手搭建的，所以不计人工费用，全部花费我写在了下面，我写得很详细。因为很少有人能够准确地说出他们的房子终究用了多少钱。我不知道是否有人能把建筑房子使用的各种材料及其价格都说出来，即使有，我想也是很少的。

木板……………………8.035美元（大多数是旧木板）
屋顶和墙板用的旧木板……4.00美元

板条	1.25美元
两扇旧窗带玻璃	2.43美元
一千块旧砖	4.00美元
两桶石灰	2.40美元（买贵了）
绳子	0.31美元（买多了）
壁炉用铁条	0.15美元
钉子	3.90美元
铰链和螺丝钉	0.14美元
门闩	0.10美元
粉笔	0.01美元
搬运费	1.40美元（大多自己搬运）
合计	28.125美元

除了原木、石头、沙子，所有材料的费用，我都列在了上面。这些原料是免费的，因为我是在公共地带占地盖房，有这个免费享受的权利。另外，我用房屋的剩余材料，还盖了一间侧屋。

我原打算造一栋房子给自己，它要比康科德大街上任何一栋房子都要宏伟和漂亮。但没想到目前这样的一所房子，已经带给我那么多快乐了，而且花费也不大。

于是我发现，那些希望有个栖身之所的学生，完全可以拥有一所终身属于自己的房子，而且所费资金也不会高于他目前每年支付的住宿费。如果说我说得有些夸张，那么我想说，我这么说不是为我自己，而是为人类而夸大。我的缺点和前后不一，并不会对我的言论的真实性有丝毫影响。虽然我也有不少矫情和虚伪的地方，但那就像麦子上难打掉的秕子一样，我也跟别人一样为此感到遗憾。但我还是要通畅地呼吸，在这个问题上挺直腰杆，这样我的心灵和身体都会感到极大的愉悦。而且我暗下决心，决不卑躬屈膝，决不做魔鬼的代言人，我要试着站在真理这一边。在剑桥学院，一个学生住的房间，只比我这房间稍大一点儿，但他的住宿费每年就是30美元。剑桥学院在一个屋檐下建造了相连的32个房间，他们赚足了钞票。而房客们，却不得不忍受因邻居众多而带来的嘈杂和生活不便，甚至还有被逼住在四层楼上的呢。所以我想到，倘若我们在这些上面有所改善，不仅可减少教育资金的投入，还可以早些完成很多教育工作。并且，为了接受教育而不得不拿钱交学费，诸如此类，一定会逐步消失。

在剑桥，或其他学校的学生，为了获取他们必需的便利，付出了自己或他人巨大的代价。如果双方都适当地解决一下这些问题，那么，学生们只需要花费原来的十分之一就足够了。学校在收费的东西，往往并不是学生最需要的东西。比如，学费在学生的求学账目中是一笔庞大的支出，而学生与同时代的最有修养的人接触，并从中获得更有价值的教育，这个却不需要花钱。一个学院在成立时，往往是先弄到一批捐款，数量不限，然后盲目地按照分工的原则，一笔一笔地分下去，直到不能再分了为止。这个原则实在有必要审慎施行。项目招来一个承包商，承包商又聘用爱尔兰人或其他地方的工人，然后学院就开始奠基建设了。然后，学生们就必须得适应在这里面居住。然而为了这一个错误的决策，一代代学子不得不付出不菲的学费。我以为，那些学生或那些想从学校中有所收获的人，如果能自己动手来奠基动工，建设学校，情况就会好得多了。

学生们得到了他们向往的休闲和安逸。按规定，他们逃避了人类必需的劳动，得到的只是令人羞愧的没有益处的悠闲。而如何把这种悠闲转化为丰富的生活经验？他们却并没有学到。"但是，"有人说，"你不会是建议学生不该用脑，而是通过劳动去学习吧？"我并不是这个意思，我是建议学生们应该更多地思考，我建议学生们不该把学校生活当作游戏，而应该研究生活。社会要花费巨大的代价供养他们，他们应该始终热爱生活。我想只有这样才能像数学一样磨砺他们的心智。举例说明，假如我希望一个孩子了解一些科学知识，我就不想让他走我的老路，把他交给附近的教授。教授什么都会教，什么都会让孩子练习，但就是不传授他生活的艺术，更别说练习生活的艺术了。在教授那里，他告诉学生们只是通过望远镜或显微镜来观察世界，却从不告诉孩子用肉眼来观察周围的生活。学习化学，却不学习面包怎么制成的；或者学习机械学，却不会实际操作机械；发现了海王星的新卫星，却没有察觉到自己眼睛里的微尘，更没有察觉到自己已经是一颗流浪的卫星；在一滴醋中观察着怪物，却对周围的怪物毫无察觉⋯⋯而且，在这样的学习中，他们自己都被淹没了。

比方说，一个孩子自己开凿出了铁矿石，他自己熔炼它们，从书上查找他要了解的知识，自己动手制造了一把折刀；而另一个在冶金学院里学习冶炼技术的孩子，他的父亲赠给他一把罗杰斯牌折刀。试想，一个月下来，哪个孩子进步大呢？哪个孩子会躲避折刀的锋利，以免割破手呢？在我离开大学时，有人跟我说他已经学过航海学了。这令我十分吃惊。实际上，只要我到港口亲自实践一下，我就会获得不少这方面的知识。即便是贫困的学生，也要学习政治经济学，但是生活的经济学呢？这个哲学，我们的学院却从没有认真传授给我们，结果造成这个局面：儿子在学习亚当·斯密、李嘉图和萨伊的经济学说，父亲却在为难以摆脱的债务而痛苦挣扎。

我们的学院拥有上百种现代化设施，人们对它们经常抱有幻想，但这并不能总起到积极的作用。魔鬼很早就投资入股，之后又不断加股，所以他将无休止地索取利息,直到最后。我们的发明创造往往只是精美的玩具,它吸引了我们的注意力,把我们的视线从严肃的事情上挪开。这些发明只是对无法改进的目标提供一些改进的手段而已。而事实上,这个目标是很容易实现的,如同直通波士顿或者直通纽约的铁路一样。从缅因州到得克萨斯州我们急切想要搭建一条磁力电报线,但是从缅因州到得克萨斯州,大概不需要发什么重要的电报。就像一个男子热情地要和一位著名的耳聋妇人交谈,他被引荐给她,助听器的一端都握在手中了,他却想不起来要对她说什么。好像主要的问题只是需要快速表达,而不是要理智表达。我们迫切地准备在大西洋底下开通隧道,期望让旧的新闻快跑几个星期,迅速传播全世界,但是美国人的大耳朵听到的第一个信息,也许只是阿德莱德公主患上了百日咳之类的八卦新闻。总之,一分钟跑一英里的骑马人决不会随身带着什么最重要的新闻。我怀疑英国的著名赛马奇尔德斯,它是否曾运送过一粒玉米到磨坊?

有个朋友对我说:"我很奇怪你为什么不攒钱?你热爱旅行,有了钱,你今天就可以乘坐轿车去菲茨堡,见见世面。"但我自认更睿智一些。我已经了解到徒步旅行是最快的旅行。我便对我的朋友说,我们不妨比试一下,看谁先到那里。距离是30英里,车票是90美分。这几乎是一天的工资了,我记得,在这条路上工作的人一天只拿60美分。那么,我现在开始徒步出发,不用到晚上,我就会到达目的地。一周以来,我的旅行速度都是这样。再看看你,那时候你还在挣路费呢。假如你正好找到了一份应急的工作,明天的某一时刻你也许到达了,或许晚上就会到达。但是事实上你不是去菲茨堡,而是花费了将近一天的时间在这儿工作。显然,如果铁路环绕全世界一周,我想我还是能抢在你的前面。至于你说的开开眼界,增加阅历,我对此不以为然。

这是一个普遍规律,没有人反其道而行之。说到铁路,可以说它是四通八达，无限延展。人们想得到一条绕地球一周的铁路，就好像要把地球的表面挖平一样。人们稀里糊涂地相信，如果他们继续合股经营，铲子继续不停地铲下去，火车终究会到达某个地方，以后去那里就不必花多少时间，也不必花多少钱。但是，当成群的人拥向火车站时，售票员喊着"乘客上车"，烟尘滚滚，空气流散而去，喷发的蒸气凝结成了水滴。此时，你也许会发现，只有少数人上了车，而剩下的人说不定都被车碾压过去了……

无疑，赚到车费的人，最后肯定能坐上火车，只要他们还活在世上。但是，说不定那时候，他们早已经失去了活泼的个性，失去了去旅行的热情和兴趣了。耗费生命中最宝贵的时间去挣钱，目的是为了在未来那个最不宝贵的时间去安享一点可疑的自由，这让我想到了一个英国人——他为了实现回英国过诗人般的生活的梦想，他先跑到印度去淘金。而事实上，他应该立即就搬进破旧的阁楼才是上策。"什么！"一百万个爱尔兰同胞从大地上的草屋里发出叫声，"我们修筑这条铁路，难道不好吗？""嗯"我答道，"相比是好的，换句话说，也许你们这么做结果会更糟糕。然而，作为你们的同胞，我更希望你们能找到比挖土修路更好的事情来做，以度过你们真正的美好光阴。"

在我的房子建成以前，我只愿用老实而愉快的方法，挣个10美元或12美元，以支付我的额外开支，这就够了。为此，我在房子旁边两英亩半的沙地上种了些蔬菜，主要是蚕豆，还有土豆、玉米、豌豆和萝卜。我一共拥有11英亩地，大部分生长着松树和山核桃树。上一季土地价格是一英亩8.08美元。有个农民说这片土地"没有什么用，只好养一些聒噪的松鼠"。我并没在这片地上施肥，因为我不是这片土地的主人，仅仅是暂时居住在这片公共土地上的人，我不希望耕种这么多地，所以没有立即全部土地翻耕一遍。我犁地时，挖掘出许多树根来，这使我很长时间都有柴烧。我留下了几小块没有耕过的沃土。夏天时，蚕豆长得十分旺盛，很容易就能认出来。我的另外一部分燃料，来自屋后枯死而滞销的树木，还有湖上顺流漂下的木头。为了耕地，我不得不租来了犁地的马，还雇了一个短工，但还是我亲自掌犁。第一季度，我的农场的支出主要在工具、种子和雇工等方面，一共是14.725美元。玉米种子是别人给的。种子实际也花不了几个钱，除非你种很多菜。我收获了12蒲式耳蚕豆，18蒲式耳的土豆，还有一些豌豆和玉米。黄玉米和萝卜因为种得太迟，没多少收成。这是我的农场的全部收入：

23.44美元

减去支出14.725美元

结余8.715美元

除了我已经花掉的，手头存储的一些产品大概价值4.5美元。我手上的存货，已超出了我不能种植的一些蔬菜的价值。我考虑到心灵和时间对人的重要性，我才种了一少部分土地。虽然种地这个实验花了我很少的时间，甚至因为它用的时间短，我相信我今年的收成要比康科德镇上任何一个农夫的收成都要高。

第二年，我干得更好了，因为所有需要翻耕的土地都种上了，大约有三分之一英亩。从这两年耕种的经验中，我发现我并没有被大量的农业著作吓倒，包括亚瑟·扬的名著在内。我认为一个人如果要过简朴的生活，只吃他自己耕种的粮食，并且耕种的土地正好满足他的所需，也没有贪欲去交换更奢华、更贵重的物品，那么几平方米的土地对他来说就已经足够了。用铲子耕地比用牛耕地又便宜很多，每次可耕种一块新地，这样就不必给旧地不断施肥，而农场上的一些必要的工作，只需在闲暇时稍微做一下就够了。这样他就不会像现在的人们这样，和一头牛、一匹马、一头母牛或者猪拴在一起了。就此意义讲，作为一个对当下社会经济的措施成败不关注的人，我可以公正地说，我比康科德镇任何一个农夫都更独立、更自由——因为我没有把自己捆绑在一座房子或一个农场上，我能按照自己的意愿做事。而且我的境况已经比他们好很多，假如我的房子被烧成灰烬，或者我的收成不好，我仍然能够过着跟以前一样好的日子。

我经常感觉，不是人在豢养牲畜，而是牲畜在看护人。虽说人比牲畜更自由，但实际上是人与牲畜交换了彼此的劳动。倘若我们只考虑这必需的劳动，那么似乎牲畜要占很大的便宜，它们的农场也更大。人所要承担的一部分交换劳动，便是要割六个星期的饲料，这可不是儿戏。当然世上并不存在一个这样的国家，所有人的生活都很简朴。没有一个国度的哲学家，愿意来驯化牲畜劳动。以前没有，以后恐怕也不会有。我绝对不愿意去驯服一匹马或一头牛，束缚住它，然后指挥它为我任劳任怨地劳作，因为我害怕自己变成马夫或牛倌。如果我愿意这样做，对社会是有益的。是不是可以这么说，一个人得到好处，就是另一个人损失利益。马房里的马夫和他的主人并没有同样的满足感。因为考虑到一些集体作业没有牛马的协助无法实现，所以就应让人们和牛马一起分担这种光荣的劳动。照此推断，如果人们不能完成这种工作，是不是就没有他的价值？

人们开始利用牛马为人类服务，做了一些不必要和出于艺术目的的工作，还做了一些奢侈而没有价值的工作。所以，不可避免地，有少数人要和牛马做交换工作。也就是说，这些人成了强者的奴隶。所以，人不但为他内心深处的兽性而工作，而且就好像是个象征，他还要为他身外的牲畜工作。虽然我们拥有很多砖瓦或石头建造的房屋，但是一个农民家境殷实与否，还得看看他的马厩是否超过了他的房屋，超过到何种程度。人们都说城市里建有最大的房子,专门供给耕牛、奶牛和马匹居住,比起公共建筑一点也不逊色。但是,这个城市提供给人们言论自由和信仰自由的大厅却没有几个。国家为什么不用抽象的思维来作为纪念的标志,而用宏伟的建筑给自己竖立纪念碑呢?一卷《对话录》可比东方的所有废墟都值得赞叹。高耸的塔楼与气派的寺院是帝王贵族的奢侈居所。而一个纯洁而独立的心灵,决不会屈从于帝王的旨意去甘当苦力。天才绝不是帝王们的贴身随从,金银与大理石都无法让他们动心,能让他们屈从的情形很少见。我祈求上帝告诉我,锤打这么石头,是要达到什么目的?当我在阿卡狄亚的时候,我没有见到一个人在敲击大理石。而很多国家有疯狂的野心,想靠留下无数他们打造的石头来让自己永垂不朽,流芳百世。如果他们用同样的劳动来雕琢自己的修养和风度,那么结果会如何呢?做一件有意义的事情,要比建造一个高耸得能够着月亮的纪念碑更有流传价值。我更希望石头就待在它们原来的地方。底比斯的宏伟是粗俗的,还不如围绕着诚实人田地的那一平米方的石墙更合理耐看,它的合理即使一座有一百个城门的底比斯城也不能比,因为底比斯城已经远离了人们生活的真正目标。野蛮的宗教和文化往往给自己建造起宏伟的寺院,而基督教就没有这么做。一个国家把敲打下来的大部分石头都用于建造坟墓,所以说,他在亲手埋葬自己。

说起金字塔,本没有什么奇怪之处。令人惊讶的倒是:有这么多人卑微屈辱、竭尽全力地为一个愚蠢的野心家建造坟墓。事实上,这不如把他扔到尼罗河里淹死,然后拿去喂野狗,显得更聪明更有气魄。我当然可以给他们,也给法老这个家伙找一些掩饰之辞,可是我懒得那么做。至于那些建筑师,他们所信仰的宗教和热爱的艺术,全世界倒是一样,无论他们建造的是埃及的神庙,还是美国的银行大厦,付出的代价总是大于其实用价值。虚荣是他们做这些事情的动机,还有对大蒜、面包和牛油的嗜好。一位名叫巴尔康的建筑师,年轻有为,他仿照偶像维脱鲁维的风格，用硬铅笔和直尺设计出一个图样，设计稿立即被传到道勃苏父子的采石公司去了。当它被人们藐视了30个世纪后，如今它又被人们倾慕仰视而广受赞誉。相比之下，再回头看一看你们的那些高塔和纪念碑吧。城里曾有一个疯子要挖出一条隧道直通中国，他挖得很深，据说他已经听得到中国的茶壶烧开水的声音，但我绝不会违心地去赞美他挖的那个大洞。很多人对东西方的那些纪念碑很关心，想知道是谁建造的。而我却想知道有哪个人反对造这些东西的。因为他才是已经超脱世俗的高人。

我还是继续统计一下数字。当时我在村中一边测量，一边做着木工活，以及别的一些工作。我能做的行业和我的手指一样多，我一共赚到了13.34美元，这是8个月的伙食费。就是指从7月4日到次年3月1日。我记下了账单，虽然在这儿我只住了两年。自己种的土豆、少量玉米和一些豌豆不计算在内，结账那天在手上存货的市价也不包括在内，账单如下：

米··························1.735美元

糖浆······················1.73美元（最便宜的糖精制成）

黑麦粉··················1.0475美元

印第安玉米粉········0.9975美元（比黑麦便宜）

猪肉······················0.22美元

以下都是失败的试验品：

面粉······················0.88美元（比印第安玉米粉贵，而且制作麻烦）

糖··························0.80美元

猪油······················0.65美元

苹果······················0.25美元

苹果干……………………0.22美元
甘薯………………………0.10美元
一只南瓜…………………0.06美元
一只西瓜…………………0.02美元
盐…………………………0.03美元

是的，我的确吃掉了8.74美元。但如果我不知道读者中很多人也会有这种罪过的话，我是不会这样厚脸皮地公开自己的过错。他们花费的账单如果印刷出来，恐怕比我的还要糟糕呢。次年，偶尔我会捕鱼吃。有一次我竟然杀了一只践踏我的蚕豆田的土拨鼠。正如鞑靼人所说，它好像在灵魂转世。我吃掉它，一半也是因为试验。土拨鼠的香味如麝香，给了我一种短暂的享受。但我知道长期享受这美味是不利于身体健康的，即使请来村中的名厨来烹饪也不管用。

与此同时，衣服和其他的零用，数目虽不多，也有以下开支：

衣服和零星开支…………8.4075美元
油和其他家庭工具………2.00美元

洗衣和补衣之类的事，一般交给外面的人去做的，只是账单还没有送到。以下这些是活在这世上必需的花费，可能它的范围还要广一些。它们是：

房屋………………………28.125美元
农场的全年开支…………14.725美元
8个月的伙食费……………8.74美元
8个月的衣服等……………8.4075美元

8个月的油及其他开支…………2.00美元
总计……………………………61.9975美元

这些话,我是用来对那些要谋生的读者说的。为了支付以上费用,我卖掉了农场的产品,它们是:

卖掉的农产品…………………23.44美元
做散工的工资…………………13.34美元
总计……………………………36.78美元

从花销中减去我挣的钱,差额25.2175美元,正好是我最初拥有的钱数。原本我打算负担支出。支付的同时,我也得到了很多。除了得到悠闲、独立和健康,我还拥有一栋舒服的房子。我想住多久就住多久。多么好!

以上的统计数目尽管很烦琐,看上去没什么价值,但因为十分详细,所以也有某种价值。我再没有什么可记上账单的了。从上面所列的账单来看,我每周花在食物这一项上就要27美分。在之后的近两年内,我的食物一直是黑麦和没有发酵的印第安玉米粉、土豆、大米、少许腌猪肉、糖浆和盐。而我的饮料就是水。对我这样偏爱印度哲学的人来说,用大米作为主食是非常合适的。为了应付那些喜欢吹毛求疵的人的异议,我还得声明一下,我有时会到外面就餐,我以前经常这样,相信将来也会这样。当然,我这样做只会加大我的家庭内部的经济预算。

从这两年的生活经验中,我得出一个结论:就算处在同一纬度的人,要得到他所必需的食物也是很容易的。而且,如果一个人像动物一样吃得简单,照样可以拥有旺盛的精力和健康的身体。我曾经从玉米地里采摘回一些马齿苋,把它煮熟加盐调味,饱餐了一顿,这一顿美食使我感到心满意足。我写下它拉丁文的学名,是因为它的俗名很无趣。在和平年代,在一个平常的中午,对于一个追求理性的人来说,能吃上一顿盐水煮熟的甜嫩马齿苋,还会奢望什么更丰盛的食物吗?纵使我稍微变换花样,也只是尝试换一下口味,并非为了追求健康。但是人们经常忍饥挨饿,不是由于缺少食物,而是缺少他们想要的奢侈品。我认识一个善良的女人,她认定她的儿子之所以死亡,是因为他只喝清水。

读者可能会察觉,我在以经济学的观点来分析这个问题,而不是从美食的角度来分析的。除非读者过于肥胖,否则他不会愿意像我一样,冒险以节食来做什么实验。

开始,我只用纯印第安玉米粉与盐来烘焙面包,一种纯正的糕点。我在户外搭起火来烤,我把它们放在一块薄薄的木板上,或者放在建造房子时从原木上锯下来的木块上。可是,面包经常被熏得有松树的味道。我也尝试过用面粉,但是最后却发现还是黑麦与印第安玉米粉调制最省事、最美味。在寒冷的天气,如此不断地烘烤小面包是非常有趣的事,我小心地翻动它们,如埃及人孵小鸡一样。我烤熟的它们,是我亲手种植的谷物的结晶。我闻着它们的香味,好像闻着其他鲜美的果实一样,芬芳美味。我用布子包好它们,以尽可能让这种香味保存得时间长一些。

我曾经研读有关古人制作面包工艺的书籍,也曾向一些权威人士请教。在这些书中,我一直向前追溯,找到原始时代关于制作不发酵面包的最早记录。它标志着人类从吃野果和生肉的饮食中解脱出来,开始发展到文雅地吃面包的时代。渐渐地,我在研究中逐步了解到,因为面团的一次偶然发酸——据推测因此人们学会了发酵的技术,然后经过种种发酵程序，才制作出"优良的、美味的、对健康有益的面包"，它是人类生命的支柱。有人认为酵母是面包的灵魂，是填充细胞组织的精神物质，就像圣坛上的火焰，被虔诚地保存至今。我想，最初一定有非常宝贵的几瓶是由"五月花号"客轮带到美国的，而至今它的影响还在这片土地上随着谷类作物的生长而升腾、膨胀、扩散、伸展。我也从村中毕恭毕敬地弄来一些酵母，但有一天早上，我却犯了一个错误——我用滚烫的开水烫坏了它。由此突发事件我发现，酵母甚至也可以从我的生活中被剔除掉。这个发现不是我通过综合考虑得出的，而是用分析的方法得出来的。之后，我就索性不用它了。虽然很多家庭主妇曾热心地对我说，没有酵母，不可能制作出安全又健康的面包，老年人还说我的身体素质很快就会下降。然而，我以为酵母并不是生活必需品，没有酵母我活了一年，我依然快乐地生活在这片土地上。这让我很高兴，我终于不用再在袋子里装一只小瓶子了。你知道有时候砰的一声瓶子炸碎了，里面的东西会倾泻四溅，我常为此郁闷。现在我因不用酵母而更省心、更悠闲了。人和其他动物相比，对各种气候和环境的适应性更强。我并没有在面包里加盐、苏打、酸素或者碱面。似乎我是按照基督诞生前两百年的马尔库斯·鲍尔修斯·卡托的秘方制作面包的。"Panem depsticium sic facito.Manus mortariumque bene lavato.Farinam in mortarium indito, aquae paulatim addito, subigitoque pulchre, Ubi bene subegeris, defingito, coquitoque sub testu."我这样理解这段话："制作手揉面包方法如下：首先洗净手和揉面槽。把粗面粉放进揉面槽，然后慢慢加水，将面揉匀。等到面揉成形了，再合上锅盖开始烘烤。"就是说，我们还需要一个烤面包的炉子。马尔库斯对发酵一字未提。事实上，我还不能经常享用面包这种生命的食粮。有一段时间，我囊中羞涩，有一个多月我没见过面包的影子。

在这片适合种植黑麦和印第安玉米的土地上，每个新英格兰人都能很容易地种植出他所需要的面包原料,而无须依赖那遥远的、竞争激烈的市场。但我们的日子既不朴素也不独立。现在在康科德镇的店里,我要想买到新鲜又甜的玉米面已经很难了。那些玉米粒和粗糙无比的玉米粉几乎没有人吃。农民们把自产的大部分粮食喂了牛和猪,却花更多钱到店铺去买未必对身体健康有益的面粉。我观察到,一两个蒲式耳的黑麦与印第安玉米粉很容易培育和种植,黑麦在最贫瘠的地上也能生存,印第安玉米对土地要求也不高。我甚至可以用手就把它们磨碎。没有大米,没有猪肉,我也能过日子。倘若我必须要获得一些糖精,在南瓜或甜菜根里就可以提取出一种优良的糖浆来。还有槭木果,提取糖精更容易。如果这些南瓜等原料正在生长期,我还可以用各种替代品,代替上面提及过的东西。正如我们的祖先所歌唱的那样:

我们可以用南瓜、胡桃木和防风草来酿成美酒,来润甜我们的嘴唇。

最后,我要说到食盐,可以说它是杂货中最粗糙的商品。如果想得到食盐,就可以去一趟海边;或者如果你的生活中完全不用它,倒还可以少喝一些开水。我不知道印第安人是否曾经为了寻找食盐而费尽脑筋。

至少对我而言,我吃的食物,就已经避免了买卖贸易与物物交换。而且,我还有一个挡风遮雨的房子。接下来,就是衣物和燃料问题。一个农民在他的家里,为我织成了我身上现在穿的这条裤子。感谢上帝,人们身上有这么多美德。因为我一直认为一个农民降格去做技工,就像一个人降格去做农民一样。他们的伟大值得纪念。但如果搬到一个乡村去,燃料就是一个大问题。至于栖息之所,如果不允许我继续居住在这个偏僻的地方,我就可以用我翻耕过的土地价格,也就是8.8美元,来买下一英亩土地了。但事实上,我认为我选择居住在这里,已经让这里的地价上涨了。

有一小部分人，就是那些一直质疑我的生活方式的人，他们有时会问我这样的问题，譬如他们问我："是否你认为仅吃蔬菜就可以生存？""为了立即道明事物的本质，因为信仰就是本质"，我向来这样答复他们，"我即使吃木板上的钉子也能生存下去"。如果他们连这也不明白，那无论我说什么，他们也不会明白。对我来说，我就十分乐意听到这样的回答，说明有人在做这样的实验。好像有一个年轻人，曾尝试过在15天里，只吃坚硬的、带粗皮的玉米来维持生命，而且他用牙齿来做石臼。松鼠一直是这样，而且很成功。人类向来对这样的实验有兴趣，虽然有少数老太太，因为年老牙齿脱落，无法享受到这种权利。还有，那些继承亡夫面粉厂三分之一遗产的老太太，也许听到这样的实验也会被惊到。

我的家具，一部分是自制的，其他买的，也没花多少钱，我没记账。自制的家具有：一张床、一张桌子、三把凳子、一面直径3英寸的镜子、一把火钳和壁炉的柴架、一个水壶、一个长柄的平底锅、一个煎锅、一只长柄勺、一个洗脸盆、两副刀叉、三个盘子、一个杯子、一把汤匙、一个油罐和一个糖浆缸，还有一只涂抹了日本油漆的灯。没有人会穷得只能一屁股坐在南瓜上而垂头丧气，那样做的是懒汉。

村子的阁楼里，有不少我偏爱的椅子。只要你去拿，它就属于你。感谢上帝，这些家具，我可以坐在上面，也可以站在上面，我不用家具公司来帮忙。如果一个人看到自己装在车上的家具，完全暴露在光天化日之下，在众目的关注下，都是一些不堪入目的空箱子。这样子，除了哲学家，谁会不觉得丢人呢？这就是传教士斯波尔亭的家具。看到这些家具，我一时不能分辨，这是一个富人的财产呢，还是穷人的财产。这些家具的主人，看上去一副穷相。看来真是这样，家具越多越显得贫穷。每一辆车上好像装了十几间草屋的东西。如果说一间草屋是贫穷的，那么这么多的草屋,就是十二倍的贫穷。你说,我们为什么总搬家?不就是觉得应该舍弃一些旧家具,像蛇蜕皮一样,离开这个旧世界,然后搬到一个有新家具的新世界中去,或者直接把老家具烧掉吗?就好像一个人把所有陷阱的机关都设置在他的绳子上,在他搬家经过荒野时却停滞不前,因为地上到处都放着绳子,而他却不得不拖动那些绳子,最终把他自己拖进了陷阱。而把断尾遗留在陷阱中逃掉的狐狸无疑是幸运的,麝香鼠为了逃命,也不惜咬掉自己的第三条腿。可见,人早已失去了灵性,所以他多次走上了一条不归路,也就不足为奇了。也许有人会问:"先生,恕我冒犯,你所说的绝路是指什么呢?"如果你喜欢观察,无论何时,你遇到一个人,就可观察出他拥有什么,以及他假装缺少的东西,你甚至能看到他厨房中的家具,以及他所有华而不实的物品,这些物品他都要保留,不愿意烧为灰烬。这些物品被套在了他的身上,他就像一头牲畜,全力拖着它们向前走。当他钻过一个绳结的圈套,或是穿过了一道门时,而他背后的一车家具却被挡在门外。这时,如我上面所说,这个人走上了一条不归路,绝路。

一个相貌堂堂、身材魁梧的人,看去很自由,而且他的一切好像都安排得很好,但当我听到他提到"家具"两个字时,无论这家具是否上了保险,我都忍不住对他表示怜悯。"我的家具怎么处置呢?"甚至还有些人,看上去多年来没有家具的拖累,但如果仔细问他,你就会得知他的家具,有几件存在别人家的谷仓下面。我看现在的英国,就像一位年老的绅士,拖着他众多的行李在旅行。在一个长期居住的地方,积累了很多华而不实的东西,但他提不起勇气一把火烧掉:大箱子、小箱子、手提箱和包裹。至少,前面的三样东西都可以扔掉吧。现在,即便一个身体健康的人,也不会提着他的床铺到处走。所以我要劝告那些患病的人:抛弃你们的床铺,向前奋力奔跑吧!当我遇见一个移民,看他驮着他的全部家当———一个大包裹,蹒跚前行。那巨大的包裹好像他脖子后生出的一个大肿瘤。我真是无比可怜他,并不是因为他只有这点家当,而是可怜他这么辛苦地驮着这一切上路。如果我必须带着我的陷阱上路,那么我至少要带一个相对轻便的陷阱。机关一开,它不会咬住我最致命的部位。然而,最聪明的方法就是,千万不要用自己的手掌去触碰那陷阱。

顺便提一下,我也从不花钱去买窗帘,因为除了遮挡太阳和月亮,没有什么需要被隔绝在外面,我也乐意太阳和月亮来看望我。月亮不会让我的牛奶发酸,或者让我的肉发臭;太阳不会晒伤我的家具,或者使我的地毯褪色。如果有时我察觉这位朋友太热情了,我就会躲避到大自然为我提供的窗帘后面去。这样很经济,更划算,所以何必在家里挂上一张窗帘呢?一次,有一位女士打算送我一张草垫,但我的屋里没地方搁置它,我也没有空闲打扫它,于是我婉言谢绝了她。我宁愿在我家门前的草地上擦拭我的脚底。

此后不久,我参加了一个教会执事的财产拍卖会,他一生卓有成效,但"人作的恶,死后还流传"。他的大部分家具华而不实,有些还是他的父亲传给他的。其中一件家具上还留存着一条干绦虫。直到现在,这些财产还被静静地放在他家的阁楼上和另外尘封的洞窟中,已经有50年之久了,还没有被烧毁。非但没被烧毁,或者净化消毒,反而被拿出来拍卖了,要留给别的主人以增加它们的使用寿命。邻居们聚拢来观看,有人买下把它们,小心地搬回家,放在他们的阁楼里和尘封的洞窟中,继续搁置。直到这份家产再次需要处理,那时它们又被重新拿出来拍卖……一个人死了,带不走任何东西,一了百了。

或者一些被我们认为野蛮国家的习俗,倒值得我们学习,一定会大有裨益。他们似乎至少每年要表演一次蜕皮,虽然不是真的蜕皮,但他们却象征性地每年表演一次。像巴尔特拉姆叙说摩克拉斯印第安人的风俗，他们每年都会举行收获第一批果实的祭典。如果我们也像他们一样，举行庆祝会，岂不是很好吗？"当一个部落召开庆祝典礼时，"他写道，"他们首先准备了新的服饰、新坛子、新罐子、新盘子、新的家用器具、新家具，然后用所有穿烂了的服饰和其他可以扔掉的旧东西，打扫一下他们的屋子、广场，还有整个部落，把垃圾和积攒的发霉的谷物以及别的陈旧粮食，全都堆在一起，然后一把火烧掉。再吃药，禁食三天，整个部落都熄灭火把。禁食之日，他们放弃吃食物，以及其他欲望的满足。禁食宣布结束时，一切有罪之人都可以重返部落。"

"在第四天的早上，大祭司拿起干燥的木块摩擦，在广场上燃起新的火焰。然后每一户居民从这里采取火苗，得到了重生的纯洁之火。"

他们开始食用新的粮食和水果，载歌载舞三天，"在随后的四天之内，他们接待邻居部落的朋友们，接受他们的慰问和祝贺，他们的朋友也用这样的方式净化了自己，一切准备都如此妥当。"

墨西哥人每隔52年就要举行一次净化庆典，因为他们相信世界每52年来一次轮回。

我再没有听过比这更神圣的庆典了，如字典上解释的圣礼一样，这是"内心灵性纯净的外在表现仪式"。我丝毫不怀疑，他们听从天意的召唤而保持着这个风俗，尽管他们缺少一部《圣经》记载上帝的启示。

我靠双手劳动养活自己，已经超过五年了。我发现，一年当中我只需工作六周，就足以支付我的生活开支了。在整个冬天和夏天的大部分时间，我自由而惬意地读书。我曾经努力想创办一所学校，但我发现所得与付出相当,甚至还入不敷出。因为我必须打扮自己,还必须按照别人的方式思考和做事,结果这一笔生意浪费了我很多时间,也无所收获。因为我做教师不是为了同胞的利益,而只是出于生存的考虑,结果以失败告终。我也曾努力尝试做生意,但我发现要学会经商的诀窍,需要花去十年的时间,或许到那时我已经被魔鬼拥抱在怀中了。事实上,我真正的担心是到时候我的生意会很兴隆。在我以前四处寻找谋生时,曾因听了几个朋友的建议结果却惨败。由于这个教训,我想尽办法避免重蹈覆辙。为此,我也曾经认真想过,自己倒不如去拾些浆果过活。这对我不难做到,利润虽然微薄,但对我已经足够。因为我的最大优点就是需求很少。我这样傻傻地想着,我只需很少的钱,而且这样活也不违背我的本性。而我熟悉的人们都毫不犹豫地开始做生意,或是去找到一份工作。我想,我目前的职业应该是他们最羡慕的吧。整个夏天,我漫山遍野地奔跑,一路上我随意拾起身前的浆果,之后又随便地把它们扔掉。仿佛我在看护阿德摩特斯的羊群。我也曾幻想,我可以采集些山花野草或常青藤,用车辆把常青藤运给那些喜欢花草的村民,甚至还可以运送到城里。但那时起我开始明白,商业诅咒它经营的任何事物。就算你经营的是天堂的福音,也摆脱不了商业的诅咒。

由于我有所偏好,又看重个人自由,同时我还能吃苦,能取得成功。所以,我并不希望把时间花费在购买华丽的地毯、时尚流行的家具、美味可口的食物、希腊风格或哥特风格的房子上。如果有人能容易地得到这些,得到之后又能懂得利用它们,我觉得他们需要去追求。有些人的勤奋爱劳动好像是天生的,或者劳动可以避免他们去干坏事;而有些人,我暂且无话可说;至于另外一些人,倘若拥有很多空闲时间,却不知如何利用,那我要劝诫他们要加倍努力劳动,一直努力到他们能够养活自己,获得自由的人生。我以为,在所有的职业当中,临时工最为独立潇洒,而且一年当中只需三四十天就可以把自己养活。太阳落山时,临时工的一天就结束了,随后他就可以自由地专心于某种活动,这种活动跟他的职业没有关系,与他的兴趣有关。而他的雇主,则要费尽脑筋地操劳,日复一日,经年累月,不得休息。

简单地说,我相信,一个人靠信仰和经验生活,要活得简单而精明,这很容易,而且这还称得上是一种休闲的生活。但在相对单纯的国度,人们从事的工作好像只是一些刻意为之的体育运动。其实,一个人谋生,并不需要每天大汗淋漓地劳动,除非他比我还能出汗。

我认识一个年轻人,他从祖上继承了几英亩地。他跟我说,他也想像我这样生活,如果他有办法的话。但我并不希望任何人,出于任何目的,也像我这样生活。因为,也许还没等他学会我的活法,我已经在按照另一种方式生活了。我认为世界上的人,千姿百态最好。但是我希望每个人都能谨慎地找到并坚持适合他自己的生活方式,而不是按照他父母或是邻居的活法来生活。年轻人的生活有无限可能,他可以建筑、耕种、航海,只要不阻拦他去做他真正愿意做的事。人很聪明,因为人会计算。即便是水手和逃跑的奴隶,也都知道北极星指示的方向,这聪明能让他受用一辈子。或许我们无法到达预期的目的地,但并不影响我们坚持自己正确的方向。

无疑,对一个人来说是真实的事情,对一千个人来说也是真实的。正如一栋大房子,按比例计算,并不比一座小房子更昂贵。一个屋顶可以同时盖住几个单间,一个地窖也可以设置在几个单间的下面,许多单间都是被一道墙壁分隔出来的。我自己更喜欢一个人居住。而且,房子全部由你自己来建造,比你费尽口舌去劝说邻居共用一道墙要省心很多。如果你为了占便宜而跟别人合用一道墙,那么这道墙一定不厚。你的邻居也许不是一个好邻居,并且他也不会去修缮他那面墙。一般能达成的共识很少，并且都是表面的。如果有真正的合作意向，那么可能你看不到它的存在，反而能听见一种和谐的声音。如果一个人是自信的，他可以自信地与人合作；如果他不自信，他会如世界上其他人一样，继续安于现状。合作的最高境界，乃是让我们共同生活。最近我听说有两个青年人想一起做环球旅行，但是其中一个人穷苦不堪，一路上要依靠在船上做水手或者在田中犁地，来赚钱维持生计；另一个口袋里则装着支票。显然，他们不可能长期相伴左右或相互合作，因为他们的合作中有一个人根本不会做事。当他们的旅行中发生第一个危机时，他们就会分道扬镳。最重要的是，一个想独自旅行的人，应该是想今天出发就今天出发。而结伴同行却要等伙伴准备就绪，在他们出发之前可能就要浪费很多时间。

"但是你这样的观点非常自私啊。"我听见镇上有居民这样说。我不否认，直到现在，我都极少从事慈善事业。我有一种强烈的使命感，为此我牺牲了自己很多快乐，其中包括参与慈善的快乐。有人费尽心机，想劝说我去帮助城镇里的一些穷苦人。如果我没事可做，而魔鬼总是在闲人头上盘旋，或许我会尝试这种事情，聊解寂寥。但每当我想在这方面尝试一下，想尝试改变一些穷人的生活，希望能帮到他们在各方面如我一样活得舒适，以让他们过上天堂般的生活作为我的义务，甚至我已经向他们提供了帮助，但是他们好像都愿意继续在他们的贫困生活中逗留。镇上一些人，正努力为同胞们谋取利益，我相信这样做至少可以避免人们去做其他无人性的事。可是慈善和其他所有事业一样，需要天赋，而现在的慈善事业往往人浮于事。我曾尝试去做慈善事业，但很奇怪，最后发现它与我的兴趣不符，所以后来我放下它就感到释然了。社会要求公民从事慈善以使宇宙不致毁灭这种怪诞的事业，或许我不该谨慎地逃避它。但我确信，在全世界的某个地方，确实存在一种类似慈善的事业，它维持着我们这个星球的正常运转，但是它的力量要比慈善强好多倍。虽然如此，我不会阻止一个人去发挥他的天赋，去做慈善。对这种工作，我自己是不从事的，而对于那些全心全意又毕生从事慈善事业的人，我会鼓励他们说：你们要坚持下去，即使全世界的人都说你这是在"做恶事"。

我并没说自己有怪癖，显然，读者中也有许多人会和我一样，想为之申辩。在做其他事情时，我并不确信邻居们会认为它是好事，我可以毫不犹豫地回答他们，我是一个优秀的员工。但是我究竟做什么事才算优秀呢，这要由我的老板来评价了。我所做的那些被人们称为"好事"的事情，大都是我在无意间做成的，而且是在我的主要事业之外做成的。人们总是会非常实际地对你说，就从你现在开始，从脚下开始，按照你原本的样子，不以做一个是否对他人有用的人为目标，而是怀着一颗善心去自然地做善事。如果我也拿这种腔调说话，我干脆会说：都去吧，去做个好人。就像太阳，它用它的光亮照亮了月亮或一颗六等星之后，会停下脚步，就像好人罗宾·古德费洛一样不断地奔跑。太阳在每个村子的每户窗外偷窥，让黑暗地方隐藏的东西清晰可见，它不总是散发着柔和的光给大地以恩泽，有时会变得光辉灿烂，没有人敢凝视它。但同时它环绕着世界，在它自己的轨道上运行着，自然地做着善事。也可以说，正像一个哲学家已经发现的那样，地球围绕着太阳运转的同时也得到了它的恩泽。法厄同想证明太阳是神的倾向，所以它能给世人带来惠泽。于是他开始驾驶日轮，但不过一天，就脱轨了，结果使天堂街道的几排房子化为灰烬，地球表面被烧焦，泉水干涸，大地被烘干，同时撒哈拉大沙漠也出现了，最后，主神朱庇特一个闪电把法厄同打倒地上。但太阳对他的死却感到悲伤，因此有一年没有发出它的光和热。

善良一旦变了味儿，就会臭味难闻，就像人的腐尸或神的腐尸散发出的臭味。如果我得知有人准备到我家里来，为我做善事，那我一定仓皇而逃，就像我要逃离非洲沙漠中被称作西蒙的狂风的魔爪一样，因为沙粒会堵住你的眼睛、鼻子、嘴巴和耳朵，直到你窒息死亡。因此我害怕有人对我行善，我怕这善良的毒素会浸入我的血液。如果一个人非要对我行善，我宁愿忍受他对我做出不好的事情来，因为那样似乎更自然些。如果我饥饿难耐，他把食物送到我面前；如果我冻得发抖，他给我暖和的衣服；如果我失足掉在沟里，他伸出手拉我上来，我以为这个人不一定称得上好人。因为我能找到一条纽芬兰的狗，它也能做这些事情。慈善并不是对同胞的泛爱。虽然霍华德的优秀无人否认，值得敬佩，而且他因善举得到善报，但是如果霍华德们所做的慈善事业，不能惠及我们这些已经拥有较好产业的人身上，或者他不是在我们最需要援助的时候出现，那么一百个霍华德对我们的意义又何在呢？我从未听说过有慈善大会认真地建议，决定对我这类人做一些善举。

那些耶稣会的教士也被印第安人吓傻了。被捆住的印第安人在被活活烧死时，以一种奇特的方法来惩罚那些对他们施虐的人。他们超越了肉体经受的痛苦，甚至超越了传教士奉献的心灵抚慰。杀害者所要遵循的规则是在杀害他们时少一点啰嗦，少在他们耳边絮叨，他们对于加害他们的方式根本无所谓。相反，他们以一种奇特的方式去爱杀害他们的人，甚至宽恕了他们对自己所犯的罪行。

你有必要向穷人提供他们急需的帮助，因为他们被你落在后面，原本就是你的错失。如果你施舍给他们钱财，应该监督他们如何花这些钱，不要以为扔给他们就完事了。我们有时会犯一些莫名其妙的错误。那个穷人虽然很邋遢，衣衫褴褛，性格粗野，但他并没有我们想象得那么贫困。看上去他穷困潦倒，但他似乎安于这种状况。如果你给他钱，他也许会去买更多破烂衣服。我总是对那些蠢笨的爱尔兰工人充满同情，他们在湖上凿冰，衣衫破烂，一副穷苦相。但我虽然穿着干净时髦的衣服,同样冷得发抖。所以你凭什么可怜人家呢?严冬的一天,一个曾掉进冰里的工人到我房中取暖,他脱掉了三条裤子和两双袜子后,我才看到他的皮肤。虽然裤子和袜子确实破烂不堪,但他并不需要我再送给他衣服,因为他的衣服已足够多了。他需要的正是一次这样的落水。所以,我反倒开始怜悯起自己来了。所以说,给我一件法兰绒衬衣,要比给这样的穷人一家旧衣物店更慈善。一千个人在砍伐罪恶的树枝,唯有一个人在砍伐罪恶的根。或许可以这么说,正是那个在穷人身上花费时间和金钱最多的人,制造出了更多的贫困与悲哀。他现在只能竭力又徒劳地挽救。正是衣冠楚楚的奴隶主,挤出奴隶产出利润的十分之一,给予其他奴隶一个周日的自由。有人为了表示自己对穷人的恩赐,叫穷人到厨房去干活。为什么奴隶主自己不去厨房干活?这样不是更仁慈?你炫耀说,自己的收入有十分之一都捐给慈善事业了,或许你应该捐赠十分之九。现在社会收回的财富只有十分之一的,你说,这是资产者的慷慨大方呢,还是正义人士的疏忽?

慈善好像是唯一被人类充分赞扬的美德,要不就是人们给它的评价太高。因为我们的自私,所以它才被吹嘘到了天上。在康科德,风和日丽的一天,有个穷人向我夸起一个市民。他说那人对他这样的穷人十分仁慈。人群中善良的大伯,反而比人们灵魂里的父母更受颂扬。我曾经听了一位宗教演讲家的演讲,他是一位非常渊博有才的人。他谈起英国,细数着英国的科学家、政治家、文学家,比如莎士比亚、培根、克伦威尔、密尔顿、牛顿等,然后又说到英国的基督教英雄,好像他的职业促使他说这些。他把这些英雄的功绩凌驾于其他所有人物之上,称他们是伟人中的佼佼者,他们就是潘恩、霍华德、福莱夫人。人们听到这些,一定会觉得他在胡言乱语。最后三个人并非英国最伟大的人物,他们只能称得上英国最好的慈善家。

我并不是想要剥夺慈善事业应得的赞美，我只是要求公平，要求对所有有益于人类的生命及其工作给予同等公平的看待。我并不认为一个人最重要的价值是正直与慈善，它们只是生命该有的枝叶。我们把这些枝叶晒干，熬成草药汤，给病人喝，才显出它们的一点价值。而且，这种方法大多在被走街串巷的江湖郎中采用。而我追求的是人群中的花朵和果实，我希望它们的芳香飘到我们身上，为我们的交流增添成熟优雅的气质。它的仁慈不是一种局部的短期的行为，而就是源源不断的，富足有余的，它的施舍无损于别人，无损于自己，自然得连自己也无从察觉。这样一种善举能将万恶隐藏起来。慈善家总是用他身上散发出来的颓废而悲哀的气质，笼罩我们人类，却美其名曰"同情心"。我们真正向人类传播的，应该是勇气，而不是绝望；应该是健康和舒适，而不是病态的愁容满面，生怕被传染疾病。一片哀号声从南方的哪一个平原上响起？应该被赠送光明的异教徒住在什么地方？我们该去挽救的纵欲无度的残暴者在哪里？如果有人因患病而无力继续工作，比如他患上了肠胃病，这正是值得同情的，慈善家就要为此开始改善世界的行动了。他发现，这是大千世界的一个缩影，这是一个真正的重大发现，而他本人就是一个发现者——世界在吃着青苹果。在他看来，地球本身就是一只硕大的青苹果，想想就让人害怕。在苹果还青涩时，人类的孩子们就去吃它，将是多么危险啊。但是他风光无限的慈善事业促使他直接去找爱斯基摩人和巴塔哥尼亚人，并在人口众多的印度以及中国的村庄留下他的足迹。就这样，他借着几年的慈善活动，日益风光，权势人物也利用他们来达到自己的目的。显然，他治愈了自己的消化不良，地球一边的脸颊或双颊也染上了红晕，好像开始成熟起来，地球上的生命也不再青涩，重新恢复到健康活力的状态。

我相信，一个改良家会表现出如此的悲伤，不是因为他同情同胞的苦难，而是因为自己的苦恼，虽然他是上帝派来的最神圣的子民。如果这一情形被扭转,让春天张开怀抱迎接他,让黎明从他的床铺上升起,他会没有丝毫的歉意,而抛弃他那些慷慨大方的同伴。我之所以不反对抽烟,是因为我自己从不沾烟。抽烟的人会自食恶果的。我自己也做过许多应该受到谴责的事情,这点我很清楚。如果你曾经受骗做过慈善家,那么请别让你的左手知道右手在干什么,因为这根本不值一提。救出落水的人,然后系好你的鞋带,从容地去做一些自由自在的事情吧!

我们的言行举止,因为和圣人打交道反而变坏。我们的赞美诗中,回荡着诅咒上帝的旋律,但我们还必须一直忍耐它。有人可能会说,即便是先知和救世主,也只能宽慰人的恐惧,而不能让人们美梦成真。无论在什么地方,都看不到对满足人生的真诚而热烈的记载;无论在什么地方,都有令人难忘的赞美上帝的记载。所有的健康和成就,都让我愉快,虽然它遥不可及;所有的疾病、失败都让我悲伤厌弃,虽然我得到了同情,或者说我同情它。所以,如果我们确实要用印第安人的、植物的、有磁性的或者自然的手段来重塑人类,首先让我们像大自然一样简单安静起来,驱散徘徊在我们眉头的阴云,向我们的灵魂注入一些鲜活的力量吧。不做清高的穷人的预言者,努力做一个优秀杰出的人。

我在设拉子的希克·萨迪的杰作《蔷薇园》中读到了以下文字:"他们向一位智者请教,在至尊的上帝种植的所有高大树木的浓荫中,没有一棵树被称作Azad,即自由之树,除了柏树。但是柏树却颗粒不结,这其中的奥秘是什么?他回答道,树木都有各自的生长规律,四季轮回,适应时令则蓬勃开花,不适应时令则会枯萎凋谢。柏树却不属于这两类,它永远苍翠,拥有这种本性的才称得上Azad,即宗教独立者。不要将自己的心放在那些瞬息万变的事物上。纵使哈里发的宗族已经灭亡,迪亚拉河和底格里斯河仍然奔流不息地从巴格达经过。如果你富足有余,你要像枣树一样慷慨大方。但是,如果你没有什么可以给予,那就做一个Azad，一个自由的人吧，比如柏树。"

补充诗篇：

虚伪的穷困潦倒的人，你太做作，你竟也要在人间有占一席之地。你那破烂的草棚或木桶，悄然滋生着懒惰和迂腐。你在免费的阳光下、阴凉的泉水边，吃着菠菜，啃着菜根。你的右手，撕去了心上的热情。而美好的品德都从这热情上爆发，你使人性枯萎，让感官麻木，像戈耳工一样把活人变成岩石。我们不想生活在沉闷的社会，那种专属于你的被迫节制的社会。你那愚蠢的做作让人厌弃，不知喜怒、不知悲欢，我们不需要你那做作而被动的勇敢。它们与卑微同属一族，它们已被固定在平庸的位置，让你的心灵充满奴性。我们只欣赏这样的品德：狂放不羁，勇敢无畏，庄严的仪容，洞明的严谨，无边的豁达。我们不应忘了这些英雄美德，自古以来虽没有一个名称但它存在于某些人身上，如赫拉克勒斯、阿基里斯、忒修斯。退回到你肮脏的狗窝吧。当焕然一新的世界呈现在你眼前，你才明白什么才是自己该追求的。

阅　读

如果更认真地选择自己想要的职业，所有人也许都愿意做学生或观察家，因为这二者的性质和命运让所有人都产生兴趣。为我们自己和子孙积累财富，成家立业或者为国家做贡献，甚至追求名利，在这些方面我们都是凡夫俗子。但是在追求真理时，我们又都是超凡脱俗的，不怕变革或者突发事件。埃及或印度的古老哲学家，掀起了神像一角的薄纱。那微微颤动的袍子，今天仍然被撩起，我凝视着往日的薄纱，它和过去一样鲜艳神圣，因为当初勇敢豪迈的，是他体内的"我"，而现在，重新仰望着它的是我体内的"他"。衣袍上没有半点灰尘。自从神圣显现以来，岁月并未逝去。事实上我们利用过的，或者说可以利用的时间，既不是过去，又不是现在，更不是将来。

我的木屋和一个大学相比，不仅更适合思考，而且更适合严肃地读书。尽管我借阅的书在一般图书馆找不到，但是我却比以前接触到更多在全世界流传的书，并深受其影响。这些书曾经刻在树皮上，现在只是偶尔临摹在布纹纸上。诗人密尔·卡玛·乌亭·玛斯特说："书本的妙处在于坐着就能在精神世界里纵横驰骋。当我品尝深奥学说的琼浆蜜液时，一杯酒，就足以令我陶醉不已。"整个夏天，我把荷马的《伊利亚特》摆放在桌子上，尽管我只能在休息时间偶尔翻阅其中的诗篇。最初因为有许多工作要做，有房子要建造，同时还要锄豆子，所以我不可能有时间阅读很多书。但我相信未来我可以阅读很多，这个想法一直支撑着我。工作之余，我读了一两本通俗易懂的旅行指南方面的书，但后来我不免有些羞愧，自问：我究竟身处何地？

学生阅读荷马或者埃斯库罗斯的希腊文原著，绝没有引起狂放不羁或挥霍无度的危险，因为他阅读之后就会在某种程度上效仿书上的英雄，会在清晨的大好时光阅读诗篇。倘若这些英雄的诗篇印刷成书——用我们本国的语言翻译而成，在这道德败坏的时代，这种语言也会变成死的文字。因此，我们应该努力探寻每一句诗和每一个词的意蕴，绞尽脑汁，拼上我们所有的勇敢与气力，去探索它们的原意，以探寻出比通常意义更深广的意蕴。

现在那些出版社，出版了大量廉价的翻译版本，但并没有使我们向古代那些伟大的作家靠得更近。他们的著作仍然无人问津，他们的文字仍然像以前一样被印刷得稀奇古怪。少年时花点时间来研习一种古代文字，即使只学会了几个字，也是很值得的。因为它们是街头巷尾那些琐碎而平凡语言的精华，能给人一种永恒的启示和激励。有的农民偶然听到一些拉丁语警句，铭记在心，而且经常提起它们，这对他们不是毫无用处的。有些人曾说过，古典作品的研究的结果，最终似乎都让位于一些更现代、更实用作品的研究。但是有上进心的学生，还是会经常去研读古典作品的。不论这些古代作品是用何种文字写成的，也不论它们的年代如何久远。如果说古典作品中没有记录人类最高尚的思想，又怎么会被称作古典作品呢？它们是独一无二的，永不腐朽的神谕。现在，对于一些让人困惑的问题，即便是向特尔菲和多多求神占卜，也都不可能得到答案，而古典作品却能为我们指点迷津。我们甚至也不必求助于大自然，因为她太古老了。读一本好书，即在真实的精神世界中阅读一本真实的书，是一种高尚的历练。这种历练所花费的阅读者的心神精力，超过世俗公认的任何其他的训练。这需要一种修炼，正如竞技家必须经历的一样，要终身修炼，持之以恒。书是作者认真含蓄地写下的，读者也应认真耐心地阅读。

也许你讲话的语言，和书本创作中使用的语言是相同的，但光凭口头语言还是不够的，因为口语与书面语有着明显的不同，一种是用来听的，一种是用来阅读的。声音或舌音往往变化多端，是脱口而出的，口语只是一种方言语，甚至可以说往往是很粗野的。我们就像野蛮人一样，从母亲那里浑然不觉地学会了它。而书面语，却是口语的成熟形态和经验的凝结。如果口语是母亲的舌音，那么书面语就是父亲的舌音，它是一种经过提炼的表达方式，它的价值不在于耳朵能否听见，而在于我们必须重新来一次，才能学会运用它。中世纪时，有许多人能流利地说希腊语和拉丁语，但是由于他们的出生地不同，他们难以读懂杰出的作家们以这两种文字写成的作品。因为这些文章不是用他们所熟知的那种希腊语和拉丁语写成的，而是采用精练的文学语言——他们还未学会比希腊和罗马更高级的方言。这种高级方言所写成的书，在他们眼中却是废纸一堆，他们爱不释手的却是那些低廉的当代文学。但当欧洲的许多国家，发明了自己的书面语，这足以满足他们对新兴文学的需要。于是，最初的那些学问开始复兴，学者们也能够辨识出这些来自远古时代的语言珍宝。当初罗马和希腊的人民不能读懂的作品，在几个世纪流逝过后，只有少数的学者能读懂它们了，到如今也只剩下少数几个学者在研究它们。

无论我们对演讲者的口才如何赞不绝口，最崇高的文字往往还是隐匿在变幻莫测的口语背后，或者说超越于瞬息万变的口语之上，就好像繁星点点的天空藏在浮云后面一样。那里的繁星，凡是观察者都可以观察它们。天文学家永不停息地在解释它们，观察它们。书本可不是我们日常交流时的简单呼气，随着气息转瞬即逝。演讲者在讲台上的所谓口才，通俗地说就是术语所说的修辞。演讲者可以抓住一个稍纵即逝的灵感口吐莲花，面对他面前的听众，滔滔不绝。但对作家来说，追求生活的平衡才是他们的本分。激发演讲者灵感的社会活动和蜂拥而至的听众，会分散作家的精力。他们是向人类的智慧和心灵献辞，向任何年代有能力理解他们的人说话。

难怪亚历山大在率军前进时，在一只宝匣中还带着一部《伊利亚特》。文字是精品中的精品。比起其他任何艺术品，文字与我们更为亲近，更具有世界性。文字是最靠近生活的艺术，它可以被翻译成上千种文字，不但供人阅读，而且还在人类的唇上逗留，口口相传；不仅表现在油画布上或者大理石上，还可以存在于现实生活当中。一个古人的思想烙印可以被现代人时常挂在嘴边。2000个夏季已经被记载在纪念碑似的希腊文学里，如同在希腊的大理石之上，遗留下更为成熟的、一如金色秋收般的色彩。因为文字带来了天体般宏伟的气氛，并传播到世界各地，保护它们免受时间的侵蚀。书籍是世界上最珍贵的藏宝室，那里储藏着世世代代众多国度的宝贵遗产。最古老最耐读的书，当然适合摆放在每一个房间的书架上。它们没有什么利益要去争取，但是当书籍启发并激励着读者时，读者会欣然接受书中传达的理念。书的作者，都自然而然地无法抗拒地成为所有社会中的贵族，而且他们对于人类的影响远超于国王和君主。当那些大字不识，大概还傲慢无比的商人，通过自己的苦心经营和辛勤奋斗，赚来了空闲的时间和无忧无虑的生活，并跻身于财富与时尚界的时候，他们最终又会不可避免地需要投身于那些更高层次的，但是又无法企及的智者和文人的圈子中。这时，他们会发现自己在文化方面的匮乏，发现自己的所有财富都是虚无的。于是他们费尽心思，要让他们的子女接受良好的教育和文化的熏陶，他们做了一次明智的选择，而这一次也证明了他们敏锐的眼光。于是，他们成为一个家族及其文化的创造者。

没有掌握阅读古典作品技巧的人们,对于人类历史的了解是不全面的。令人惊讶的是,到目前为止都没有出现过一个现代语言的文本,除非说我们的文明本身姑且可以算作一个文本。《荷马史诗》还没有英文版本,《埃斯库罗斯》和《维吉尔》也从来没有用英文发行过。这些作品是那么优美,那么厚重,美丽得就像黎明一般。后世的作者,无论我们如何赞叹他们的才华,也只有极少人能与这些古典作家相媲美。他们精美、完整、史诗般的文艺创作是无人可企及的。从未阅读过这些作品的人,只告诉人们忘掉它们吧。可是当我们有了学问,禀赋开始显露,并能阅读欣赏它们时,那些没有阅读过它的人所说的话,就会立刻被我们抛在脑后。当我们称之为圣物的经典巨著,以及比经典作品更古老更不为人知的各国经典堆积得足够多时,当梵蒂冈教堂里堆满了《吠陀经》《波斯古经》和《圣经》,堆满了荷马、但丁还有莎士比亚的作品时,后世的人们如果能在公共场所展览它们的战利品,那么这个时代肯定会更加富有。有这一大堆作品,我们才可能进入美好的天堂。

人们还从未读懂过那些伟大诗人的作品,因为只有诗人自己才能读懂它。诗人的作品被平民阅读,就好像平民在阅览繁星,人们最多是观望星象,而不是想探寻天文学的奥秘。很多人阅读的目的,是为了获取可怜的便利,就像他们学算术是为了记账,以免做生意时上当受骗。但是阅读是一种高尚的智力训练,如果他们仅仅是浅尝辄止,那么只能一无所知。阅读吸引我们决不像奢侈品一样,读起来能让我们昏昏欲睡,让我们高尚的感官昏昏沉沉。我们应该在最敏锐最清醒的时刻,踮起脚尖凝神阅读,这样的阅读才是读书的最高意义,才与它的初衷相合。

我以为从我们识字以后,就该阅读好的文学作品,不要永无休止地重复字母歌和单音字，不要在四年级或者五年级的时候留级，不要始终坐在低年级教室的前排。很多人认为会阅读就应该很满足了，或者听到别人在阅读就很知足了。或许他们仅领悟到一本叫作《圣经》的好书中的智慧，因此他们只阅读一些休闲的书籍，生活单调乏味，虚度光阴。在我们的公共图书馆里，有一部被称之为《小读物》的多卷作品，之前我还以为这大概是我没有去过的一个城镇的名字。有这么一类人，就像贪婪的水鸭和鸵鸟一样，能够消化一切，甚至在海吃一顿丰盛的肉类和蔬菜之后都能消化。因为他们不想浪费。如果说别人是供给此类食物的机器，那他们就是大嚼而不知饱足的阅读机器。他们读了九千个关于西布伦和赛芙隆尼娅的故事，都是关于他们如何相爱，从未有人这样相爱过，而且他们的恋爱过程曲折离奇——总之就是讲述他们怎样相爱，遇到怎样的困难，然后如何站起来，如何再相爱的。一个值得同情的家伙怎样爬上了教堂的尖顶，他没爬上去就万事大吉了；他既然已经鬼使神差地爬到了尖顶上面，那快乐的小说家终于敲响了钟，让全世界人们都聚集过来，听他讲述。哎哟，天！他怎么又下来了！在我看来，作家还不如把这些小说里常见的痴男怨女，一律化身为指示风向的小人，把他们置于塔顶，就如他们经常把英雄置身在星座中一样，让那些指示风向的小人不停旋转，直到它们生锈坏掉，千万不要让它们到地上来胡闹，打扰了那些老实的人们。下一次，小说家们再次敲响警钟，哪怕起火的教堂被夷为平地，我也能稳坐不动。

"一部中世纪的传奇作品《踮脚跳号船的船长》，由写《铁特尔-托尔-谭》的那位著名作家所著，按月连载，争相阅读，欲购从速。"他们瞪着碟子一样大的眼睛，以原始的好奇心和打破砂锅问到底的精神读着这本书，他们胃口极好，不怕损伤胃壁黏膜，正如那些4岁大的孩童，整天坐在椅子上，阅读售价2美分一本的封面烫金的《灰姑娘》。依我看，他们读完后在发音、重音、音调这些方面并未进步，更不用说他们对主题的了解与教育意义了。结果是读得视力衰退,所有的生命器官停滞不动,思想萎靡不振,智力的官能完全如蜕皮一般蜕掉。这一类"姜汁面包"一样的书,几乎每天都从烤面包的炉子里烤制出来,比用纯小麦或黑麦粉制作的和用印第安玉米粉制作的面包更受欢迎,在市场上也更畅销。

纵使是所谓的好读者,也不会阅读那些应该被读的最好的书。那么,我们康科德的文化又有什么价值呢?在这座城市,除了极少数的人,大家对于最好的书,甚至英国文学书库中一些优秀的著作,都觉得读不出什么价值,尽管大家都能阅读英文,而且都拼得出英文字,甚至是从这里或那里的大学毕业的,纵使是那些所谓的受过开明教育的人,也对英国的古典著作所知甚少,甚至全然不知。至于记录人类思想的巨著,譬如古代经典作品和《圣经》,如果有人想阅读它们,其实得到这些书轻而易举,但是很少人肯下功夫去研读它们。

我认识一个中年樵夫,他订阅了一份法文报纸,他对我说他不是为了阅读新闻,而是为了"促进他的学习",因为他的原籍是加拿大。我问他世界上他能做到最好的事情是什么,他说除了学好法语之外,还要继续下功夫学好并提高英语水平。一般的大学毕业生努力做的或想要达到的目标也不过如此,他们订阅一份英文报纸就为了达成这样的目标。假设一个人刚读完一本可能是最好的英文书,他能跟多少人谈论读后感呢?再假设一个人刚好读完一本希腊文或拉丁文的经典作品,就连文盲都知道颂扬这部著作,但是他根本就找不到一个可以和他聊天的人。他只好沉默。在大学里很少有哪个教授,在已经掌握了一种艰涩文字的同时,还能同样拥有一个希腊诗人的广博的才情,并且还能怀着热情地把思想传达给那些敏锐而豪迈的读者。至于令人尊敬的经典,人类的圣经,还有谁能把它们的名字大声地念出来呢?大部分人都知道希伯来这个民族拥有一部伟大的经典，但很少有人知道别的民族也有着同样的经典著作。所有的人都为拣到一块银币而竭尽全力。但是，这里的文字像黄金一样珍贵，它们是古代最睿智的人说出的话，它们的价值被历代的智者称颂和肯定过。但是我们读的书只不过是简易的课本、初级课本和教科书而已。踏出校门之后，只是阅读《小读物》和故事书，而这些都是孩子们和初学者的读物。所以说，我们的读物、我们的讲话，以及我们的思想，都处于一个极低的水平，只能与小人国的小人和侏儒相比。

我希望结识一批比康科德这地方人更聪明的人，他们的名字在康科德几乎不被提及。难道我听到柏拉图的名字后，还坚持不去拜读他的大作吗？柏拉图仿佛是我的老乡，但我们素昧平生；他仿佛是我的近邻，但我却从未听见他说话的声音，或聆听过他充满智慧的话语。但是事实又怎样呢？他的《对话录》充满了智慧的见解，我们却任由这本书在一边的书架上安睡，无人问津，更别说翻阅了。我们是愚昧无知、不求甚解的文盲。我要说在文盲这方面有两种，他们并没什么不同，一种是大字不识的城镇居民，另一种是能够读书认字，但是只读儿童读物和对智力要求极低的书籍的人。我们应该如古代圣贤一样美好，但首先我们应该知道他们好在哪里。我们确实是一些小人物，在智力的成长中，令人同情的是，我们只飞到了比报纸新闻稍高一点的地方。

并非所有书籍像它们的读者一样愚笨。书上的一些话，可能正是针对我们的遭遇而发出的，如果我们真正倾听并理解了这些话，那么它们对我们的生活是有益的，其温暖我们的程度胜过黎明或阳春，还可能让我们换上一副全新的面孔。很多人在阅读一本书之后，就开始了他新生活的旅程。如果一本书能为我们的奇迹道出原因，并能启发新的奇迹，那么这本书对我们将大有裨益。迄今为止，我们说不清楚的话，大概在别处已经讲出来了。那些扰乱我们心神的事情，那些让我们质疑、困惑的问题，也曾发生在其他的聪明人身上。书上对这些问题的回答，一个都没有遗漏。而且所有的智者都凭自己的能力，用自己的话和自己的生活方式，做出了回答。而且，在拥有了智慧以后，我们的心胸也会变得宽广。在康科德的郊外，在一个田庄上，有一个寂寞的雇工，他获得了重生的机会，因为他拥有了独特的宗教经验，他确信因为自己的信念，他已经进入一种沉默庄重并排斥外物的境界。数千年前，所罗亚斯德就已经有过和这位雇工同样的历程，获得了同样的经验。但他智慧过人，他知道这种历练普遍存在，所以他能用相应的方法对待他的邻居。据说他还发明并开创了一个祭神制度，所以应该让他谦虚地和所罗亚斯德的精神沟通，并且在所有圣贤的自由引导下，与耶稣基督的精神沟通。让"我们的教会"滚蛋吧。

我们自我炫耀说，我们属于19世纪，与任何一个国家相比，我们都迈着最大最快的步伐前进。可是一想到这城镇，它对自身的文化贡献却微乎其微。我不想称赞我的市民同乡们，也不想他们称赞我，因为这样大家都不会获得进步。我们应该如老黄牛一般被激励、被驱赶，然后才能快速奔跑。我们有个相当正规的公立中小学的制度，但学校只对一般小孩子开放。除了冬季那个半饥饿状态的讲学厅，最近根据政府法令还创立了一个简陋的图书馆，但就是没有为我们建立一所自己的学校。我们在治疗身体的疾病方面花了很多钱，而对精神方面的疾病却没有花费很多。现在时机已经成熟，我们应该建立一所不同凡响的学校。我们应该让男女儿童成年后继续接受教育。到那时，一个个村庄应该是一所所大学，老年人全都是研究生——倘若他们日子过得还富足的话，他们应该有闲暇时间，把他们的余生都致力于自由学习之上。世界并不应该永远只局限在一个巴黎或者一个牛津，学生们照样能寄宿在康科德，在这里的天空下接受文科教育。我们也照样能请一位像阿伯拉德这样的教育家来给我们讲课。真是现实让人感慨啊，由于我们一直忙着养牛，做店铺生意，我们好长时间没有进学堂学习。就这样，我们可悲地荒废了我们的学习。

在这片土地上，我们的乡镇应当在某些方面取代欧洲贵族的地位。它应该作为艺术的维护者。它是富裕的，只是缺乏胸怀和教养。在诸如农业和商业方面它肯出资，但是要它举办一些知识界都认为是更有价值的活动时，它却觉得那只是乌托邦的梦想，不切实际。多亏了财富和政治，本市花了17000美元建造了市政府，但估计一百年之内人们也不会在生命的真正智慧上——这个最本质的精华上耗费巨资。在冬天办讲学厅，每年募到125美元，这笔钱可比市内其他同样数额的捐款花得都更值。我们生活在19世纪，为什么我们享受不到19世纪的好处？为什么我们非要活得如此狭隘？如果我们要阅读报纸，为什么不忽略波士顿的闲话专栏，立即去订阅一份全世界最好的报纸？别从中立的报纸去吸收柔软的食物，也别在新英格兰吃翠绿的"橄榄枝"了。让所有的学术社团的报告都汇集到我们这里，我们要考察一下他们究竟懂些什么。为什么我们要让哈伯兄弟出版公司和雷丁出版公司来给我们选择图书？正如品位高雅的贵族，他的周围总是聚集着一些对他的修养有帮助的天才、书籍、绘画、雕塑、音乐、哲学等。让城镇村庄也这样做吧，不要只聘请一位老师、一位牧师、一位教堂司事，以为兴建教区图书馆，选举出三个市政委员就万事大吉了。我们拓荒的祖先在荒凉的岩石上度过漫漫寒冬，依靠的仅仅是这么一点事业。集体行为与我们体制的精神是相匹配的：我确信我们的生活环境将会变得更美好，我们的能力将远超那些贵族。新英格兰能把世界上所有的智者都邀请过来，教育自己，给他们提供食宿，让我们彻底地远离乡村生活。这就是我们所需要的不同凡响的学校。我们需要的是高贵的村子，而不是贵族。如果这是必须要做的，我们宁愿少修一座桥，多绕着走几步路。但是，请至少在包围我们的黑暗而愚昧的深渊上，搭起一座桥吧。

声　音

虽然书籍是精选的最好的古典作品，但是如果我们局限在书籍里，并且只限自己读一种语言，即以口语和方言写成的作品时，这时我们便站在危险的悬崖边。因为，我们快要忘掉另一种语言了，那是一切事物不经修饰便可直说出来的语言，只有它丰富无比，而且标准严谨。一般来说，发表的作品很多，印刷出来的却很少。从百叶窗的缝隙中透进来的光线，在完全打开百叶窗之后，便消失无踪。任何方法和训练都无法代替时刻保持警觉的必要性。能够看得见的东西，就要经常去看。这样一条规律，怎么会是一科历史或哲学，或者无论精选得多么好的诗歌所能比得上的呢？又怎么会是最好的社会，或者最令人羡慕的生活所能比得上的呢？你乐意只做一位读者、一个学生，还是一个预言者？读一下你自身的命运，看一下呈现在你面前的是什么，再向未来走去。

第一年夏天，我没有读书。我耕种大豆。不，不只这样。有时候，我不能眼睁睁地把美好的时光投注在任何工作上，无论脑力还是体力工作。我喜欢给生活留有更多的空间。有时在夏天的早晨，洗完澡之后，我坐在阳光普照的门前，从日出静坐到中午，有时也会坐在松树、山核桃树以及黄栌树之间。在一片祥和的孤独与宁静中，我凝神沉思。这时，鸟雀在周围歌唱，或者无声地飞过我的房子。一直到太阳的光线打到我的西窗，或者听到远处公路上的旅游者的车辆声传来，才把我从时间的流逝中唤醒。我在这样的时节成长，就像玉米生长在夜晚一样，这可比所有工作要美妙多了。这样做并没有减短我的生命，反而延长了我的生命，甚至延长了许多。我领悟了东方人所说的沉思，以及抛开劳动的意义了。一般来说，我不在乎虚度光阴。白昼在不断变换，似乎只是为了照耀着我们的某种工作，但是你看，刚才还是黎明，现在已经到了晚上，我并未完成什么让人印象深刻的工作。我也并未像小鸟一样歌唱，我只是安静地微笑，笑我自己的生活满溢着幸福。如同站在我门前的山核桃树上的麻雀，唧啾不已，我也偷偷地笑着，抑制着我内心的喜悦，以免它听见了我的笑声。我的日子并不是某个星期天，它没有任何异教神明的印记，也没被切割成小时，也并未被滴答的钟声所打扰。因为我喜欢像普里印第安人一样生活，据说对他们而言，"昨天、今天和明天都是同一个字，在表达不同含义时，他们一边说这个字一边做手势，手指后面代表昨天，手指前面代表明天，手指头顶代表今天"。在我的市民同乡们眼中，这完全是懒惰。但是如果用飞鸟与繁花的标准来审核我，我认为自己是完美无瑕的。人必须从自身寻找原因，这话对极了。大自然的一天是平静的，它不会责备人的这种慵懒。

相比那些不得不跑到外面找快乐、参加社交活动或进戏院的人来说，我的生活方式至少有一个好处，那就是，我的生活方式本身就是娱乐，而且它永远都是新奇的，它是一场不会结束的多幕剧。如果我们能够经常参照我们学习到的最新最好的生活方式来生活，并管好自己的生活，那么我们就永远不会感到无聊乏味。只要你紧随着自己的创造力，每隔一小时它就会给你指出一个新的前景。做家务是快乐的消遣。如果我的地板脏了，我就会很早起床，把所有的家具都搬到屋外的草地上，床和床架堆在一起，然后在地板上洒些水，再撒点湖里的白沙，之后用一把扫帚，把地板擦得干干净净。等到同乡们吃过早饭，太阳已经烘干了我的房间，然后我就可以搬进去了。而在这期间，我的思考几乎从未停止。我的全部家当都摆在草地上，码成一小堆，就像吉卜赛人的行李，我的三条腿的桌子也被放在松树和山核桃树的下面，上面的书籍和笔墨我都没有拿走。这些家具似乎也愿意待在外面，好像很不情愿被我搬回屋里。感到这点，真令人愉快。有时候我会跃跃欲试地，想在它们上面搭起一座帐篷，然后我在那里休息。太阳照耀着它们，对我是很好的风景；风儿拂过它们，对我是悦耳的声音。在户外看熟悉的事物，比在室内要有趣得多。鸟儿站在树木的枝叶上，长生草在桌子下悄然生长，黑莓藤缠绕着桌子脚，地上到处落满了松球、栗子和草莓叶子。我的家具，仿佛由这些东西的形态转化而来，以至成了现在的桌子、椅子和床架。是的，这些家具，原本就是和它们毗邻的树木。

我的屋子位于一座小山的山腰，正好在一片广阔的林地边缘，在一片长满了苍松和山核桃的小树林中间。在距离湖边六杆远的地方，有一条细窄的小路从山腰延伸到湖边。我房前的院里，生长着草莓、黑莓、长生草、狗尾草和黄花紫菀，还有矮橡树、野樱桃树、越橘和落花生。五月底，生长在小路两侧的野樱桃装点着细嫩的花朵，短小的花梗在伞状的花丛中铺展开去。到了秋季，硕大又鲜艳的野樱桃挂在树上，一球球地垂下，身四周放射着光芒。它们的口感并不好，但为了表示感谢大自然的恩赐，我还是品尝了它们。漆树在房子周围生长得十分茂密，甚至越过了我盖的一道矮墙。第一季它就生长了五六英尺。它那宽阔羽状的热带叶子，看上去很奇特，但令人喜欢。暮春时节，在要枯死的枝丫上突然结出了硕大的蓓蕾，像变魔术一样突然花枝招展，温柔的绿色枝条焕发出勃勃生机，它的直径至少有一英寸长。有时我坐在窗前，看它们如此任意生长，把它们脆弱的枝节压弯，我听到枝条折断的声音。虽然没有有风吹过，但它却被自己的重量压垮，就像一把羽扇落了下来。八月，曾在开花时期引来许多野蜜蜂的大量浆果，也逐渐地披上它们如天鹅绒般闪耀的色彩，同时也被自己压弯了。最后许多枝条因为不堪重负而折断。

夏季的午后,我坐在窗前,老鹰在我的院子上空盘旋,野鸽在空中疾飞,它们时而飞进我的视野,时而慌乱地栖息在我屋后的白皮松树上,朝着天空鸣叫一声。一只鱼鹰啄破了平滑的湖面,叼走了一条鱼;一只水貂悄悄地爬出我屋前的沼泽,在岸边捕获了一只青蛙;翠鸟来回飞着,把莎草压弯了腰。一连半小时,我听到了铁路上火车隆隆驶过的声音,时断时续,仿佛鹧鸪在扇动翅膀,把乘客从波士顿运载到乡下来。当然,我并没有把世界排除在我的生活之外,不像那个小男孩,我听说他被送到镇上东边的一户农民家中抚养,但没待多久,他就逃跑了,回到了城里。听说他的鞋跟都磨破了,他实在是想家了。他从没见过如此压抑和偏僻的地方。那里的人几乎都走光了,甚至根本听不到汽笛的声音。在如今的马萨诸塞州,我怀疑还有没有这样的地方:

实际上,我们的村庄变成了箭靶,
被铁路像飞箭一样射中,
在宁静的草原,传来柔和的呼唤——康科德。

菲茨堡铁路在我家的南部,距离屋前的湖泊大约一百杆的距离。我经常沿着铁路的堤坝走到村里,就像我通过这个轨道与社会相连。在铁路上来回往返的人,经常和我打招呼,把我当作老朋友。因为过往的次数多了,他们甚至以为我是这里的雇工。我确实是个雇工。我很愿意做地球轨道的某一段铁轨的护路工。

火车的汽笛声一年四季都会穿透我的树林,就像农家屋顶上飞驰而过的一只老鹰的尖叫声,告诉我有很多焦虑的城市商人,已经到达这个城镇的商业圈,或者他们正从另一个方向进入一些村中经商。当火车们处于同一个地平线上时，它们彼此间发出警告，让别的火车为自己让开轨道。有时，这种呼唤声两个城镇都能听见。乡村呀，它给你们送来了杂货了；乡下人呀，那里有你们的食物。任何人都不能独立生存，他们不敢对它们说半个"不"字。因此乡下火车的汽笛始终长啸，这就是你们要付出的代价。长长的如攻城槌一般的木材，以每小时20英里的速度，直冲我们的城墙。还有足够多的椅子，足够容纳下城墙里面所有负担沉重的人们。乡村便用如此巨大的木材，礼貌地给城市送去了座椅。印第安人那些长满越橘的青山，如今都被伐成了秃山，所有的雪球浆果也都被运进了城里。装上棉花，卸下纺织品；装上丝绸，卸下羊毛；装上了书籍，但是著书立说的智力却在日益下降。

当我看见火车头牵引着它的一系列车厢，好像行星运转似的向前移动，亦可说，像一颗扫帚星，因为铁轨看上去不像一条闭合的曲线，看见它的人无法预料出以这样的速度奔驰而去的列车，是否会再驶回这条轨道——火车头喷出的水蒸气像一面旗帜，形成一个个金银色的烟圈，漂浮在后面，就像我曾见到的高悬在天空中的团团白云，犹如绒毛，大片大片地展开，投射出耀眼的光芒；又像旅途中的怪神吐出的云霞，把挂满晚霞的天空作为列车的号衣。这时，我听到这匹铁马雷隆隆的吼声，回声响彻山谷。它的脚步踩在大地上，让大地震动不已；它的鼻孔喷着火和烟，好像大地终于拥有一个能配得上地球上的人的新物种了。如果这一切的确像表面看到的那样，人类操控着一切元素，使之服务于人类的崇高目标，那当然不错。如果火车头上的云，果真是开创英雄业绩时流的汗；如果它的蒸汽，果真像漂浮在农田上空的祥云。那么，大自然及其种种元素都会乐意为人类服务，做人类的守护者。

清晨时，我眺望奔驰而来的火车的心情，和我眺望日出一样。火车驰向波士顿，一连串的云烟在它后面延伸，逐渐上升，慢慢地升到了空中，顷刻间就遮住了太阳，远处的田野也笼罩在一片阴影之下。这一串云烟成了天上的火车，相比之下，旁边那紧贴着大地的一列列火车，只是一支长矛上的倒钩而已。冬季的清晨，火车司机起得很早，他们在峻岭间的星光之下填煤驾车。火焰很早就被燃起，源源不断供给火车热量，以使它启程赶路。如果这些事情既能如此早早地开始，而又能无害，那该多好啊。白雪皑皑时，火车就穿上雪靴，用一把巨大的铁犁，从群山中开出一条道路，直至海边。而火车就像一个播种器，把所有焦灼的人们以及丰富的商品，当作种子一样飞撒在田野中。火车夜以继日地在大地驰骋，只是在它的主人需要休息时它才会停下来。半夜，我经常被它的脚步声和凶恶的呼啸声惊醒，因为在远处山谷的僻静森林中，它遭遇了冰雪的封锁，要拂晓前才能进马厩。但它既不休息也不打瞌睡，便要立即上路。黄昏时分，有时我会听见它在马厩里，发出白天剩余的力气，从而缓解一下神经，脏腑和脑袋开始冷静，然后有几个钟头的瞌睡。如果这个事业，能一直这样持久而不知疲倦，并且一直保持英勇不屈和威风凛凛，那真是好！

人迹罕至远离城镇的森林，以前只有猎人在白天进出，现在即便在黑夜，也有灯火通明的车厢从森林中穿越而过。而车厢内的乘客却毫不知情。此刻，火车停泊在一个城镇或大都市的车站的月台，那里灯火通明，一些社交人士正汇集于此。但下一刻，它就已经驰骋在荒芜的沼泽地带，吓跑那里的猫头鹰和狐狸。列车的出入站，现在已成为村里每天的大事。火车们按照时间表来来往往，很远就能听到它们的汽笛声，农民们可以依据它来调准时钟。所以说，一个管理严格的机构管理了全国的时间。自火车问世以来，人类更加守时了吗？和以前的驿站相比，人们在火车站交流得不是更快，思维不是更敏捷了吗？火车站的气氛，如电流般喧嚣沸腾。对于火车带来的奇迹，我惊讶万分。我的一些邻居，我本来会果断地说他们不会乘坐如此快捷的交通工具去波士顿的。而现在,只要钟声一响,他们就已经等候在站台了。火车式的作风,现在成了流行语。权威机构提出警告要远离火车的铁轨,这真诚的提醒,我们一定要遵从。他们既不能让火车停运向大众宣读法律,也不能朝天开枪以示警告。我们已经创造出了一个命运,一个夺人性命的女神阿特罗波斯,这个已不能改变。让阿特罗波斯作火车头的名字倒合适。人们看一眼公告就知道几点几分,有几支箭要射向指南针上的哪几个方向。它从来不插足别人的事,孩子们还可以坐着火车去上学。因为火车,我们的生活更稳定。我们都受了教育,要做神箭手退尔的儿子,但空中充满无形的利箭。人生道路千万条,条条通向最终的宿命,除了你自己的道路,所以你要走好自己的路。

商业让我佩服的,是它的敬业和无惧的精神。它不轻易向朱庇特大神求救。我见到很多商人,他们每天做生意,都是一往无前而且容易满足,因此他们的生意总比预想的更大,或许比他们自己谋划的结果更好。在布埃纳维斯塔前线坚持战斗半个小时的士兵,我并不认为他有了不起的英雄主义。相比之下,我更敬佩那些在铲雪机坚定而快乐地度过寒冬的人。他们有早上3点钟就起来战斗的勇气,这种勇气恐怕拿破仑也认为可贵。他们不但早上3点钟后就不休息了,而且在暴风雪停下后他们才去睡觉,或者说,在他们的铁马筋骨冻僵后才去休息。特大暴风雪的清晨,呼啸的风雪冻结着人们血液时,我听到火车发出沉闷的汽笛声,我从那昏沉而被冻结的呼吸中判断,列车即将到达,并没误点。它丝毫不顾新英格兰东北的风雪的阻挡,我看到那位铲雪者,全身已经沾满雪花和冰霜,眼睛直盯着铲雪板的弯形铁片。铲雪板铲起来的,并不只是雏菊和田鼠洞,还有内华达山上的坚硬岩石之类,以及占据着地球外表的所有东西。

商业有令人想象不到的自信、庄重、敏锐、进取而且不知疲劳的精神,它的好多方式很自然，而且比很多想象中的事业和浪漫的实验都自然，因此它有独到的成功。当一列货车从我的旁边经过，我感到心情愉快，心胸开阔，因为我闻到了商品的味道。商品散发的味道，从长码头一直延伸到香普兰湖，让我联想到异域风情、珊瑚礁、印度洋、热带气候，以及地球的广阔。现在一些棕榈叶，到明年夏天，会有很多的亚麻色头发的新英格兰人把它们戴在头上。每当我看到马尼拉大麻、椰子壳、旧绳子、黄麻袋、废铁以及生锈的铁钉时，我都会感到自己是一个世界公民。一卡车的破帆布制成了纸张，印刷成书，读起来一定通俗而有趣。谁能像这些破帆布一样，生动地描绘出它们所经历的惊涛骇浪的过往？它们本身是不必校对的书样。缅因州森林中的木料也会经过这儿，上一次涨水时，它们没被运到海上。因为有些木料已经被运出去了，还有一些因为被锯开了，现在每千根已经涨了4美元，洋松、针枞、杉木等，分为一等、二等、三等、四等。而不久前，它们还是同样的树木，枝叶摇曳在熊、麋鹿和驯鹿的头顶上。

另外，载运托马斯顿石灰的火车，也会隆隆着经过这里。那是上等的好货，要被运到很远的山区去，在那里进行熟化处理。至于那一袋袋的破布，颜色和质地不一样，实在是棉布和细麻布最糟的下场，也是衣服的最终结局。再也没有人去赞美它们的图案和款式，除非是在密尔沃基市。还有人将这些产自英国、法国、美国的印花布、方格布和薄纱当作华服。这些从富人和穷人那里搜集来的各种破布头，将被制造成清一色的，或颜色深浅不一的纸张。说不定，在纸张上还会记着一些真实的故事，上流社会的或者下等社会的故事，都由真实故事写成。这一节封闭的车厢里散发出咸鱼的味道，一股强烈的新英格兰的商业气息，这让我联想到大浅滩和渔场。谁没见过咸鱼呢？它为我们这个世界而腌制，什么也不能使它变质，令一些坚韧的圣人都自愧不如。你可以用咸鱼扫街、铺街道、劈开木柴，赶车的车夫其及货物躲在咸鱼的后面可以遮风挡雨。就像一位康科德的商人曾做的那样，在新店开张时把咸鱼挂在门前作招牌，直到最后他的老顾客都认不出它是动物、植物还是矿物，但它依然洁白如雪。如果你把它放在锅里烹煮，它还是一条美味的咸鱼，完全可摆放在周六晚宴的桌上。

然后，是西班牙的皮革。牛的尾巴还扭曲着，还保留着它们在西班牙本土草原上奔跑时仰起的牛角，足以证明它是多么顽固。这性格缺点真令人失望无奈。说真的，在洞穿人的本质后，我确信在人类现有的条件下，不能改变这些顽固的尾巴。正如东方人所说："一条狗尾巴可被烘烧、压制，以及用绳子捆绑，在上面压了12年的时间，但它还是不改原样。"能改变这些顽固尾巴本性的唯一办法，就是把它们做成胶质。我想，它们通常就被用于此，这样它们就可以固定不动，粘着一切了。这里有一大桶糖浆，或许是白兰地，要运到佛蒙特州卡丁斯维尔，是送给约翰·史密斯先生的。他是青山地区的一位商人，他主要替他邻近的农民们置办进口货物。也许他现在正靠在船舱壁上，心里想着刚运到海岸的这批货物，在价格方面会对他产生什么影响。同时，他的顾客们则期望下一次火车能带回来一些上等货。在这个早晨，这种话他已经说过不下20次了，而且已在《卡丁斯韦尔时报》上登了广告。

一些货物装上来，另一些卸下去。我听到了火车疾驰的声音。我的头从书上抬起，看到很多从遥远的北面山上砍下来的高大洋松。它们像被插上了翅膀一样，驰过青山和康涅狄格州，不到十分钟，就箭一般地穿过了城市。几乎还没有人看到它，它就将"成为一枝桅杆，挺立在旗舰上面"了。

听啊，运送牲畜的火车开来了，运载着千百个山岭中的牛羊。露天的羊圈、马圈和牛圈，以及那些携带牧杖的放牧人，羊群中的牧童，大家都在火车上（除了山上的草原）。它们漫山遍野地从山上急速而下，就像九月的风吹下的纷纷落叶。空中回荡着牛羊的叫声，公牛们在车厢中乱撞，好像正在经过一个山谷牧场。当火车发出一声震耳欲聋的轰鸣声时，大山像公羊一样跳跃，小山也跳跃得像一只小羊。在中间一节车厢的牧人，和他们的牛群一样，享受着同等的待遇。他们已经失业，却还死死抱住牧棍，好像那就是他们的印章。但是他们的牧羊犬已经不知何处去了——它们已全部溃散，被完全抛弃，它们的嗅觉已追踪不到任何东西了。我仿佛听到了它们在彼得伯罗山中的哀叫声，或在高高西部山坡上气喘吁吁地奔跑着。它们不参加牛羊的葬礼，它们也失业了。现在它们的忠诚和聪明也帮不上那些被运走的牲畜的忙了——它们灰溜溜地躲进窝里。或许变得狂野，与狼或者狐狸进行三英里远的赛跑。就这样，牧人的放牧生活像风一样结束了。但当钟声传来，我必须离开铁轨，以不阻挡火车的去向。

铁路于我何关？
我从来不去观看
它在哪里停歇。
它将一些山谷填满，
给燕子筑堤。
它使黄沙漫天飞舞，
让黑莓肆意生长。

但我经过铁路时，好像横穿林中的小径，我不希望我的眼睛和鼻子，被火车的烟雾、水蒸气的嗞嗞声所伤害。

现在，火车已奔驰而去，所有的慌乱也随它而去。湖中的鱼不再感觉到隆隆的震动，我也格外地孤寂起来。在漫长的下午，以及别的时间里，偶尔有远方公路上的马车车轮声和马叫声传来，打断我的沉思。

有时在周日，我能听到钟声顺风而来，林肯的、阿克顿的、贝德福的或康科德的钟声，声音听上去柔美，好像大自然的旋律，回荡在旷野。在远处森林的上空，钟里揉进了某种轻微的震荡声，仿佛是那地平线上的松针发起来的。它就像是大竖琴上的弦，被弹弄了几下。所有的声音，当它们在远距离被听到时，都产生一种同样的效果，那就是人间的七弦琴的琴弦的震动声。极目远望远处的山脊，因为它们中间的大气的作用，它们全披上了一层淡蓝。这次，传到我耳朵里的钟声，被空气拉长了旋律，那是被每一片叶子和每一根松针过滤之后的旋律。树叶和松枝接过它的旋律，把它转换成另一个调子，然后将它从一个山谷传到了另一个山谷。某种限度上，这回声还是原来的声音，这正是它的魅力与可爱之处。它不仅重复了钟声中应被重复的，而且重复了树林中的一部分乐曲，仿佛一个森林中的仙女唱出的欢快的歌曲。

黄昏时，远方的地平线上，低沉的牛叫声传入森林，听起来很美妙，旋律优美。开始我以为是一些游唱诗人发出的声音：一个晚上我曾听见他们吟唱小夜曲，那时他们或许正漂泊行走在山谷中。但是继续听下去，当声音被一再拉长，我怅然若失——原来那歌声是牛群发出的。一场免费的音乐。我误把牛叫声当作了游唱诗人的吟唱。我并没有讽刺它们的声音的意思，我对这歌声也倍加喜爱。事实上，两种声音，在我眼里都犹如天籁。

夏天的某些日子里，夜车经过后，夜莺都要歌唱半个小时。它们就停留在我房前的树桩上或屋脊的横梁上，每天准时在七点半开始歌唱。每天傍晚太阳下山后，它们在某个特定的时间，五分钟之内一定会开始歌唱，准确得如同时钟。我摸清了它们歌唱的习惯，真是难得的机会。有时，我听到四五只夜莺在树林中的不同地方一起歌唱，偶尔，它们的前后声调相差一个小节。它们与我距离很近，所以我还能听到这每个音符后面的咯咯声，甚至还能听到一种独特的嗡嗡声，仿佛一只苍蝇钻进了蜘蛛网，不同的是后者的声音更响。有时，一只夜莺在树林里，在距离我只有几英尺的范围内，盘旋飞翔，好像有一根绳子把它们牵住了一样，或许是由于我在它们鸟巢的附近。它们整夜不停地歌唱，在黎明前唱得尤其美妙动听。

当鸟雀们安静下来后，猫头鹰就开始歌唱，接上旋律。它发出古代"呜噜噜"哀啼，像一个哀悼的妇人，颇有本·琼森的风格，像一个半夜的智慧女巫！这声音不是某些诗人所唱的"啾微啾胡"那样真实呆板。它真是墓地里的悲歌，仿佛一对自杀的恋人在地狱的山谷中，回想起他们活着时相爱的痛苦和欢乐，互相安慰一样。但我喜欢听它们在树林旁边的颤声啼叫，以及那悲凉的回应。偶尔，它会让我想到音乐和鸣禽，像是它们在心甘情愿地唱出这悲哀的音乐，呜咽，以及叹息。它们曾有人类的形体，每夜在大地上行走，干着令人不齿的勾当，它们是堕落灵魂的化身，身上承载着阴郁的精神和忧愁的灵魂。它们始终身处在罪恶的环境中，夜夜悲歌，祈求赎罪。它们让我新奇地发现，我们共同的家园——大自然真是丰富多样，能量巨大。在湖的一边，一只夜莺在叹息："啊……如果我从未生在——这个世界上……"它在焦灼中盘旋不已，最后栖息在一棵灰黑色的橡树上，"这时，我如果从未……生在这个世界上……"在遥远的另一边，也有一只夜莺在颤抖、忠实地回应着。同时，从遥远的林肯森林中，隐隐传来了一个微弱的回声："从未生在这个世界上……"

还有一只猫头鹰，向我唱着小夜曲。如果在近处听，你可能感觉这是大自然中最悲切的声音，好像它要用这种声音来汇集人类离世前的叹息，永远将它保存在自己的曲目中一样。那叹息免征着人类可怜的微弱的呼吸——他把希望抛在身后，在进入地狱时，发出像野兽一样的嚎叫，却隐含着人们的啜泣声。由于含有某种美妙的"咯咯"声，听上去让人觉得阴森可怕。我似乎觉察到，如果我模仿那声音时，自己就开始默念"咯咯"两个字了。它将一个冰冷的受污染的心灵暴露无遗，把一切健康和无畏的思想全部摧毁。这让我联想到掘墓的厉鬼、白痴，还有狂人的吼叫。但现在又有一种感觉：它的声音从远处的树林里传来，由于遥远，听起来反倒优美动听，"嗯……嗯啊嗯……"。无论白天还是黑夜，无论夏季还是冬季，听到这声音，大多数人会有一种愉快的感觉。

我以为世上有猫头鹰，是一件可喜的事，它们为人类喊出了疯子般的嚎叫。在白天，在阳光照射不到的沼泽或阴郁的森林，最适合这种声音了。它们让人们意识到：人类还有一个没被发现的宽广而原始的天性。它代表着愚昧混沌和还没有被满足的欲望。太阳整天地照耀在一些荒凉的沼泽，一棵云杉孤零零地站立着，树皮上布满地衣，幼鹰在空中盘旋，黑头山雀在常春藤中呢喃，松鸡和野兔则躲藏在下面。一个更沉默而和谐的白天降临了，另外一批生物开始纷纷苏醒过来。这一切，都在向我们展示着大自然的意义。

夜色渐进，远处会传来车辆过桥的声音，这声音在夜里听起来是那么遥远。还有狗叫声。有时，远处的牛圈中也会传来几声不安分的叫声。同时，湖滨四周的蛙叫声，也开始聒噪着进入高潮——它们就像古代的酒徒和寻欢作乐的食客，不思悔改，准备在他们冥河一样的湖边轮流歌唱。不好意思，请瓦尔登湖的精灵原谅我这样比喻它们。因为湖上虽无芦苇，但青蛙却不少，它们仍乐意遵守古老宴会上那种喧闹的旧习，纵使它们的喉咙已干哑，而且它们的神色开始凝重起来。然后，它们开始鄙视欢乐，美酒的香味再也闻不到，只变成了饱腹的料酒。微醉的它们再也按捺不住对往昔的回忆，它们只觉得酒足饭饱，肚子里的酒水沉甸甸的，头也在发胀。青蛙首领，下巴搁在一片心形的叶子上，仿佛在流满口水的嘴巴下垫了一张纸巾。它在湖泊北岸喝了一口原本不想喝的水酒，然后把酒杯传下去，它接着发出了"特儿隆、特儿隆"的声音，远处的水上，立即传来不断重复这口令的声音——那是另外一只职位稍低的青蛙，挺起肚子，灌下了一口酒后发出来的。当行酒令绕湖巡行一圈后，青蛙首领满意地大喊一声"特儿隆"，蛙声依次传递，尤其传给那些还没喝饱酒水、肚子最瘪、口水最多的青蛙，迫使一切井然有序。接着，酒杯又开始循环传递，直到太阳出来驱散朝雾。这时，只有那只可敬的老青蛙还未跳入湖底，偶尔喊出"特儿隆"，停歇一会儿，等待回应。

在林中的空地，我是否还听到过金鸡报晓的声音？我不记得了。我觉得即便养一只小公鸡，把它当作鸣禽来养，听听它的叫声，也很有意思。从前，公鸡是印第安野鸡，它的嗓音，的确是所有鸣禽中最出类拔萃的。如果不是把它们驯化为家禽的话，它的鸣叫一定会成为森林中最悦耳的音乐，甚至超越鹅的鸣叫，以及猫头鹰的嚎叫。接后，你可以想到老母鸡，在她们的丈夫停止了号角声后，它们的聒噪立刻充满整个安静的时刻。难怪人类要把母鸡归到家禽中去，更不要提鸡蛋和鸡腿了。冬天的早晨，散步在百鸟汇集的森林中，数里之外都能听到野公鸡在树上的鸣叫，嘹亮而尖厉，声震大地，盖过了其他所有鸟类的声音。想想看，这叫声可以让整个国家警醒，每个人都会早起，一天比一天早，直到他健康、丰满、聪慧到最好的地步。全世界的诗人，他们在称赞全国鸣禽的歌声时，同时也赞美过这个外来的音符。这种勇武的金鸡，适宜在任何气候生长，它比本土家禽的生存能力更强。它总是很健康的样子，肺脏强壮无比，精神从不萎靡。甚至大西洋、太平洋上的水手，听到它的叫声都会立即起床。可惜，它从未把我从睡梦叫醒。狗、猫、牛、猪、母鸡这些动物，我都没有喂养过，或许你会说我这里缺少家畜的叫声，但是我这里也没有搅动奶油的声音、纺车声、水烧开的声音、咖啡壶的咝咝声，以及孩子的哭闹声等等，来慰藉我的寂寞。因为一般人听到这些，都会发疯甚至厌烦。我这里也没有躲在墙缝中的老鼠，因为它们无食可吃，会饥饿而死，大概它们压根没有来过。只有松鼠，在屋顶和地板间不断出没，还有梁上休憩的夜莺，窗下一只鸣叫着的蓝鸧鸟，房下一只野兔，或者一只土拨鼠，房后一只叫枭，或者猫头鹰，湖上徘徊着的一群野鹅，或者一只张扬的潜水鸟，还有深夜号叫的狐狸，它们都曾来我这里作客。而云雀或者黄鹂，这些柔和的候鸟却没来过，它们还从未拜访我这林中的木屋。我的院子里既没有公鸡的鸣叫，也没有母鸡的聒噪。对了，我压根就没有院子。大自然的风景迎面延伸到我的窗口。小树就长在窗下，野黄栌树和黑莓的藤蔓钻进了地窖，高耸的苍松倚靠、挤兑着我的小木屋。因为空间不够，它们的根在木屋的底下纠缠着。有一部分树消失了，不是大风把大树刮走了，以让我开窗透气，而是我折下了房子后面的松枝，把树根也拔了——为了获得燃料。在暴雪中，我的家，既没有通往前院大门的路，当然没有大门也没有前院，也没有通往文明社会的路。

独 处

这是一个愉快而悠闲的黄昏，我全身都被一种感觉包围着，所有的毛孔都浸透着喜悦。在大自然中，我以飘逸的姿态自由来去，已和她融为一体。在风云翻涌的寒冷天气，我沿着满是硬石块的湖岸行走，身上只披着一件衬衫，心无杂念，也不觉得寒冷。感觉这种天气对我正合适。夜晚在牛蛙的呼唤中缓缓降临，夜莺的叫声乘着吹起水波的风从湖面上传来。摇曳多姿的赤杨和白杨，荡起我情感的涟漪，那感觉几乎让我窒息。不过正如这平静的湖水一般，我的心中的宁静只有微澜而没有巨波。的确，与平滑如镜的湖面一样，晚风吹起的涟漪演变不成风暴。尽管天色已晚，风仍然在森林中咆哮着，波浪拍岸。一些动物还在用自己的歌唱为其他的生物催眠，绝对的宁静是没有的。最凶狠的野兽并没有安静下来，此刻，他们正搜寻着自己的猎物。狐狸、臭鼬、兔子也正在草原漫步。在森林中，它们都没有害怕，因为它们是大自然的守护者，是衔接着一个个生机盎然的白天的链条和环节。

每当我回到家中，经常发现已有客人拜访过，他们有的会留下名片，或者是一束花，或者是一个常春树的花环，或者在黄色的胡桃叶、木片上用铅笔写下的名字。不常进森林的人，一路上总是把森林中的小物品拿在手中玩耍，有意无意地把它们留下来。甚至有一位客人把柳树皮剥下来，制成了一枚戒指，放在了我的桌子上。当我出门时，家里有没有客人来过,我一看便知,要么树枝或青草被压弯,要么门前有鞋印留下。而且一般地,根据他们留下这些微小的印迹,我还可以推断出他们的年龄、性别和性格。有的人扔下了花朵,有的人抓起一把青草,继而又扔掉,甚至还有人将它们扔在半英里外的铁路边。有时,雪茄或烟斗的味道会长留不散,我甚至会从烟斗的香味上,留意到在60杆以外公路上的一个旅行者。

我们周围的空间已经很大了。地平线并不是我们触手可及。苍翠茂密的森林或湖沼,并不紧挨着我的屋子,中间还有一块我们熟知的并且由我们支配的空地,被我细心整理过,围起了篱笆,像是从大自然手中夺过来似的。我有什么资格拥有这么大规模的院子呢?那片广袤的人迹罕至的森林,因被人遗弃而为我所有。我最近的邻居在一英里开外,根本看不到他们的房子,除非我登上半里之外的山上。从山顶瞭望,我才能瞧见远处的一点人烟。森林把我的地平线包围起来,专供我独享,极目远望,我也只能看见那片湖水的一端、经过这里的一段铁路,还有湖水的另一端,以及沿山林修建的公路和公路边的篱笆。总之,我居住的环境,孤独得像生活在大草原上一样。这里距离新英格兰,就像距离亚洲和非洲一样遥远。应该说,我有自己的太阳、星星和月亮,我有一个属于自己的小世界。我的窗前从来没有人经过,或者叩响。我像是人类的第一个人或者是最后一个人,除非春季,偶尔会有几次,村里会有人来湖边钓鳕鱼。显然,他们来瓦尔登湖钓鱼,不过是任性而来的,并不认真:鱼饵一直留在鱼钩上,然后他们便立即撒竿回家——往往鱼篓还远未满时,他们就收竿了回家了,然后把"世界留给黑夜和我"。然而,黑夜的核心从未被人类的邻舍所污染。我觉得,人们一般对黑暗还心存敬畏,虽然妖怪和巫师都被吊死,基督教和蜡烛之光都已经被带入到我们的生活中。

然而，我经常感慨，身在大自然，你总能找到最甜蜜、最温馨、最单纯和最鼓舞人心的伴侣，即便是那些愤世嫉俗的孤独人，以及最忧郁的人也不例外。只要生活在大自然当中，只要五官健全，你就不会有忧愁。对健康而纯净的耳朵来说，暴风雨就仿佛是伊奥勒斯的音乐。没有什么能让纯真而无畏的人产生俗世的忧虑。当我沐浴在这里四季的友爱中，我觉得什么都不能成为我生活的沉重担负和枷锁。今天细雨绵绵，浇在我种的豆子上，以致我只能在屋里待一整天。但这雨既不让我沮丧，也不让我忧郁，对我却大有裨益。虽然我暂时不能锄地，但这比我锄地更有意思。如果雨下得时间太长，地里的种子，以及低洼地里土豆开始腐烂，但它对高地的青草是有好处的。有时，我觉得和别人相比，我似乎比别人更得天神的保佑和宠爱，我得到似乎更多。好像在天神的手上，有我的一张证书和保险单，而别人却没有。所以，我受到了天神特别的指引和关照。我不是在自我夸耀，但是如果有可能，我认为是他们在夸赞我。我从来没感觉到孤独，也从没有受到孤独之感的压迫。只有一次，当我进入森林生活几个星期后，我曾思考了一个小时左右，不确定安静而健康的生活是否需要一些邻居，独处可能不会很快乐。当时，我顿时有一种心理上的失衡感。不过，我预感到自己很快会恢复正常的思维，习惯这里的寂静生活。当这些想法占据我脑海时，温柔的雨丝如轻纱，细细地洒下来，顷刻间，我觉得能与大自然如此相伴，该是多么甜蜜的事情，我是如此深受大自然的眷顾！在滴答的雨声中，各种声音和景象，它们包含着无穷无尽的爱意，将我以及我的房间包围。蓦然，这种气氛就把我心中那个"有邻居会方便一些"的想法按压下去了。从此，想要不要邻居这件事，就再也不曾在我的脑海中出现。枝枝松针都好像具有同情心，慢慢伸展并膨胀起来，热情地要成为我的朋友。很自然地，我感到它们是我的同类。尽管我身在一个一般人所谓的凄凉的环境中，但我发现，眼前的这些是如此接近我的本性。一个人，或者一个村民，并不一定是我最亲密的朋友，他们也并非最富有人性。于是，从此，我无论在什么地方，都不会再有陌生和孤独的感觉了。

过早地销蚀了悲哀，
生者的世界里，时日无多，
托斯卡的漂亮的女儿啊。

春秋两季，常常会下长时间的暴风雨，这是我最愉快的时光。白天时，我都被禁锢在屋里，唯有那不断而下的大雨和咆哮声抚慰着孤独的我。我从曙光微弱的早晨，一直等到昏昏沉沉的黄昏。这个过程中，会有很多想法在我心中产生，并且逐渐生长、壮大……从东北方向来的倾盆大雨，使村里的房屋备受考验，女仆们都拎起水桶和拖把，放在自家门前，以阻止洪水入侵。而我，却安静地坐在我的小木屋门后。虽然只有这一扇门，但我却很感激它给予我的庇护。在一次暴雨中，一道闪电把湖对岸的一棵苍松击中，闪电把松树露出一道扎眼的螺旋状的深沟，从上到下，足有一英寸深，或者比一英寸还深，四五英寸宽，好像一根拐杖上的刻槽一样。那天，我路过它，一抬头就看到那道沟痕，心中不禁升腾起一丝胆战。说起来，那还是8年前被一道恐怖而不可抗拒的闪电霹下的痕迹，如今看上去却比以前更加清晰。人们常对我说："我想你在那个地方居住，一定非常孤独，总是要冒出与人接近一下的想法吧？尤其是在下雨下雪的日子，以及晚上的时候。"我喉咙干痒，真想这么回答：我们居住的这个星球，在浩渺的宇宙中不值得一提。天边那颗星星，即便用我们的天文仪器，都无法测出它究竟有多大。试想一下，在地球上两个居住得最远的人，又能有多远？我怎么觉得孤独呢？我们的地球，难道不是银河系的一颗行星吗？对我来说，你问的这个问题大概是最不重要的问题了。那么，究竟是什么样的空间距离，才会把人与人群隔开而令他感到孤独呢？我发现，不管人的两条腿如何努力，也不能让两颗心更加靠近。我们最想和谁做邻居呢？人们并不是都喜欢车站、邮局、酒吧间、会场、学校、杂货店、烽火山、五点区，虽然这里常常是人们聚集的地方，但人们应该还是更愿意去接近大自然，这个生命的不竭之源泉。在日常的生活经验中，我们常常会想到这种需要，就像水边的杨柳，必定朝着有水的方向延伸它的根枝。人的性格不同，因此需求也一定各不相同。但是，一个智者，一定在永不枯竭的大自然那里深挖他的地窖……一天晚上，在去瓦尔登湖的路上，我遇见一个镇上的同乡。他已经积攒了所谓的"一笔非常可观的家业"。虽然我从未见过。那晚，他赶着两头牛去市场，还问我："你为什么宁愿抛弃那么多的人生乐趣，来这里，你是怎么想的？"我回答他说："我只知道，我很喜欢自己目前的生活。"我是很认真地说这话的。就这样，我回家，然后上床睡觉了。而他，要继续在黑夜的泥泞当中行走，步行到布赖顿去。或者说是光明之城——因为，当他走到那里时，天应该也已经亮了。

对死者来说，只要能够苏醒或者重生，时间与地点都无所谓。复活对我们的感官而言，当然有一种不言而喻的快乐。但是，我们大多数人，只是把那些浮华的琐事作为我们的工作。事实上，这也正是我们总是分心的原因所在。无限靠近万物的，是形体内那创造一切的力量；其次，是宇宙法则在不停地发挥作用；再者，靠近我们的，是把我们当作他创造的作品的那个"大工匠"，而不是我们雇佣的工匠，尽管我们喜欢和他们聊聊天。

神鬼之为德，其盛矣。
视而不见，听而不闻，体物而不遗。
使天下人，斋明盛服，以承祭祀，
洋洋乎，如在其上，如在其左右。

我们是一个个实验品，但是，我对这个实验充满兴趣。在这种情况下，难道我们就不能离开这个充满是非的社会，而只让我们的思想来激励我们吗？"德不孤，必有邻。"孔子说得很有道理。

有思想的翅膀，我们就能在理智的状态下保持愉快。只要我们自觉努力，就能超越一切行为和结果。所有的事情，就像翻涌的浪头一样，从我们身旁奔腾而过。我们并没有完全沉浸在大自然当中。我可以做急流中的一块浮木，也可以做从空中俯视人间的因陀罗。戏剧中的情节有可能把我打动，然而另一方面，与我生命紧密相关的事情却总是打动不了我。我只知道我自己是一个人，我生活在这人世。这也反映出我思想情感的一个方面，我或多或少有些双重人格，所以我能够远远地观察自己，就像观察别人一样。不论我的体验如何强烈，我总是能够感觉到自己的一部分在旁边纠正着我，就像它不是我自身的一部分，而只是一个与我没有关系的旁观者。他并不分享我的经验，而只是注视着它。正像他不是你，你也不是我，而是他自己。等到人生这出戏演完时，或许是场悲剧，观众就会都起身散去。至于这第二重性格，当然是虚构的，仅仅是想象力的创造。然而有时候这个双重人格，阻挡在我们和别人之间，使别人很难与我们做邻居，做朋友。

很多时候，我认为孤独对健康是有益的。有伙伴陪伴在身旁，纵使是最好的伙伴，时间长了也会产生厌倦。那样事情反而会变得很糟糕。我喜欢孤独。我没有遇到比孤独更好的伙伴了。很多时候，我们到外面去，伫立在茫茫的人海中，此时比在室内独处感觉到更多的孤独。一个在思考着，或者在工作着的人，往往是形单影只的。他乐意在哪里就在哪里吧，孤独不能以一个人离开他伙伴的距离来计算。真正勤奋刻苦的学生，纵使在剑桥学院最狭窄的房间里，他也会孤独得像是沙漠中的一个僧侣一样。农民可以一整天一个人在田地里、在森林中劳作，耕地或者砍柴，而他不会有丝毫的孤独感——因为他在工作。然而一到晚上，他回到家里，却无法独自在房间里静思，而一定要去"看得见别人"的场所去放松一下。以他的想法，他这是为了补偿一下他一整天的孤独寂寞。他可能非常好奇，为什么学生们能整天整夜地坐在屋子里而不感到乏味和忧愁？但是他不知道，虽然学生们身处室内，但就像他在田地里劳作，在森林里伐木一样，他们的学习与他的劳动并无什么两样。当然，学习之后，学生们往往也要娱乐一下，也要参加社交活动。虽然他们的生活方式也许更为含蓄些。

社交活动给人的收获往往很少。因为相聚的时间总是很短，还来不及对彼此有个深入的了解，以致得不到什么收益。我们每天在吃饭的时候相聚，又再一次品尝我们这块陈腐乳酪的味道。我们都赞同遵守若干条规则，这就是所谓的礼仪和风度的体现。由于礼节和礼貌的存在，这样频繁的聚会才会相安无事，避免了当众冲突或争吵，也不会有面红耳赤的现象发生。我们在邮局，在社交场所相见，我们晚上聚集在火炉边聊天。我们生活得太过拥挤，互相打扰，彼此牵扯不断，因此我觉得彼此之间应有的敬意已经荡然无存。自然，一切重要而充满热情的聚会的次数减少一点就好了。试想工厂中的女工，她们从来都无法独自生活，甚至在梦中也做不到。如果每平方英里只居住一个人，像我现在住的地方这样，那么就会好很多。人的价值，并不体现在他的皮肤上，所以只有我们不必接触皮肤，才会明白这个道理。

我听说有个人在森林中迷路了，他体力不支，昏倒在一棵树下，又饿又乏。在虚弱中，他看到眼前浮现出很多奇怪的幻象，他把那些幻想都当作了真实的场景。同理，当身体和心灵都健康充满活力时，我们就能持续不断地从相似并更为自然的社会中得到激励，从而发现我们其实并不孤独。

我有很多伙伴,他们就在我自己的房间里。尤其在清晨,在还没有人来拜访我的时候。我打几个比方,也许能说清楚我的一些情况。我并不比高声欢笑的潜水鸟更孤单,也不比瓦尔登湖更寂寞。我倒想问一下这寂寞的湖,可有人相陪?但是在它蓝色的湖面上,并没有蓝色的魔鬼,有的只是蓝色的天使。太阳是孤独的,除非乌云密布。有时候,仿佛有两个太阳,但另外一个肯定是虚幻的。上帝是孤单的,但是魔鬼一定不孤单,他有很多伙伴,他一向拉帮结派的。我并不比一朵毛蕊花,或者草原上的一朵蒲公英更孤独,也不比一片豆叶、一棵酢浆草、一只马蝇,或一只黄蜂更孤单。同样,我既不会比密尔溪、风标、北极星,或南风更寂寞,也不会比四月的雨、一月的融雪,或新房里的第一只蜘蛛更孤独寂寞。

在冬季那漫漫长夜里,暴风雪狂舞,寒风在森林中呼啸而过时,一个老的移民者,即先前的拓荒者,经常来我家拜访我。据说,瓦尔登湖就是他挖出来的。而且,他还在湖底铺上了石子,在沿湖岸边种植了松树。他讲给我以前和最近的很多传奇故事,我们俩就这样度过了一个快乐的夜晚。我们之间的这种交往充满了喜悦,我们交换了对事物的不同看法,虽然没有苹果或者苹果酒。他是一个聪明而幽默的朋友,我很是欣赏他,他的秘密比谷菲和华莱还要多。虽然后来别人说他已经死亡,但没有一个人能指出他的坟墓在哪里。还有一位老妇人,也住在我家附近,很多人根本没有见到过她。有时,我喜欢到她芳香四溢的百草园中散步,采摘药草,聆听她的寓言故事。她有着惊人的创造力,她的记忆能一直回溯到远古时代。她讲给我的每一则寓言故事源起于何地,哪一则寓言故事是根据哪一个事实而产生出来的,她都讲得头头是道——因为那些事情都发生在她青春年少的时候。一个鹤发童颜、精力充沛的老妇人,无论在什么样的天气、什么样的季节里,她总是神采奕奕的。这样看来,她肯定比他的孩子们活得还要长。

阳光、风雨、夏季、冬季——无法形容无法描述的这些大自然的纯洁和惠泽，永远给我们提供着如此多的健康和快乐。大自然对我们人类很有同情心，如果有人因为正当的理由悲伤，那大自然也会被他的情绪所感染——太阳会变得暗淡无光，风也会像人们一样叹息，乌云会洒下泪雨，树木在仲夏时也会脱掉叶子，穿上丧服。难道我不应该和土地息息相通吗？难道我自己不是沾染了泥土的绿叶和青菜上的一部分吗？

什么药能让我们健康、祥和、满足？不是你和我的曾祖父，而是我们这位曾祖母——大自然，是她提供给我们的全部蔬菜，以及植物等滋养品。她自己也因服用这些滋补品而青春永驻，依靠没有脂肪的蔬菜和植物的滋养而更加健康，因而她活得比托马斯·帕尔更长久。这种滋补品，不是江湖郎中的配方所使用的，将冥河水与死海的海水混合而成的药水。有一种浅长形状像黑色船只一样的车，经常装满了药瓶子，而这种药水有时就装在这种药瓶里，但这可不是我的灵丹妙药——我还是更喜欢在清晨呼吸一口清新的空气。清晨的空气多好啊。如果人们不愿意在一天的开始豪饮这泉水，那么我们就一定要把它们装在瓶里，放在店里，出售给世上那些清晨没有订单的人们。但是必须记住，即使把它能冷藏在地窖中，也很难使它到中午都能保持新鲜。瓶塞会在中午之前就被冲开，它会一直随着曙光的脚步逐步西行，然后渐渐失去了新鲜度。我并不崇拜健康女神海吉雅，因为她是医神阿斯克勒庇奥斯的女儿，她得意扬扬地站立在纪念碑上，一手握着一条蛇，一手端着一个杯子，而那只蛇却经常伸过头去，喝另一只手端着的杯子里的水。我宁愿崇拜朱庇特的掌杯者希勃，因为她是青春的女神，为众神司酒行觞。作为朱诺和野莴苣的女儿，她能让神仙和人鹤发变成童颜。她应该是大地上出现过的最健康、最强健、最有活力的少女。她走到哪里，哪里就出现一派春机盎然。

豆　子

我已在地里种好的豆子，一排又一排，算起来总长度至少有7英里。我急需给它们锄草松土，因为最后一批还没开始播种，最早的一批已经长势很好了。真是刻不容缓了。这件对于赫拉克勒斯是举手之劳的小事，对我却是如此卖力。究竟是为什么呢？我还不清楚。我只知道我喜欢这一排排的豆子，虽然它们的数量已经远远超过我的需要。它们让我热爱土地，由此我获得了无穷力量，就像希腊神话中的巨人安泰一样。然而，我种豆的意义何在？只有天知道。整个夏天，我都如此奇怪地工作着，在大地的这一块表皮上辛勤耕耘。这片土地上以前只长出洋莓、狗尾草、黑莓以及甜滋滋的野果，以及美丽的花朵，现在它上面却长出了大豆。我从种豆学到了什么？豆子又从我这儿学到了什么？我十分珍爱它们，我为它们锄草松土，从早到晚地照料着它们，我一天的工作就是这个。它们宽大的叶子很漂亮。露水和雨水是我浇灌这干燥土壤的得力助手。但是土地本身含有的肥料已经很丰盛，尽管其中大多数土地贫瘠而枯干。我的敌人是严寒、害虫，特别是土拨鼠。土拨鼠能把我一英亩地上1/4的豆子都吃光。而对狗尾草之类的植物，我又有什么权力大动干戈、把自古以来属于它们的百草园给破坏了呢？好在，剩下的豆子很会长得十分茁壮，相信它们有能力抵抗未来新的敌人。

我很清楚地记得，我4岁时，我们全家从波士顿搬到这个镇上，我们曾经过这片森林和这片土地，还到过这瓦尔登湖湖畔。那景象深深地铭刻在我的童年的记忆中。今晚，我的笛声又在这同一个湖水上空回荡。比我年岁还大的松树依然在那里耸立。其中有些已被砍伐，作为我煮饭的木柴，4周已悄然长出新的松树，在向新一代人呈现一个新的景象。在这片牧场上，多年的老根又长出了一样的狗尾草，宛如我童年梦境中神话般的美景。后来，我都给它们披上一层新装。要想了解我重返这片土地之后所发生的变化，就看一看这些豆子的绿叶、玉米的长叶，还有土豆藤。我大约耕耘了两英亩半的土地。大约在15年前，这片土地被砍伐过，我挖出了两三考特的树根，我没有施加肥料。在这个夏季的一些日子，我耕地时还翻出了一些箭头。看来，在白人开始砍伐以前，这里曾经居住过一个现在已经消失的古老民族，他们还种过玉米和豆子。所以，从某种程度上讲，他们已经耗尽土地之力，曾经有过收获。

在那些土拨鼠或松鼠穿过大路，或是太阳升上橡树梢之前，清晨的一切都披着露珠。在这个时候，我开始去豆田挖里面那些茂密生长的杂草，并把泥土压到上面，尽管有些农民不赞同我这样做，但我还是劝他们趁有露水时赶快把所有工作都做完。一大早，我就开始赤着脚工作，仿佛一位造型艺术工作者在田地里摆弄着泥巴。太阳升到中天以后，阳光晒得我双脚起了泡。太阳直射着我的锄头，在铺满黄沙的土地上，在那长15杆的一排排绿叶丛中，我慢慢地来回踱步。这片土地的一头延伸到了一片低矮的橡树林，我经常在树荫下休息；另一头延伸到一块浆果田边，我每走一趟，就发现青色的浆果颜色在逐渐加深。我一边拔除杂草，一边在豆茎旁边培植新土，以帮助豆子生长。至此，这片黄土对夏日的表现，不再是苦艾、芦苇和黍粟，而是豆叶与豆花。这是我的工作带来的变化。

因为我没有牛马、雇工或孩子的帮忙，也没有先进的农具，所以我的工作进度十分缓慢，但也正因如此，我跟豆子更加亲密。我用双手工作，以至于就像在做苦力活儿。这期间就有一个永恒的不朽的真理。对学者来说，它带有古典哲学的意味。那些旅行者向西穿过林肯和魏兰德，去到谁也不熟悉的地方。和他们相比，我就是一位辛勤的农夫了。他们神态悠闲地乘坐着马车，手肘搁在膝盖上，有花饰的缰绳松弛地垂下来，而我却在泥土上辛苦地劳作、布置我的家居。但是我的房子和田地很快就远离了他们的视线和思想。由于大路两旁很长的一段路上，只有我这块土地被耕种了，因此特别吸引他们的注意力。有时候，在这块土地上工作的人，能听到他们的评头论足。原本不想听到"豆子怎么种得这么晚？豌豆也种晚了！"这些话。因为别人已开始锄草松土了，我却才刚播种。因为我是不专业的农民，所以之前压根没想过这些。"我的孩子，这些作物只能喂养家畜，这是给家畜吃的作物！""他在这里住吗？"一位身穿灰色上衣，头戴黑帽的人这样问道。于是，那口吻严厉的农民勒住他气喘吁吁的老马问我："你到底在这里干什么？犁沟中为何不施肥？"他建议我，应该撒些细沫般的垃圾，不论什么垃圾都行。要么灰烬，要么灰泥，都可以。但是这里只有两英亩半犁沟，只有一把代替马的耕锄，而且还要靠两只手拖着。而且，我对马车和马没有兴趣，而细沫般的垃圾离我更远。一些旅行家驾车慢慢经过，不免将我这块土地与他们一路所见的那些粗鲁地做一番对比，我因此知道了我在农业界的地位。

但是，我得顺便提一下，对于大自然在最荒芜而未经人们翻耕的土地上长出的谷物，谁会去计算它们的价值呢？英格兰干草被小心地称重，还精算其中的湿度、硅酸盐、碳酸钾，而所有峡谷、洼地、森林、牧场和沼泽地，都生长着品种丰富的谷物，只是人们没有去收割罢了。我的田地，正好介于荒地和垦地二者之间，就像有些是开化国家，有些是半开化国家一样，另外一些则是野蛮的国家。我的田地可以称为半开化的国家，虽然这不是从坏的意义上评判的。那些豆子，经过我的这种培育方式，它们很高兴地又重返到野生状态，而我的锄头，也会为它们高唱赞歌。

在附近，有一棵白桦树，树梢上停着一只棕色的燕雀，有人叫它红眉鸟，它很喜欢和人为伴，整个黎明它都在歌唱。如果你离开农田，它就会飞到另一块农田去陪伴别的人。你播种时，它就会叫道："扔、扔了它……埋、埋起来……拉、拉上去。"但这里种的不是玉米，所以不会有像它一样的敌人吃光了庄稼。也许你感觉很奇怪，它那无聊的歌曲，就像用1根琴弦或20根琴弦弹奏的，是很不专业的帕格尼尼式的弹奏，这和你的播种有什么关系呢？然而我宁愿听歌，也不愿准备灰烬或者灰泥。对我而言，这歌声就是一种最信任、最划算的上好肥料。

当我用锄头在犁沟边翻土时，我感觉到史籍不曾记载过的一个古老民族，有可能曾在这片天空下居住。因为我把他们在这里留下的灰烬都翻耕出来了，他们作战狩猎专用的武器，也显露在现代的阳光之下。他们与其他的一些天然石块混杂在一起，有些石块还遗有印第安人用火烧过的痕迹，有些则被太阳晒过，而陶器和玻璃估计是近代耕种者留下的遗迹。当我的锄头敲打在石头上，发出叮叮当当的响声时，这声音便会扩散到森林和天空中去，我的劳动因为有这样的伴奏，立即产生无法估算的收益。我所种植的不是大豆，我也不是在种豆。当时，我有些自怜又骄傲地想：我的熟人们，此刻正在城市里听清唱剧呢。

但是，在天气晴朗的下午，夜莺会在我的头上盘旋。有时，我会工作一天，夜莺就像是映入我眼帘的一粒沙，或者说是吹入天空的眼睛里的一粒沙。有时，它会侧飞着，两翼下行，大声鸣叫，仿佛要把天空撕裂一般，最后裂成碎布，但天空依然如故，没有一条裂缝。空中飞舞着很多小精灵，它们在大地上、黄沙里或者岩石上、山顶上产下了很多蛋，极少有人见过。它们优雅而细长，就像湖水荡起的涟漪，又像被风吹到空中不断翻滚的树叶。大自然中，随处这样生息相通的默契和缘分：比如苍鹰是海浪的空中兄弟，它在海浪上空飞行巡视，在空中拍击它有力的翅膀，宛如在回应海洋那没有羽毛的翅膀。有时，我远望空中盘旋的一对鹞鹰，它们上下相接，远近合度，就像是我思想的化身。有时，我的目光也会被一群野鸽吸引住，看它们从这边树林飞到那边树林，发出嗡嗡的颤音，然后疾飞而过。有时，我的锄头会从腐烂的树桩下，挖出一条蝾螈，它长得是那么的奇怪、丑陋，它是埃及和尼罗河的遗迹，却又和我们生活在同一个时代。每每我停下来，靠着我的锄头休息时，我都会听听这些声音，看看这些风景。站在犁沟中哪个地方，我都能听到、看到它们，这真是我乡村生活中无穷兴味的生活之一。

遇到节庆日的时候，镇上燃放礼炮的声音传入树林后，变得很像气枪的声音。偶尔，也会有军乐声飘过来。远在城外豆田里的我，听到礼炮的声音，就像细菌在炸裂。如果军队出动演习，而我又不清楚是怎么回事，那么我一整天都会精神恍惚，感到地平线好像在微微发痒，好像快要生疹子似的——也许是猩红热，也许是马蹄癌。直到后来，一些暖风吹过大地，拂过魏兰德大公路，把演习者的消息带给我。远处传来嘤嘤的声音，好像谁家的蜜蜂出巢了，因此村民们按照维吉尔的方法，轻轻敲打起那个声音最响亮的锅壶，召唤它们回到蜂房来。等到那声音微弱下来后，嘤嘤的声音也停止了，连那最柔和的微风，也不传送什么故事了。最后，一只雄蜂也顺利地返回米德塞克斯的蜂房里。现在，人们关心的是那些挂满蜂房的蜂蜜了。

当我得知马萨诸塞州和祖国的自由十分安全时，我深感荣耀；当我弯腰再次耕作时，我充满了力量和自信，我从容地怀着对未来的美好憧憬，继续我的工作……

倘若有几个乐队来演奏,整个村庄就仿佛变成了一只巨大的风箱。所有的建筑物都在喧嚣声中时而扩张开来,时而又倒下去。但是偶尔传入林中的是真正高尚而激昂的音乐,喇叭里高唱着荣誉,甚至让我觉得我好像能痛快地杀掉一个墨西哥人。我们为何总要忍受一些烦琐的小事?我曾到处寻找土拨鼠和鼩鼠,想表现一下我的骑士精神。这种军乐旋律遥远得就像身处巴勒斯坦一样,它让我想起十字军在地平线上的东征,就像高过村庄的榆树梢在微微地摇动。多么伟大的一天啊!虽然我从林中空地看向天空,它还是每天看上去的那样一望无垠,看不出有什么区别。

自从我种豆以来,我一直与豆子相处。时间久了,我得到很多专业的经验,比如种植、耕地、收获、打场、拣拾、出售,这最后一项尤其难。我不妨再添加一个吃——我还吃了大豆,品尝了一下它的味道。

我决心要了解大豆。在它们生长时,我一般从清晨5点开始锄草,一直工作到中午,剩下的时间来做别的事情。试想,人和各种杂草交往十分密切,感觉很神奇。说起来,做这些活儿是很烦琐累人的,比如这些杂草,劳动时,要把草连根拔起,无情地摧残它们的纤维组织,同时锄头还要仔细辨别它们,以便能培植另一种草。这是罗马艾草,这是猪狲草,这是酢浆草,这是芦苇草。牢牢抓住它,拔出来,把它的根拔出来,在太阳下暴晒,不要让一根纤维躺在阴影中。否则,它又侧着身子站起来,两天后就会又像青葱和韭菜一样了。这是一场持久战,不是与鹤的战争,而是与杂草作战。它们是一群有太阳和雨露相助的特洛伊人。豆子每天都能看到我,带着锄头来作战,消灭它们的敌人。犁沟里堆满了杂草的尸体,有许多是体格健壮的,比它成群的"战友"还高出一英尺的特洛伊主将赫克托耳,也都在我的武器前倒下,被淹没在尘埃之中了。

在酷热的夏天,那些和我同时代的人,有的在波士顿或罗马致力于美术,有的在印度苦苦地思索,还有的在伦敦或纽约做着生意,而我却和新英格兰的其他农民一样,从事着农业。我这样做并非为了吃豆子,我天性属于毕达哥拉斯一派,即希腊哲学家不吃豆子的一派,起码在种豆这件事上我是这样的。不论目的为了吃、选举,还是为了换大米,或许只是为了给将来写寓言的作家用,又或许是为了比喻或影射,反正总得有人在地里工作。总之,这是一种不同寻常的快乐,尽管持续时间太长,也会虚度光阴。

尽管我并没有给它们施肥,也没有给它们全部锄一遍草、松一遍土,但是我经常尽我的全部力量锄草松土,结果还算不错。"这是真的。"正如伊夫林所说,"任何混合肥料或粪肥都不如持续地挥锄舞铲,把泥土翻上来。""土壤",他在另外一个地方写下,"尤其是新鲜的土壤,其间含有极大的磁力,可以吸住盐、能量,或者还有良好的品德(随你怎么称它)来增强它的生命。土地也是我耕耘和劳作的对象,我们依靠在土地上的耕耘来自食其力,养活自己,所有的粪肥和其他恶臭的东西,只是这种改良的代用品而已。"更何况,这片土地只是"地力耗尽的闲置又贫瘠的土地呢",也许像凯南尔姆·狄格贝爵士认为的,已从空气中吸走了"生命力"。我总共收获了12蒲式耳豆子。

为更加明细可信,也因为有人对柯尔曼先生所做的报告不满,他的报告主要是关于一些乡绅的奢华试验,所以我把自己的收支情况介绍如下:

一把锄头⋯⋯⋯⋯⋯⋯0.54美元
耕地挖沟⋯⋯⋯⋯⋯⋯7.50美元（太贵了）
豆子种子⋯⋯⋯⋯⋯⋯3.125美元
土豆种子⋯⋯⋯⋯⋯⋯1.33美元
豌豆种子⋯⋯⋯⋯⋯⋯0.40美元
萝卜种子⋯⋯⋯⋯⋯⋯0.06美元
篱笆白线⋯⋯⋯⋯⋯⋯0.02美元
耕马和三小时佣工⋯⋯⋯1.00美元
收获时用马和车辆⋯⋯⋯0.75美元
共计⋯⋯⋯⋯⋯⋯⋯⋯14.725美元

我的收入来自：

9蒲式耳12夸脱豆子⋯⋯16.94美元
5蒲式耳大土豆⋯⋯⋯⋯2.50美元
9蒲式耳小土豆⋯⋯⋯⋯2.25美元
草⋯⋯⋯⋯⋯⋯⋯⋯⋯1.00美元
茎⋯⋯⋯⋯⋯⋯⋯⋯⋯0.75美元
共计⋯⋯⋯⋯⋯⋯⋯⋯23.44美元

盈余，正如我在别处提到的，尚有8.175美元

这就是我种豆子的所得成果。大约在6月1日，我播下细小的白色豆种子，留上3英尺长18英寸宽的间距，种成一排排，精选的都是新鲜、圆润、优质的种子。同时，还要注意害虫，在没有发芽的位置上补种种子；接着，要提防土拨鼠，如果那块田地显露在外面，它们会把刚刚发芽的嫩叶一口气啃光，而且在嫩卷须伸出来后，它们也会看到。它们会直坐着，像松鼠一样，将花苞和初长成的豆荚全部啃掉。尤其重要的

是，倘若你想让豆子避免霜打，或者遭到其他不必要的伤害，想让豆子卖个好价钱，那么你就要尽早收割。

我还得到一些更丰富的经验。我曾对自己说，次年夏季，我不要再花这么大的气力来种豆子和玉米，我要种一些像真诚、真理、朴实、信心这样的种子。如果这些种子并没有丧失，我要看看它们是否能在这块田地上生长，是否能以较少的劳力和肥料来维持我的生活。因为，我认为以土地的能力，它肯定还没有消耗到不能播种这些东西。唉，我对自己说过这些话。但是现在，一个夏天又过去了，而且一个接着一个，都慢慢地溜走了。我不得不对你们说，我的读者呀，我所播种的种子，或许说是一些美德的种子，全部被虫子吃掉了，或者已经失去了生机，根本都没有发芽。一般来说，人们和他们的祖先一样的勇敢或胆怯。这代人每年所耕种的玉米和豆子，肯定和印第安人在几个世纪以前所耕种的一样，那是他们传授给最早移民的，好像命中注定似的，再也难以改变。

有一天，我看到一个老头儿，十分惊讶。他用一把锄头挖洞，至少挖了70次，但是他却不打算躺在里面。为何新英格兰人不去尝试一下新的事业，却过分地在乎他的玉米、土豆、草料和果园呢？为什么不种植另外一些东西呢？为什么只关心豆种而对新一代人的成长漠不关心呢？我上文提及的那些美德，我认为它们比其他农作物高尚。如果我们遇到一个人，他身上集中了那些美德，那些飘散在空中的美德植根于他的心中，那么我们真该感到快乐满足。倘若一种难以捉摸而无法形容的品德正向这里走来，比如真理或公正，虽然量很少而且是新品种，但毕竟它正在沿着大路走过来了。我们的大使应该立即接到命令，去挑选这些好品种，寄到国内，然后国会把它们配到全国各地，广泛种植。

在对待真诚时，我们不应该表现出虚伪和做作。如果我们已拥有高贵与友情的精神,那么我们永远不应该再利用我们的卑鄙来互相欺骗、羞辱、排斥,也不应匆匆见面就又成了陌生人。因为,这里的大多数人我从来没见过,好像他们一直很忙,忙着种他们的豆子。我们不要和如此忙碌的人来往,休息时他靠在锄头上或铲子上,好像靠在手杖上一样,远望过去虽不是一个笔直的蘑菇,但看上去好像确实有一部分要破土而出。那情形,像是在大地上空低飞的燕子。

说话时,它的翅膀经常开合,
像要飞走,却又兀自垂拢。
哄骗我们,自以为在和天使谈话。

也许粮食并不能永远滋养我们,但是它对我们的身心确实大有益处。在我们不知身患何病时,粮食就可将关节的僵硬消除,让我们恢复柔软和活力,从大自然和人间找到仁慈,享受到所有单纯而强烈的快乐。

古代的诗歌和神话,至少能给人们一些启示。农事活动曾经是一种庄重高雅的艺术,但是我们却在匆忙中随意糟蹋了它。如今,我们追求的只是大田园和大丰收。我们不但不举行任何仪式,而且连庆贺的仪仗和节庆日都没有,甚至连耕牛大会和感恩节也没有。先农们,本来用这种形式来表达他们这一职业的高尚意味,或者以此来追忆农事的神圣。如今的农民,他们注重的却是酬金和一顿大餐。他们供奉的不是谷神色列斯和主神朱庇特,而是财神普鲁托斯。因为我们没有人能改掉贪婪、自私和卑贱的恶劣品性,所以我们把土地视为财产,或者以此来谋取财产。结果,风景被彻底破坏,农事和我们一样变得低贱,农民过着最卑贱的生活。他所认识的大自然,和一个强盗所认识的并无两样。卡托曾说,农事的利益是异常虔敬而正当的。按照瓦罗的话,古罗马人"把大地母亲和色列斯齐名,他们觉得从事农业的人,他们的生活虔敬而有意义,所以只有他们才是农神的后代"。

我们总是忘记，太阳照耀着我们翻耕的土地，和它照耀草原、森林一样，并无两样——它们都反射并吸收太阳的光线。土地，在太阳每天眺望的图画里，它只是一小点儿。在太阳眼中，大地都被耕作得像花园一样。因此，我们接受它的光和热，同时也接受了它的信任和慷慨。我重视豆的种子，把它们种到地里，秋天就能得到收获，但那又能怎样呢？我守护这片土地这么久，这片田地却并不把我当作主要的耕种者。它把我撇开，却向那些给它浇水，让它发芽的东西表示友好。豆子的果实，也不由我来收获，它们其中一部分是为土拨鼠准备的。农民的希望，不只是麦穗，而且还有核仁或谷物，都会成为农民的田地里的收成。所以，我们的作物怎么会歉收呢？我们应该为杂草的茂盛生长而欢喜，因为它们的种子正可作为鸟雀的吃食。相比而言，农作物的产量能否堆满农民的粮仓，倒是微不足道的。真正的农民从不愁容满面，就好像那些松鼠，根本不在乎树上今年会不会长栗子。真正的农民整天劳作，却并不奢求土地的产品全部归为己有。他心里，是奉献，不仅会献出第一个硕果，而且会献出最后一个硕果。

村　子

锄完了地以后,如果上午有时间,我也许会读一会儿书,写一会儿字,再到湖里洗个澡,游过一个小湾,这就是我运动的最大限度了。这有助于洗去劳动后身上的尘垢,或许还可除去因阅读而产生的一道皱纹。在下午,我一般是很自由的。每天或者隔一天,我会到村子里散步,听听人们嘴上那永无休止的八卦,或者口耳相传的谣言,或者报纸上转载的新闻。如果用因势利导的方法接受它们,的确会感到很新鲜,很奇特,好像树叶的萧萧声和青蛙的呱呱声一样。正如我在森林中散步时喜欢看鸟雀和松鼠一样,我在村中散步,喜欢看一些男人和小孩。在村中散步,我听不到风吹带来的松涛声,但却能听到辚辚的马车声。从我的房子向另一个方向望去,在河岸的草地上,有一个麝鼠的聚居地。而在另一端的地平线上,在榆树和悬铃木的下面,有一个充满忙碌的闲人的村庄。这令我产生好奇心,仿佛他们是大草原上的流浪狗,不坐在兽穴的入口,而是奔到邻居家去聊天。

我经常到村庄去观察他们的生活方式。在我眼里,村庄就像一个庞大的新闻编辑室。为了编辑室能持续运作,就像以前州政府大街上的雷丁出版公司那样,他们不仅出售报纸,还出售干果、葡萄干、玉米粉、盐,以及其他食品杂货。有些人对新闻胃口很大,消化能力超强,他们永远像雕像一样坐在街道上,想方设法打探新闻,让新闻好像地中海的季风一样翻腾着、低语着，从他们耳边吹过。或者也可以这么说，他们就像吸入了少量的乙醚，虽然意识还算清醒，但痛苦却被麻痹了。否则，有些新闻，听到后让人会很痛苦。

当我在村里漫步时，我总是看到这些"活宝"：一排排地坐在台阶上晒太阳。他们的身子微微前倾，脸上挂着欲望的表情，眼睛不时左顾右盼。或者，就是身体靠在谷仓上，双手插在裤裤里，像一根支撑谷仓的柱子。由于他们通常逗留在户外，所以风中带来的所有消息，他们都能听得见。他们是最粗糙的磨坊，凡是闲言闲语，都要经过他们的第一道压碾，然后才能传入千家万户，倾倒进更精致的漏斗中，进行更细致的加工……

我注意到，村子里最有活力的地方，就是食品杂货铺、酒吧、邮局和银行。除此之外，如同机器中必不可少的零件一样，一口大钟、一尊大炮和一辆救火车，都放在合适的地方。为了尽量满足人类的需求，房屋的设计，都面对面地被安排在一条巷子里，所有的过客都逃脱不了夹道鞭打，所有男女老少都可以痛扁他一顿。当然，那些被安置在巷口附近的人，最先看到过客，也最先被过客看到。他们最先动手揍人，所以要为这个黄金地段付最昂贵的房租。而住在村外的少数零散的村民，到他们那里有很长的距离。就算经过，旅客也可翻墙而过，或者抄一条捷径逃掉。这些村民当然只需付一笔很少的地租或窗税。有的四周都挂起了招牌，诱惑着顾客；有的抓住了他的胃口，那是酒店和饭店；有的抓住了他的嗜好，如百货店和珠宝店；有的紧抓了他的头发不放，或揪住了他的脚或他衣服的下摆，这是理发店、鞋店和服装店。此外，还有更可怕的，就是要你挨家挨户地去访问，而且这种情况下总是人满为患。

总体而言，无论怎样，我都能很巧妙地躲过所有的危险，或者，我马上勇往向前，毫不犹豫地直奔我的目的地。那些受到夹道鞭打的人，不妨尝试一下我的办法；或者，我专心地想着高尚的事物，像俄耳甫斯"弹起那七弦琴，高唱诸神的赞美诗，压过了妖女的歌声，因此才没有遇难"。有时，我会闪电一般地溜走，没有人知道我去了哪里。因为我不大在意礼节，即使篱笆上有个洞，我也不觉得必须犹豫一下。甚至，我还经常闯入一些乡民的家中，他们亲切地招待我，他们会跟我说起最新的，或者他们精选出的新闻。对刚刚平息的战事、战争与和平的前景，以及世界还能合作多久等诸如此类的事情了解后，我就立即从后面几条路溜走，然后又隐进属于我的那片森林了……

有时，我去城里，逗留到很晚才出发回家来，在黑暗中回到我森林的家中。这让我忍不住感到愉快，尤其在那些漆黑而风雨交加的夜晚，我从一个灯火通明的村屋或演讲厅起航，肩上扛着一袋黑麦或印第安玉米粉，朝着林中安逸的港湾行驶。外面的一切都安置妥当了，随后我带着快乐的思想，卧在甲板下面，只留下我的躯壳掌舵。但是，如果航道平静，没有波澜，我就干脆用缆绳将舵拴死。当我航行时，在舱中的火炉边取暖，许多快乐的想法便会在我脑中萦绕。任何天气都不会使我去忧郁，也没有悲伤，纵使我曾遇到过几次恶劣的天气。平日的夜晚，森林中也比想象中的还要黑暗。在最黑的夜晚，我只能凭着树叶间隙间透出的光来辨别路径，一边走，一边认路。有时，在一些没有公路的地方，我只能用脚来摸索，开辟出我要航行的路。或者有时候，我能用手摸出几棵我熟悉的树，从而辨清航向。比如，中间距离不超过18英寸的两棵松树，总是位于森林的中央，从它们中间穿过时，我就能辨别出方向。有时，在一个漆黑又潮湿的夜晚，我很晚才出发回家。我的脚探索着看不清的路，一路上，心不在焉，像做梦一样。等我猛然伸手开门时，意识才清醒过来。老实说，我根本不记得我是如何走回来的。我自认自己的身体，就是在灵魂脱壳之后，也能找到它的归属之地，就像手能碰到嘴，无需任何帮助一样。

有几次，来拜访的客人恰巧待到很晚了才要离开，而那天的夜十分漆黑，伸手不见五指，所以我只好送他到公路边，并指给他要走的方向。分别前，我告诉他，不要靠眼睛，而要靠双腿，摸索着前进。在一个月黑风高的晚上，我就是这样给两个到湖边钓鱼的年轻人指路的。他们住在大约距离森林一英里远的地方，他们对附近十分熟悉。一两天后，其中的一位对我说，他们在自己的住所周围转悠了大半夜，直到清晨才回到家，其间遇到一场大雨，树叶都湿了，他们也被淋得全身湿透了。我听说，村里有很多人在街上转悠时，也常常迷路。一般来说，那是黑暗最浓郁的时刻，如俗话所说，黑得你都可以用刀把它切割成一块一块的。有人因为住在郊外，驱车到村里来置办货物，最后却被黑暗阻挡，只好留在村中过夜。还有一些先生女士们，去别人家作客，因为偏离他们的路线大约有半英里远，他们只能用脚来摸索着走，根本不知道自己应该在什么地方拐弯。

无论什么时候，如果在森林中迷路，都是很惊险的，而且很值得回忆，这是一种珍贵的经历。在暴风雪中，即使你白天走在一条熟悉的路上，也会迷失方向，辨不清通往村子的路。虽然，他知道自己在这条路上走过无数次，但是现在，他却怎么也认不出路来，就像西伯利亚的一条路一样陌生。如果在晚上，还要困难得多。我们平日在散步时，潜意识里常常会像领港人一样，依据某个灯塔，凭借某个海角，来辨别方向，向前走。如果我们偏离了日常的航线，我们的脑中依然会有邻近一些海角的印记。除非我们已完全迷路，或者转了一下身。在森林中，你只要闭上双眼，转一下身，就会迷路。到那时，我们才发现大自然的广袤与神奇。无论是睡觉，还是心不在焉地做其他的事情，每个人在清醒之后，都应该经常看看罗盘上的方向。难道非要等到我们迷路时，也就是说，非要等到我们失去整个世界之后，才会发现自我？才能发现自身的处境？才能认识到我们彼此之间无何止的瓜葛和联系吗？

一天下午，我来这里的第一个夏季即结束时，在我到村里的鞋匠处取回修补好的鞋子时，我却被捕了，并被关进了监狱。原因正如我在另一篇文章里表明的那样，我拒绝向国家交税，甚至否认这个国家的权力，因为这个国家在议会门口像买卖牛马一样贩卖男人、女人和孩子。起初，我是因为别的事而住到森林里去的，但一个人无论到哪里，人间的肮脏机构总会如影随形跟着他，伸出他们的双手攫取他的财富，如果他们能做到这点，接着便会迫使他回到他那个共济会式的社会中。诚然，我原本可以坚强地反抗一下，这样做多少会有点结果；我原本可以疯狂地反对社会，但我宁愿让社会疯狂地反对我。这样，它才是最绝望的一方。第二天，我就被无罪释放了，还拿到了我那双已经修补好的鞋子。回到森林中，我在美港山上饱餐了一顿越橘。除了那些国家机构的人之外，我没有受到其他人的骚扰。除了存放我稿件的桌子，我上了锁。其他任何地方，我都没有上锁，我的门也没有门闩。我的窗户和门上，也没有一只钉子。无论白天还是黑夜，即便要出门数日，我也不会锁门。在即将到来的那个秋天，我到缅因州的森林中住了半个月之久，期间我都没有锁门。但是，我的房子比周围驻扎的士兵还要受尊敬。疲惫的旅行者，可以在我的火炉旁休息取暖；文学爱好者，可以翻阅我桌上的书本。或者，那些好奇心很强的人，也可打开我的壁橱门，看看我吃的是什么饭菜，还能知道我的晚餐吃些什么。虽然，有不少各个阶层的人跑到湖边来，但我并没因此感到有什么不便。我没有丢什么东西，只是一部小书消失了，那是一卷荷马的作品。也许因为封面镀金镀得过于华丽了，所以才不见的。我想，极有可能是兵营中的士兵拿走了。我相信，如果所有人都生活得和我一样简朴，盗窃和抢劫就不会发生。为什么这样的事频频发生？是因为社会上有些人得到的超过了他的所需，而另外一些人得到的却又不够他的需要。蒲柏翻译的荷马诗句应该被广泛传播：

当世上的人们所需要的只是山毛榉制作的碗碟时，这个世界就不会再有战争。

子为政，焉用杀。子欲善，而民善矣。君子之德风，小人之德草。草上之风，必偃。

湖

有时，我对世人和他们的闲言碎语，以及村中的朋友们，都感到厌倦。每当这时，我就会向西漫游，越过平常生活的地方，跑到乡镇上更人迹罕至的地方，去往"新的森林和牧场"。或者，当夕阳西下，我会到美港山上，大吃一顿越橘和浆果。然后，把它们拣起来储藏，作为自己接下来几天的食物。购买水果的人，享受不到水果的色香味，培育它并把它拿到市场出售的商人，也享受不到水果的色香味。如果你要享受水果的色香味，唯一的办法，就是请教到处乱跑的牧童，以及到处乱飞的鹧鸪。但是，很少有人用这个办法。从不采摘越橘的人，以为已经尝遍了它的滋味，事实上这当然是一个错误的想法。从不曾有过一只越橘真正到过波士顿，虽然它们长满了波士顿的三座山，却并没有真正进过城，也没有人真正地品尝过它们。水果的美味和它最本色的精华，在装上车运往市场的时候，就随着它的新鲜一起被磨损掉了，它仅仅只是食品了。只要真理还在统治着世界，就不会有一只新鲜的越橘能完全从山上运到城里去。

我做完一天的锄地工作后，有时会去看望一下我那些不耐烦的伙伴。他从清晨起就在湖边钓鱼，安静得一动不动，就像一只鸭子，又像一片漂浮在湖面上的落叶，在思考着自己各式各样的哲学问题，在我到来之前，他大概已认为自己已经修炼成修道院里的权威老僧了。有一位老者,一位好渔夫,尤其擅长各种木工,他很喜欢把我的房子当作是为渔民提供便利而建起的小屋,这让我很高兴。他经常坐在我的屋门口,摆弄着钓鱼线。有时,我们会一起泛舟湖上。他坐在船的这一端,我坐在船的那一端,我们并没有多少交流。因为近年来他双耳失聪,但偶尔他也会哼哼一首圣诗,这与我的哲学观点非常统一。我们的精神交流,实在是非常和谐。回想起来,我都感到十分美妙,这种美妙要比我们的谈话有意思得多。我经常这样:当和人无话可说时,我会用木桨叩击船舷,在四周的森林激起一圈圈的回声,好像动物园的管理员吵醒野兽们一样。最后,每个山林和绿谷都发出响彻云霄的咆哮声。

在温和的黄昏,我经常坐在船里吹晚笛,看鲈鱼围着我船边游泳,好像我的笛声婉转得让它们着了迷。月光在波光粼粼的湖面上徜徉,湖水倒映着森林的丛丛树影。很久以前,我曾和一个同伴一起,像探险一样无数次来到这个湖边。我们在夏夜的湖岸生起一堆火,以吸引鱼群,然后在鱼钩上放虫子作为鱼饵,钓起一条又一条鳕鱼。就这样,一直坐到深夜,我们才把火棒高高地抛向空中,它们如流星烟花一般,从空中落入湖中,发出咝咝的响声,然后便杳无踪影了。然后,我们又陷入无边的黑暗中。我一边摸索,一边吹着口哨,穿过黑暗,回到人类的聚集地。然而,现在我在湖岸上,已经有自己的房子了。

有时,我会在村里的一个农户家里过夜。但当他们全家都上床休息后,我会独自回到林中。那时候,为了第二天的伙食,我会把半夜的时光都用在月光下的垂钓上。我坐在船中,听枭鸟和狐狸齐唱着小夜曲,还时常能听到附近无名的鸟雀发出尖厉的叫声。对我来说,这些都是宝贵的经历并值得回忆。我经常在水深40英尺的地方抛锚,离湖岸大约二三杆之远。有时,大概有上千条小鲈鱼和银鱼环绕着我,它们的尾巴把泛着月光的水面激起无数涟漪。我用一根细长的麻绳,跟生活在水下40英尺深处的神秘鱼儿沟通。有时，我拉着60英尺长的钓丝，随着温柔的夜风，在湖上悠悠地漂荡。我不时地感到钓丝在微微颤动，这说明在钓丝的那端有一个生命在徘徊，可是它又愚笨地无法确定，该怎么处置眼前盲目撞上的这个东西。后来，你把钓丝绕在手上一圈又一圈，慢慢缩短钓丝，一些活蹦乱跳并吱吱叫着的鳕鱼，就被我拉到空中。特别是在黑夜，当你的思想在宏大的宇宙命题上驰骋，你手中这微微的颤动，就会打断你的思考，将你和大自然又联结起来，这其中有着无穷的奥妙。我似乎将钓丝一甩，就能甩到繁星点点的夜空中去，正像我把钓丝垂入深邃无底的湖水中一样，于是，我好像用一只鱼钩钓到了两条鱼。

瓦尔登湖的风景虽然秀丽，但并不宏伟，不足为奇。偶然去游玩的人，如果不住在湖畔，就未必能领略到它的魅力。然而它却因深邃和清澈而广为人知，所以值得好好书写一下它。这是一个清澈、碧绿的湖泊，长约半英里，圆周约有1.75英里，面积约有61.5英亩。它被松树和橡树林环抱，常年不会干涸。湖水的进水口和出水口都无迹可寻，湖水的上涨和下落，缘于雨水的降落和蒸发。周围的山峰，从湖水边拔地而起，有40至80英尺的高度，但东南面的山峰却有100英尺高，而东边更是跃升到150英尺。它距离湖畔不过1/4英里和1/3英里，山上的树木十分茂盛，郁郁葱葱。

在康科德，所有湖泊的水至少有两种颜色：一种是远望所见，一种是近观所见。近观时，湖水的颜色更接近它本来的颜色；远望时，湖水的颜色更多的是光线的作用，因天色的变化而呈现出不同的颜色。在晴朗的夏季，从稍远的地方望去，它呈现一片蔚蓝，尤其在水波粼粼时。但极目远望时，它的颜色却变成了深蓝色。有风暴时，它有时会呈现出深灰色。据说海水的颜色与天气变化无关，今天是蓝色，明天就可能是绿色。在我们这片水域，白雪覆盖大地时，水和冰几乎都呈现出草绿色。

有人认为，蓝色"乃纯洁之水的颜色，无论流水还是冰晶"。但从船上俯瞰近处的湖水，它的色彩又十分不同。甚至从同一角度看瓦尔登湖，它也是忽蓝忽绿的。它俯身于天地之间，同时具备两者的颜色。从山顶上望，它映出天空的颜色，但走近了看，在它近岸的细沙点点的地方，湖水泛着黄澄澄的颜色，继而是淡绿色，然后逐步加深，直到水波全部呈现出一致的深绿色。但有些时候，在光线作用下，从山顶望去，靠近湖岸的水色碧绿而有生气。有人认为，这是被碧绿的山林渲染所致。可是，在铁路那边黄沙地带的湖水，颜色同样也是碧绿的。尤其是在春天，树叶刚发芽吐绿的时候。也许，这是天空的蔚蓝和黄沙调和之后形成的效果。这就是湖水为何有虹色的原因。在这个地方，春天到来之后，冰块被水底反射上的太阳热量，以及土地传播的太阳热量融解了，呈现出一条狭窄的细流。但是，湖中大部分区域却还是寒光闪闪的冰块。晴朗天气时，湖水的激流涌动，湖面以90度的直角反射天空的颜色。也许因为光线充足，较远处的湖水比天空更加蔚蓝。而这时，如果泛舟湖上，眺望倒影，就有一种无法形容、妙不可言的淡蓝色呈现在眼前，宛如浸水后色调变幻的丝绸。还有一些，像青锋宝刀，比天空更清新空灵，它与波光另一面的黛绿色轮番呈现，只是黛绿色比以往更显得浑厚了，在玻璃般的蓝色中，又加上一点绿色，印象中，它就像冬天日落之前西天乌云露出的一角蓝天。当你往玻璃杯中盛满清水，举到阳光下观看时，却看不到颜色，好像装了一杯空气一样。众所周知，一大块厚玻璃板会呈现出微绿的颜色，以制造玻璃的人的说法，这是跟玻璃的"体积"有关，同样的玻璃，体积小就不会呈现出任何颜色。瓦尔登湖的湖水，需要多深才能泛出这样的绿色，我无从考究。直接俯瞰湖水所看到的，是黑色或深棕色。到湖水中游泳的人，湖水会给他的身体染上一层黄色。可是瓦尔登湖是如此纯洁，人畅游其中，就像大理石一样洁白。更神奇的是，人的四肢在水中都会被放大，并且被扭曲。那形体十分夸张，很值得米开朗琪罗思考一下的。

湖水是如此清澈，以至于距离湖面25至30英尺以下的东西都历历在目。光脚进湖水时，你会看到水面下很多地方都有成群嬉戏的鲈鱼和银鱼，长约一英寸的鲈鱼，连它横的花纹也清晰可见。也许，你会认为这种鱼是为了逃离尘世才跑到这清净的水底来定居的。好几年前的某个冬天，有一次，我为了钓梭鱼，在冰上凿开几个洞，上岸后，我把一把斧子丢在了冰面上。但是，好像有魔鬼故意捉弄我似的，斧子在冰上滑出了四五杆远，刚好掉进了我刚凿开的一个冰窟里。那里水深有25英尺，出于好奇，我趴在冰上，向窟窿里张望。我看到那把斧子偏向一边，头向下、斧柄向上，笔直地陷在湖底的泥沼中，随着湖水而晃动，摇摆不定。如果不是后来我把它吊了出来，它可能会一直保持这样的直立状态，直到斧柄腐烂，化为尘埃。我在斧子的正上方，用凿冰的凿子又凿开一个洞。然后，我用刀把附近最长的一条赤杨树枝割下来，把一个绳圈打成活结，绑在树枝的一头，小心翼翼地把它放下去，套住斧柄，然后拉动赤杨枝上的绳子，就这样，我把斧子吊了上来。

一两处小沙滩之外，湖岸由一长排白色光滑的鹅卵石铺成。它很陡峭，站在湖岸纵身一跳，就可跳入湖中，水淹头顶。如果不是湖水清澈无比，你根本不可能看到湖底，除非湖水变浅。有人认为它深不可测。它没有一处是污浊的，有时经过它的过客也许还会感慨，感慨竟然看不到一根水草。至于能见到的水草，也是那些因为最近湖水上涨而被淹没的湖边草地而已，就算仔细查找，也找不到菖蒲和芦苇，甚至黄色或白色的水莲花也没有，最多能找到心形草和河蓼草，或许会有一两棵水眼菜。但是，这些水草，就连游泳者也看不见，它们就像湖水一样清澈而透明。洁白的鹅卵石深入湖水一二杆的距离之后，便是水底里那细纯的白沙。湖水最深的地方，不免有些沉积物。有一些东西，看上去像是已经腐朽的树叶。还有一些鲜亮的绿色苔藓，深冬时节会随铁锚一起浮出水面。

另外，还有一个白湖，在瓦尔登湖西面2.5英里之外的九亩角。尽管在以瓦尔登湖为中心，方圆12英里之内，我对这些湖泊还是比较熟悉的，但我却再找不出哪个湖泊的湖水能如此纯净，像井水一般。大概以前来过这里的民族都饮用过这一湾湖水，对其称赞不已并测试了它的深度。然后，他们又一个个地消失了，只有湖水依然清澈如故，泛着幽幽的绿波，整个春天也没有丝毫变化。或许在亚当和夏娃被赶出伊甸园时，那个春天的黎明到来之前，瓦尔登湖就已经存在。甚至在那时候，随着薄雾和丝丝南风，以及天空飘洒下的一阵柔和的春雨，湖面就变得不再平静了。成群结队的野鸭和天鹅在湖上遨游，它们丝毫不知道被撵出乐园这回事，只是沉醉在纯净的湖水中。那时，瓦尔登湖起伏不平，湖水变得更加晶莹，被渲染成各种色彩，专属于这片天空下，成为世上唯一的瓦尔登湖，也是天上露珠的净化器。有谁知道，多少部已被人们遗忘的民族史诗中，瓦尔登湖曾被誉为"喀斯塔里亚之泉"？在人类最早的黄金时代，又有多少山林水泽的精灵在这里定居？它是康科德镇桂冠上一颗最闪耀的钻石。

第一批发现瓦尔登湖的人，也许在这里留下了他们的足迹。我曾惊讶地发现，沿湖被砍伐的一座葱郁的森林里，有一个陡峻的山崖，有一条小径绕湖一圈，在山上盘旋着，曲曲折折，忽上忽下。小径有的地方靠近湖岸，有的又向远处延伸。我认为，这条小径也许和最早生活在这里的人类一样久远。最早的土著猎人，用脚踩出了这条路，后代的居民却毫无察觉，继续走着这条路。冬天，站在湖的中央，看那条路就更加清晰。尤其在下过一阵小雪后，那条山间小径，就成为一条连绵起伏的白线，干草和枯树枝都无法遮盖它。很多地方，就是在1/4英里之外看，也清晰可辨，可是在夏天，就算走近看，也看不清楚。或者可以这样说，雪花用白色大理石浮雕，把这条小路雕琢了出来。但愿以后，后人在山间建造田园别墅时，还能保留这条古老的山间小径。

湖水的涨落起伏，没有什么规律。就算是有规律，周期是什么，也没有人知道。尽管有很多人假装自己知道。冬天水位一般略高些，夏天水位略低一些，但水位和气候的干湿并无关系。我对此十分清楚，何时湖水低一两英尺，何时涨高至少五英尺，我都知道。有一个狭长的沙岛，伸展到湖中。它的一边是深水，离湖岸大约6杆远。大概在1824年，我曾在沙岛上煮过一锅杂烩汤。但是连着25年，湖水已经将它淹没，我再也不能在上面享受野炊的乐趣了。另一方面，每当我对我的朋友说，几年后我会常去森林中那个僻静的山坳里泛舟垂钓，在远离现在看到的湖岸大约十五杆的地方，如今这里已是一片芳草地。他们常常听得半信半疑。但是两年来，湖水一直在上涨，现在是1852年的夏天，我之前在那里居住时，湖水比现在低5英尺，现在已接近三十年前的高度了，那片草地上面又可以泛舟垂钓了。表面看，湖水涨了六七英尺，但从周围山上流下的雨水并不多，涨水的原因一定是深处的泉源所致。在这个夏天，湖水又降了下去。令人惊讶的是，这种涨落，无论是否有周期，都需要好几年才能轮回一次。我观察过一次湖水的上涨，还有两次退落。我想，在12或15年之后，水位又回到原来的位置。东面一英里的费灵特湖，有山溪流入，又从另一端流走。这里湖水涨落变化很大，而介于两者间较小的湖泊，则和瓦尔登湖的涨退同步，如今也进入了最高水位。据我观察，白湖的情况也是这样。

瓦尔登湖多年的涨落，至少有这样一个作用：在最高水位维持将近一年时，环湖散步固然不易，但从上次水涨之后，沿湖生长的灌木、苍松、白桦、桤木、白杨等树木全部被冲刷掉了。一旦水位退下，湖岸就一片洁净，它和其他湖泊以及每天水位涨落的河流不同，它在水位最低时，湖岸反而最干净。在我房子旁边的湖岸上，一排15英尺高的苍松被冲刷掉了，仿佛被杠杆撬倒了似的，轰然倒地。湖水用这种方式阻挡树木的入侵，而树龄的大小，恰好说明了水位涨落一个周期的时间。湖水利用涨落的方式,来捍卫它拥有湖岸的权利,就这样,湖岸就被剃掉了胡须,树木永远无法统摄这片湖岸。湖水伸出舌头,舔着湖岸,阻挡胡须的生长,它经常舔它的脸颊。当湖水水位涨到最高时,桤木、柳树、枫树淹没在水中的根,会伸出很多纤维质的红须,来保护自己,红须长约数英尺,离地三四英尺高。另外我还发现,那些生长在岸边高处的浆果,总是颗粒无收,而这里,却硕果累累。

湖岸怎么铺得如此整齐有致?很多人对此心存疑惑。镇上的人们都听过一个传说,村子里最年老的人也曾告诉我,说这个传说还是他们年轻时听来的呢。远古时,一次印第安人在小山上举行狂欢仪式,小山突然高高地升到空中,然后就像现在这湾湖一样深埋地下。据说这是因为它们做了亵渎神灵的事情。事实上,印第安人从没有对神不敬。在他们亵渎神灵之后,山摇地动,大地猛然倒塌,只有一个名叫瓦尔登的印第安女子活了下来。自此,这湖泊就以她的名字命名了。据推测,在山崩地裂时,这些圆石滚落下来,铺成了现在的湖岸。不论怎样,有一点可以确定,此处原来没有湖,现在却有一个。这个印第安神话,与我前面所说的那一位远古居民并不矛盾。他清楚地记得,他随身携带着一根魔杖,初到这个地方时,草地上升起一层薄雾,那根魔杖就直指向下。后来,他决定在此地挖一口井。至于那些鹅卵石,许多人觉得它们不可能是地动山摇时遗留下来的。据我的观察,周围山上这样的石头有很多,所以人们只好在铁路经过的、最靠近湖的两边筑起防止石头脱落的墙垣。湖岸越陡峭的地方,圆石越多。所以对我来说,圆石铺成的湖岸也就不再有那么神秘了。我知道是谁铺成的湖岸。如果这个湖不是以当地这位名叫萨福隆·瓦尔登的英国人的名字来命名,那么它就是由"围而得湖"而得名的。

对我来说,瓦尔登湖是一口天然水井。一年中,有四个月湖水是寒冷、清冽的。正像它的水一样,这里的一年四季都清澈纯净。我想即便它不是镇上最甜的水,也不会输给其他地方的水。冬天在空气中暴露的水,比大地裹护的泉水和井水要冷一些。从下午5点到第二天,即1846年3月6日正午,我在房间内静坐,寒暑表温度计一会儿是华氏65度,一会儿是华氏70度,其中一部分原因,是太阳正照在我的屋顶上。而我从湖中打上来的一桶水,放在这屋子里,温度却始终保持在华氏42度,它比村中最冷的井水还低1度。同一天内,沸腾泉的温度是华氏45度,那是经我手测算出的最温暖的水,虽然到了夏天,可它也是我知道的最冰凉的水,主要是因为它的水浅,流动性差。在夏季,瓦尔登湖因为水深,与暴露在阳光下的水不同,它不如它们温热,即使在最热的天气里。我提一桶水,放在地窖里。晚上,它一旦冷却下来,就整夜冰凉。有时,我也去附近的一个泉眼提水,一周过后,水还像刚打上来时一样清冽,而且没有抽水机的味道。倘若有人要在夏天去湖边露营,那么只要在帐篷的背阴处,将一桶水埋到几英尺深的地下即可,而完全不必要那些奢侈的冰块。

在瓦尔登湖,有人曾钓到一条重7磅的梭鱼,另外一条也不一般,它速度飞快,眨眼间就能把一卷钓丝拉进湖里。由于渔民没有看到它,所以估计它最少得有8磅重。另外,还有人钓到过鲈鱼、大头鱼,其中有的2磅重。此外,还有银鱼和鳊鱼,很少的鲤鱼,两条鳗鱼,其中一条有4磅重。我把鱼的重量记得这么详细,是因为通常情况下,都是按照它们的重量来计算价格的。至于这两条鳗鱼,则是我在这里听到的唯一叫法。另外,我隐约对一条5英寸长的小鱼留有印象,它两边呈银色,背脊却是青色的,而且有鲤鱼的习性。我提到这条鱼,主要是想将事实和寓言联系起来对比一下。总之,这个湖里的鱼并不丰富。尽管瓦尔登湖以梭鱼著称,但实际上,这里的梭鱼产量并不丰富。有一次,我躺在冰面上,最少看到三种梭鱼,一种扁而狭长,呈钢灰色,像通常从河里钓来的一样；一种是金色的鱼，鱼身闪着绿色的光，畅游在深水中；一种是金色的鱼身，形态跟上一种相似，但它的身体两边，有棕黑色或黑色的斑点，中间还点缀着一些淡红色的斑点，很像鲑鱼。"reticulatus"（网状）这个说法不准确，用"guttatus"（斑点）才更恰当。这些鱼很结实，重量比同体积的鱼要重。银鱼、大头鱼，还有鲈鱼，所有生活在这个湖中的鱼类，的确比其他河流和多数湖泊中的鱼类更干净结实，因为这里的湖水清洁，你可以毫不费力地区分它们。也许鱼类学家们还能用它们做鱼苗，培育出新品种。另外，还有干净的青蛙和甲鱼，少量的淡菜。麝鼠和貂鼠，也在湖岸留有足迹。有时，甲鱼也会从污泥中钻出来，在水中漫游。

有天清晨，我把船推离湖岸，不想惊扰了一只夜里藏在船下的大甲鱼。春秋两季，野鸭和天鹅常来这里，白腹燕子掠过湖面，身上有斑点的田凫，整个夏天都会摇摆着在白石岸上行走。偶尔，我会惊起一群栖息在白松枝头的鱼鹰。我不敢确定海鸥飞过这里时，会不会像飞过义港山那样。潜水鸟每年会飞来一次。现在，经常造访这里的鸟类，我都介绍完了。

坐在船上，享受着宁静时，你可以看到，在东边沙滩附近，那水深8英尺或10英尺的地方，有一堆圆形的东西，大概高1英尺，直径约6英尺，这是一堆比鸡蛋略小的圆石，在它的周围全是黄沙。站在湖的另一端，也可以看到它。开始你会感到奇怪，难道是印第安人特意在冰上垒起圆石堆，待到冰开始融化，它们就全部沉到湖底？但就算是这样，那石堆的形状也太规则了吧？并且，一些圆石明显是新的，它们与河中能看见的石头很像。但这里并没有胭脂鱼，或者八目鳗。我不知道是哪种鱼把它们搭建起来的，也许它们是银鱼的巢穴。因此，湖底增添了一种神秘感。

湖岸曲曲折折，所以一点不觉得单调。闭上眼睛，我也能看见，西岸有着深深的锯齿形的水湾，北岸比较开阔，最动人的是那美丽的、扇贝形的南岸，岬角相互交叠，让人遐想它们之间定还有人迹罕见的小海湾。群山之间，是一片挺拔而起的森林。这些高山上的森林，再也找不到更好的背景而让之更美了，因为森林倒映在湖水中，不仅形成迷人的景色，那曲折的湖岸，正是它最自然最愉悦的界线。不像斧头砍出的突兀的林中空地那样，或者是一片裸露的被开垦了的土地，这里丝毫没有不完美，不完整。森林中的每棵树，都有充分的空间在水中生长，它们都向水的方向伸出了自己强有力的枝丫。大自然鬼斧神工，它编织了这幅最自然的织锦。我的眼睛从湖边的低矮树慢慢向上仰视，直到最高的树。这里，没有任何人为的迹象。水拍打着岸边，正如千年前那样……

湖水是众多自然景观中最美丽、最富表现力的景观。它是大地母亲的眼睛，凝视着它的人。甚至，它能测试出自己天性的深度。湖边的树木，好像是她细密的睫毛，而四周郁郁葱葱的群山和山崖，则是她的浓密的眉毛。

站在湖东开阔的沙滩上，9月的一个宁静的下午，薄雾模糊了对岸的视线。此时，我理解了"水平如镜"的含义。你回头看，它好像是一条最精致的薄纱，蒙在山谷上，衬托着远处的松林，闪烁夺目，并把大气层也隔开了。你会感觉自己能从它下面走过去，走到对面的山上，但身上却是干的，轻拂过水面的燕子，也能停在水面上。是的，有时它们会突然冲到水平线以下，但发现出了错误，很快会醒悟过来。当你看向湖西，朝湖的对岸望去时，你只好用两手来保护眼睛，以避开阳光，也挡开映在水中的光线。如果这时你能在这两种阳光之间，仔细地留意整个湖面，它确实是"波平如镜"。其实只是一些掠水虫，以同等距离分散在整个湖面。映着阳光，它们发出了美丽神奇的光芒。此时，或许还会有一只鸭子，正在悠闲地梳理着自己的羽毛。或者，如我已说过的，一只燕子轻掠过水面，引起了一个个涟漪。还可能在远处，有一条跳出水面的鱼。在空中划出了一条大约三四英尺的圆弧。它跃起时，带出了一道闪光，纵贯入水时也是一道闪光。有时，整个圆弧展露无遗——呈现出一个银白色的圆弧。湖面上，不时会浮着一根蓟草，鱼向上一跃，就会激起水花。湖水好像是熔化后的玻璃，已经冷却，却还没有凝结，些许尘垢就像玻璃中的小瑕疵，但依旧美丽纯净。你总能看到一片更平滑、黝黑的水面，就像一张看不见的蜘蛛网，把它同其余水面隔开，成了水妖的巢穴，平躺在湖面。从山顶俯瞰，你会看到，到处都有鱼跃出水面的景象。在这样平滑的水面，竟然看不到一条梭鱼或银鱼，比如它们在捕捉虫子，每当此时，它们会打破湖面的平静。多神奇啊。如此简单平凡的事，却可以精致地展现出来，水族中的谋杀案，也许会有呈现呢。站在远处的高地，望着湖水不断扩展的水涡，它们的直径都有五六杆长。你甚至还能看到水蝎，持续地在平滑的水面上游走。它们轻轻地耕出水上的田沟，分出两条界线，你能看到清晰的波澜。而掠水虫在水面上滑来滑去，没有留下任何踪迹。湖水荡漾时，我们就看不到掠水虫和水蝎了。显然。只有在风平浪静时，它们才从它们的港湾出发，像探险一样，从湖岸的一面做短距离的滑行，不断滑，直到滑过整个湖面，真令人愉快呀！秋天，在天高气爽的日子里，倘若想充分享受阳光，就可以这样坐在一个树桩上看湖水，一览无余。细看那圆圆的水涡时刻印在天空和树木的倒影上。如果没有这些水涡，是看不到水面的。在这样一片广阔的水面上，没有一点儿扰乱，就算有一点，也会很快柔和地回归平静，像在水边装了一瓶水之后，那些被扰乱的水波又流回到岸边，接着马上恢复了宁静。一条鱼蹦起来，一个虫子不小心落到湖上，都以圆涡的形式，表现自己美丽的线条，就像泉源深处的喷涌。它的生命柔弱地跳动着，呼吸此起彼伏。那是愉快的律动，以及郁闷的颤抖，都那么难以形容。湖水展现出的景象，是如此的平和。这时，看人类的工作,就像是在春天里发光。是啊,那树叶、丫枝、石子和蜘蛛网,都在下午茶时又在闪亮,它们就像在春天的早晨喝了露汁,生机勃勃。树叶的每一次的滑落,昆虫的每一次跃动,都会引来一道闪光。而一声桨响,更让美妙的声音回落在耳边。

一天,9月或10月的一天,瓦尔登湖成为森林中一面完美的明镜。它的四面有白色的石子镶嵌着,我把它们当成珍贵而罕见的珍宝。再没有什么比这个平躺在大地怀抱中的湖沼更美丽纯洁了,而且它又是这么辽阔。秋水共长天一色,它不需要什么界限。不论什么民族来去,都不能玷污它的美丽。这样一面明镜,就是石子也不能击破它,它永远在那里光彩夺目。大自然还常常装饰着它的表面。没有任何暴风雨和尘垢,能让它黯然失色。这样一面镜子,如果有任何不洁之物落在上面,它都能立即将它沉淀。太阳穿过雾霭,为它轻轻地擦去轻尘。即使在它上面呵气,也不会留下任何痕迹。这呵气会变成水汽,漂浮到高空,然后很快又被揽入湖水那宽阔的胸怀中了……

即便是空中的精灵,也难以摆脱这片湖水,它经常在空中接受新的挑战,湖成为大地和天空的媒介。大地上,只有草木可以随意摇摆,而水也可以由风带出自己的涟漪。我可以从一缕水纹或它的一片波光上,看到风从哪里来。我还可以俯视水波。或许,我们还可以这样认真观赏天空的表面,看是否有一种同样或者更精细的精灵,在它上面飞过。

10月的下旬,在水面晃动的虫儿们和水蝎,终于不见了,严霜降临人间。11月,在晴朗的天气里,湖面一般很平静,没有一丝涟漪。11月的一个下午,连绵不断的细雨终于停了一下,天空灰蒙蒙的,布满了雾,我发现湖水异常平静,根本看不到湖面,再难看到10月时湖面上的绚烂色彩了,湖面上映出的是周围群山的阴暗。我安静地泛舟湖上,船尾激起的涟漪一直延伸到视野之外，湖上的倒影也随之曲折延伸。我看向湖面，远远看到这里或那里有一些微光，就像一些挨过严霜的掠水虫儿又集合到一起。也许因为湖面太平静了，从湖底涌起的水流，虽然很细微，在水面上也能觉察到。我划过去，惊奇地发现自己竟然被无数条约有5英寸长的小鲈鱼围住，绿水中掩映出奢华的铜色。它们经常这样在水面嬉戏，制造出一个个小水涡，有时还会出一些小水泡。在这样清澈见底、倒映云天的水中，我好像乘着氢气球飘在空中一样。鲈鱼在水中游动，好像在天空盘旋，它们好像成了一群飞翔的鸟儿，在我身边，嬉戏飞绕。它们的鳍如船帆，迎风招展。在这片湖里，你能看到许多这样的鱼类，它们要赶在冬天湖面拉下冰幕之前，好好享受一下短暂的自由时光。有时，湖面被它们搅动起的涟漪，像一缕风吹过，又像一阵温和的雨飘洒而下。当我不知不觉地接近它们时，它们便立刻慌乱起来，尾巴突然横扫湖面，激起片片水花，仿佛有人用一根毛刷样子的树枝鞭挞水波，它们立即躲到深水下面去了。后来，微风变得猛烈了，雾也变得浓重，水波微微流动，鲈鱼跃出水面，跳得比以前更高。半条鱼身都已露出水面，成片地跳了起来，就像上百个黑点，每条都有3英寸长。有一年，一直到12月5号，水面上还有水涡，空中弥漫着雾气，我以为大雨马上就会来临，于是急忙坐到船桨旁准备回家。水涡越来越大，虽然当时并没有雨点打在我脸上，但我断定很快我会被淋成个落汤鸡。但突然间水涡全部消失了，原来这都是鲈鱼演的把戏，我的桨声把它们都吓回到深水中，我隐约看到它们陆续消失在水中……最终，那个下午并没有下雨，我享受着太阳暖洋洋的照射，感到十分愉快。

有位老人，他60年前经常来到这湖边。那时，湖水的四周都还被浓郁的森林环绕着，湖面上有时候像赶集似的，全是鸭子和别的水禽，空中还有许多翱翔的老鹰。老人是到这里钓鱼的，乘着在岸上找到的一只古老的独木舟。这只舟，由两根中间挖空的白松钉在一起建造而成的，两端都被削成了四方形。它很笨重,但它被使用了多年,后来它身体里浸满了水,最后可能沉到湖底了。他不知道这是谁的船,你可以认为它属于湖。他经常把山核桃树皮一条条地捆起来,做成锚索。还有一位老人,他是一个陶器工,美国独立战争以前他就住在湖边,陶器工曾经告诉过我,湖底下有一只大铁箱,他曾经亲眼看到过。有时候,它会不自觉地漂到岸上,可是等你向它靠近时,它就又会偷偷地沉回水底,消失得无影无踪。听到关于独木舟的那段话,我感觉很有趣,比起另外一条印第安的独木舟,虽然材料都一样,可这条独木舟更精致淡雅。估计它原来是岸边的一棵树,后来倒在了湖中,到处游荡,对于湖来说,它是再合适不过的。我还记得第一次凝望这片湖水深处时,隐约能看到有很多大树干躺卧在湖底,或许是大风把它们吹折的,或许是经砍伐之后,被留在冰面上的,那时木料的价格太便宜了。如今,这些树干大多都看不到了。

我第一次在瓦尔登湖上划船时,它的四周围着茂密高耸的松树和橡树。在有些水湾的周围,葡萄藤沿着湖岸的树生长,搭起一片荫凉,船只能在下面通行。湖岸两旁是陡峭山岭,山上的树木又挺拔而立,所以从西边望下来,这里好像一个圆形剧场,湖上可以上演山林的舞台剧。在我还年轻时,曾在那里打发了好多时光。在夏天的某个上午,我将船划到湖心,任凭和风吹拂过我的小船,我背靠在座位上,迷迷糊糊地打着瞌睡,直到船触到沙滩将我惊醒,我连忙起身看看命运将我推往了哪个岸边。悠闲是那些日子里最诱人的事情,它在我身上得到了多次的印证。就这样,我悠闲地度过了许多个上午。我宁愿虚掷一天当中最宝贵的清晨。因为我很富有,虽然我说的不是金钱,但我却挥霍着阳光照耀的时辰,以及夏天的昼夜。我并没将更多的时间浪费在工厂中或教室的讲台上,我对此丝毫不后悔。然而自从我离开湖岸后,伐木者竟然毫无节制地开始砍伐这里的森林。此后很多年,我将再不能徜徉在林间小道上,不能在这森林中偶见湖水。如果缪斯女神沉默不语，那也有她的理由。森林都被砍伐光了，还指望听到鸟儿们的歌唱吗？

现在，湖底的树干、古老的独木舟、周围茂密的树林，都不见了，村民都不知道这个湖原来在哪里，更不用说到湖里游泳或喝水了。现在，他们反而想到用管子将湖水引入村中，以作为他们洗碗洗碟的水源。这湖水，可是和恒河之水一样圣洁啊。而人们，却想拧开一个开关，拔起塞子就能让瓦尔登的湖水流出来。这魔鬼般的铁马，震破耳膜的声音，所有的乡镇都可以听到，它那肮脏的脚步，已经玷污了清澈的湖水。正是它，吞噬了瓦尔登湖岸边的树木。这腹中躲了1000人的特洛伊木马，都是希腊人想出来的主意。到哪里去寻找这个国家勇敢的武士，摩尔古堡中的摩尔？到造成深重伤痛的地方，放出复仇的那一枪吧，打在傲慢的瘟神的肋间。

然而，在我所知的湖中，只有瓦尔登湖坚持了最长的时间，最长时间地保持纯洁。很多人曾被喻为瓦尔登湖，但只有少数人对此受之无愧。虽然樵夫砍光了湖岸的树木，爱尔兰人在湖岸建造了木屋，铁路线直达它的边境，商人也从这里攫取冰块，但它自身并没多大改变，依然是我年轻时见到的那片湖水。而我，却变了很多。虽然湖面荡起那么多的涟漪，但并没有一条永恒的皱纹，湖依然青春永驻。我笔直地站在那里，看到燕子像昔日一样飞掠湖面，衔走一只小虫……今夜，我感慨万端，仿佛20多年来我并没有与它长相厮守一样。这就是瓦尔登湖，它依然是多年前那个林中的湖泊。去年冬天，森林的树木被砍掉，今年森林中的幼树焕发出新的生机，仍然在湖边自由地生长。和那时一样，我的思绪喷涌而出，水露的欢乐、内心的喜悦、创造者的快乐等等，都交集在一起。或许这只是我的狂想，这湖出于勇者之手，它没有半点虚伪矫饰——它用双手围起这湾湖水，用它的思想将之升华、澄清，并写下遗嘱，将它传给康科德镇。我在湖面上看到它，还有那个似曾相识的倒影，我情不自禁地脱口而出：瓦尔登，是你来了吗？

我不是在做梦，
要来打扮一行诗。
我生活在瓦尔登湖，
再没有比这里更接近上帝和天堂。
我是瓦尔登湖的石岸，
我是拂过水面的微风。
它的水，它的沙，
安静地躺在我的手心。
而它最隐秘处的深邃，
高悬在我的哲思之上。

火车，是从不会停下来欣赏这山光湖色的，但是火车司机、司炉工、掣动手和那些买了月票的乘客们，看到它还是很兴奋的。司机在夜里会时常怀念起瓦尔登湖，或者说是他无法忘记自己的本性。在白天，他至少有一次能看见这庄严、纯洁的景色，即便他只是一瞥，也可洗净国务大街和机车引擎上的尘垢。所以，有人曾提议把瓦尔登湖称为"神赐的水滴"。

我曾经说过，瓦尔登湖没有明显的进水口和出水口，但它的一边，与费灵特湖间相连。费灵特湖地势较高，两者之间有一连串湖沼遥相呼应；而另一边，它又与康科德河相连。康科德河地势低洼，一连串的小湖横亘其间，在过去的年代里，它或许泛滥过，只要稍加挖掘，它们便会相互贯通，但上帝不允许这种开掘。如果说，含蓄而自尊的湖，像隐士一样，由于长时间的森林生活而获得其中神圣的纯洁，那么费灵特湖不纯净的湖水,如果流进了瓦尔登湖,清澈的瓦尔登湖被污染,然后它又流入海洋,那么,这种遗憾是不是让人扼腕叹息呢?

费灵特湖也称沙湖,是林肯区最大的湖泊或内海。它位于瓦尔登湖以东约1英里处。它太大了,据称有197英亩,鱼类也更加繁多,但水较浅,且水质不太纯正。在森林中散步经过那里,是我的消遣活动之一。纵然只是为了让旷野的风扑在脸上,只是为了看看波浪,畅想一下水手的航海生活,那对我来说,也是值得的。

当秋风吹起的时候,我去湖畔拣拾栗子。那时,掉在水中的栗子,被波浪席卷到了岸边。一次,我在芦苇丛生的湖岸匍匐前行,浪花带着清新的气息飞溅到我的脸上。我碰到一艘船的残骸,船舷不知去向,四周长满灯芯草,船只剩下一个船底,但大体的轮廓依稀可见,好像这是一块巨大的已经腐朽的甲板垫木,连纹路都异常清晰。这是海岸上的人们能想像到的给人最深印像的破船,其中更有发人深省的教训。但此刻,它上面长满了植物,成为它们的模型和不起眼的湖岸,菖蒲和灯芯草都长在上面。我非常喜欢北岸湖底沙滩上的涟漪,湖底已被水的压力压得十分坚硬,甚至涉水者都能感到脚底的硬度,而单排生长的灯芯草,行列弯曲杂乱,也符合这痕迹,一行又一行,似乎波浪让它们在那里生根发芽。我还看到许多奇怪的球茎,数量繁多。明显,它们是由纤细的小草和根茎,或许是谷精草根绕成的,直径从半英寸到4英寸不等,形成一个非常完美的球体。这些圆球在浅滩上随波逐流,有时被冲到岸边。倘若它们不是紧密的草球,那么中间应该夹着一包细沙。或许开始,你会说这是由于水流的冲刷造成的,就像波浪造就了圆卵石。但是就看最小的半英寸的圆球,其质地也跟那些大的一样粗糙,一年中它们只出现在一个季节里。我认为,对于一个已经形成的东西,这些波浪的作用破坏多于建设。纵然离开了水,它们还是可以保持原来的形状。

费灵特，一个多么乏味的名字。愚昧无知的农夫，将农场建在这湾湖水附近，湖边的树木被砍伐殆尽。对于上天恩赐的这份礼物，他不知认真对待，他有什么资格以自己姓名来命名如此一个仙境呢？他是一个贪婪的吝啬鬼，对他来说，一美元，甚至只是金光闪闪的一美分的硬币，才更有价值。湖面可以映出他那张厚颜无耻的面容。即便是野鸭飞来，他也把它们当作入侵者。他已经习惯于像哈比那样，用弯曲如鹰爪的双手贪婪地攫取想要的东西。所以，我不喜欢这个名字。我接近湖，绝不是来拜访费灵特的，也绝不是去听别人讲他的故事来的。他从没有认真欣赏过这个湖，从没有在里面畅游过，从没有珍爱过它，从没有保护过表扬过它，也从没有因为上帝的鬼斧神工而心存感激。我以为，还不如用湖里游泳的鱼儿的名字，来命名这个湖更好，用常来湖上做客的飞禽或走兽的名字来命名，用植根在湖岸上的野花的名字来命名，或者，用周围什么野人或小孩的名字来命名。因为，他们的生命和这个湖密切地连在一起。只是不要以他的名字命名，除了和他同样嘴脸的邻居和法律给他的权利之外，他对于湖没有任何所有权。他所能想到的，只是金钱；他的存在，就是对全部的湖畔的诅咒。他掘光了湖边的土地，估计还要竭泽而渔。他还抱怨，这里不能生长出英国牧草和蔓越橘。对他而言，这是无法弥补的损失——为了挣钱，他甚至可以抽干湖水，卖掉污泥。湖水可不能替他捻磨子，所以他也不想去欣赏这湖光山色。对于他的劳动和农场，我一点都不关心。他的田园里，贴满了各种价格标签。如果可以，他能把如画的风景，甚至能把上帝都拿到市场上去拍卖——为了他心中那个金钱上帝。他的田园里，没有一样东西是自然生长的，他种植的不是五谷，他的牧场上开的不是花，他的果树上结的不是果，有的只是金钱。他不爱他水果的自然美，他认为只有当水果变成了金钱时，水果才算成熟。让我享受这真正富有的贫困生活吧！因为越是贫困的农夫们，越能得到我的敬重与关切。然而像他这样可恶的农场，竟然是模范农场。田舍像粪坑上的菌子一样，厚颜无耻地耸立，人、马、牛和猪的住处，干净的地方和不干净的，挤在一起，人和畜生一样，油渍、粪和奶酪的气味，交杂在一起。在一个高度文明的世界中，人的心灵却变成了粪便一样的肥料！就像在坟墓种豆子，这就是所谓的模范农场吗？

如果要以人的名字命名最美的景色，那还是用那些最杰出最高贵的人的名字为好。我们的湖，至少应该用伊卡洛斯这样的名字，在那里，"海涛声仍然在传颂一次大无畏的探险"。较小的鹅湖，就在我去费灵特湖的途中。面积有70英亩的美港湖，是康科德河的延展部位，在鹅湖西南方向一英里处。在美港湖一英里半以外的地方，是白湖，面积约为40英亩。我们的湖区，就在这里，再加上康科德河，构成了我们的水上王国。我夜以继日，年复一年地畅游在湖上，它们是那么清澈透明，碧绿透人，让我快乐怡然。

自从瓦尔登湖被伐木者、铁路，以及我亵渎了以后，这里所有的湖中，最让人倾心的要算白湖了，虽然它不是最优美。它是林中的瑰宝，但它的名字却平凡得可怜，这名字大概来自于它的水的纯净，以及那里的细沙的颜色。白湖与瓦尔登湖，很像一对双胞胎兄弟，但白湖略微逊色一些。它们俩是如此相似，以至于你会觉得它们一定在地下相连着。它们的湖岸上都有圆石，水的颜色也相同。酷热的夏季，穿过森林远望瓦尔登湖，看到湖底反射到水面上的，是一种雾气蒙蒙的青蓝色，或者说海蓝色。许多年前，我经常去那里，运回一车一车的细沙来制造砂纸。此后，我也经常去游玩。常来此地浏览的人，称它为新绿湖。因为下面所述的情况，我们也可称它为黄松湖。大约十五年前，你在那里还能看到一棵苍松的华盖，附近的人们称它为黄松。这棵松树伸出的枝丫覆盖在湖面上，距离湖岸有几杆远。因此，甚至有人推测这个湖曾有过下沉，这个地方以前一定是一片原始森林，这棵树正是森林中残留下来的。这话早在1792年就有人说过，在马萨诸塞州历史学会的图书馆，一位该州的公民曾写过一部《康科德镇志》，书中，作者在讲到瓦尔登湖和白湖后说："白湖的水位下降后，能看到一棵树，好像它原来就生长在这里，虽然它的根深扎在水下50英尺处，但树顶早已折断消失，折断之处的直径大约有14英寸。"

1849年春天，我和一位住在萨德伯里靠近湖泊的人聊天。他告诉我这棵树是他在10年或者15年前移走的。在他的印象中，这棵树距离湖畔12至15杆远，那里的水深有三四十英尺。那年冬天的一个上午，他去那里取冰，打算下午和他的邻居一起把老黄松取走。他一直锯到岸边，锯掉了一长条冰，然后牵牛过来拖树，打算把它连根拔起拖到冰上，但没过多久，他就惊讶地发现，拔起的是残枝朝下的树顶，小的一端紧紧地抓住湖底，大的一端直径有1英尺。原本他希望得到可以利用的木料，但现在看来腐烂的树干只能当柴火使用。那时，他家中还存留着一点木料，在木料的底端还保留着斧痕和啄木鸟啄过的痕迹。他认为这棵树已枯萎死亡，后来被风吹到湖中，树冠浸满了水，而树干还是干的，相对较轻，倒入水中反而使它倒插进湖底。他80岁的父亲都不清楚这棵黄松是什么时候消失的。湖底还能见到一些大木料，由于水面的波动，看上去它们就像一些延伸到湖水的大蛇。

湖面上很少看见船只，因为这里吸引渔民的生物不多。在湖畔，也看不到百合花和菖蒲。只有稀少的蓝菖蒲，生长在那纯洁的水中，长在环岸一周湖底的圆石上。而6月时，蜂鸟就会飞来，蓝菖蒲那淡蓝色的叶子和花朵，反射到湖面，与海蓝色的水波交相辉映，景色十分优美宁静。

白湖和瓦尔登，好像大地上两块巨型的水晶，是晶莹剔透之湖。如果它们永远呈晶体状，小巧玲珑，而且能随意地被拿来放下，或者它们早被奴隶们拿去了。它们十分抢手，像镶嵌在国王王冠上的宝石一样。但是，它潋滟不定，湖面宽阔宏大，所以它们永远属于我们和子孙后代。但我们却不珍惜它，弃之如敝屣，相反去追求那更大的钻石。它们太纯洁，也没有被污染，无法标注它们的市场价格。与我们的生命相比，它们至善至美；和我们的性格相比，它们纯洁透明，从来看不到瑕疵；和农舍小院里鸭子游泳的池塘相比，它们超凡脱俗，干净的野鸭只到这里休息。世人如何感觉它的美呢？鸟儿的羽毛和它婉转的歌声，与娇艳欲滴的花儿相呼应。但是有哪个少男或少女，能自觉地与大自然的淳朴和华丽相协调呢？大自然远在我们的乡镇之外，它寂寞而茂密地生长着。你们，世人，还说什么天堂？你们正在践踏这美丽的大地。

小　木　屋

10月，我去河边的草地采摘葡萄，满载而归。鲜艳欲滴的葡萄美味多汁。那里的覆盆子我也喜欢，那小小的蜡宝石垂挂在草叶上，鲜红而有光泽。我没有采集它们，因为农民把它们耙到一起了，平滑的草地因此凌乱不堪。他们只是随便地用蒲式耳和美元来计算这些果实，把它们卖到波士顿和纽约去，然后制成果酱，以满足城市对于野生食品的需求。出售者们在草地上四处寻找野牛舌草，全然不顾被撕伤的已经枯萎的生命。伏牛花果闪烁着金色的光芒，可惜只有我一人欣赏它。我只稍微采集了一些野果，以便煮着吃。而这些东西，它的主人和旅行者们都还没注意到它们呢。

栗子成熟时，我采集了将近半蒲式耳，以留作冬天吃。在这个季节，如果在林肯附近无垠的栗树林中，真是件让人愉快的事。如今，这些栗树却长眠于铁道枕木之下。那时，我肩扛着一只布袋，手提一根棍棒，准备敲开那些有芒刺的坚果，因为我等不到霜降了。我在枯叶声、赤松鼠和鸫鸟聒噪的责怪声中漫步，有时我还会偷窃它们储存好并已经吃了一部分的坚果，因为它们选中的坚果一定是非常优质的。偶尔，我会爬上树摇晃栗树枝，我屋后生长着一些栗树，其中一棵几乎完全遮挡了我的房子。开花时，它仿佛一束巨大的花，四处芳香四溢，但它的大多果实都被松鼠和鸫鸟吃掉了。鸫鸟大清早就成群结队地翩翩飞来，在栗子落下之前就把它从果皮中啄出来。我把这些树都让给它们，自己到远处森林中去找栗树。我认为栗子的果实，可以取代面包作主食。

一天，我挖土，寻找鱼饵，发现成串的野豆子——它们是土著人的土豆，一种奇异的食物。我不禁疑惑，究竟我有没有像他们所说，在童年时代挖过、吃过它们，为什么我不曾梦见它们？我经常看到它们蜷缩的、红天鹅绒般的花朵，被其他植物的梗子支撑着，我却不知道这就是它们的花。由于农民耕地，它们几乎要绝种了。它有股甜味，仿佛霜后的土豆，我觉得把它煮熟了，比烤着吃更好吃。

这种块茎，估计是大自然为未来的时代预备的。将来一天，自然母亲将在这里简单地抚养自己的孩子，并用这些东西来喂养它们。如今，人们崇尚膘肥体壮的耕牛，麦浪翻滚的田地，因此在这个时代，人们便忘记了卑微的野豆，最多是它开花的藤蔓偶尔引起人们的注意，但它一度，曾是印第安部落的图腾。其实，如果狂放不羁的大自然重新统治这里，那么温和奢侈的英国谷物，可能会在无数的仇敌面前消失殆尽，而且不需人们帮助，乌鸦就会把最后一粒玉米种子送到西南方，送到印第安神的玉米地里——据说以前的种子就是从那里带去的。现在，几乎消失的野豆那时也许刚刚结果，之后四处扩散繁殖。野豆丝毫不惧风霜雨雪和荒芜，它们以此证明自己的土著血统，以恢复它作为古代游猎民族主食的地位和尊严。我想，一定是印第安谷物女神或智慧女神创造了它，赐予了人类。当诗歌在这里盛行时，它的翠绿的叶子和成串的果实，就开始在人类的艺术作品中得到呈现。

9月1日，在湖对岸的角落，我看到两三棵小枫树的树叶已被染红，它们的上面，是三棵枝丫纵横交错的白杨树，它们手拉手站在岸边。噢，它们的颜色，仿佛在倾诉着如歌的往事。慢慢地，一周又一周，每一棵树都开始展现自己的个性,并欣赏着自己在湖中的倒影。当清晨来临,这一湖岸画廊的经理,就会取下昨天墙上的画,挂上新画,新画的色彩更加鲜艳、和谐、清新、美丽。

10月中旬,千万只黄蜂会飞到我的房里,在我头上方靠近窗户的墙里安居下来,它们像是来过冬的,偶尔还会把我的客人拒之门外。每天清晨,它们中有几只会被冻僵,我把它们扫到门外,但其实不愿意赶走它们——因为它们肯光临寒舍,我应引以为荣。它们与我同眠,从来没怎么打扰过我。渐渐地,它们也不见了,但我不知道它们躲进了哪个缝隙,以躲避严寒。

到11月,我和黄蜂一样,会躲避寒冷,在过冬前到瓦尔登湖的东北岸去。那里,太阳从松林和石岸上照射过来,像湖边的炉火。趁你还能享受阳光时,赶紧晒太阳取暖,这可比生火取暖更怡人、更干净。夏天像猎人一样已然离开,我这样享受着它留下的余温。

当我建起一个烟囱时,我顺便研究了一下泥瓦匠的手艺。我用的都是旧砖头,必须用瓦刀刮干净,这使我对砖头和瓦刀的性质有了非凡的体验。上面的灰浆已经有50年之久,据说它愈久愈牢。这种话,人们喜欢反复提及,不论它对错。因为这种话本身历久弥坚,而用瓦刀反复猛击它,才能敲碎,让一位自以为是的老人不再多说。美索不达米亚的许多村庄,都是用从巴比伦废墟拣来的质地不错的旧砖头建造房屋的,它们上面的水泥或许更牢固。无论怎样,那瓦刀很是厉害,用力猛击后,钢刃依然完好,令我十分惊奇。

我砌壁炉所用的砖,都是以前的一个烟囱里的。尽管那上面并未刻着古巴比伦国王尼布甲尼撒二世的名字,但我还是尽量拣着用,有多少拣多少,以便节省劳力,避免浪费。我用湖岸上的圆石把壁炉周围砖头间的缝隙填满,我的灰浆也来自湖中的白沙。我的炉灶花了不少精力,由于我视之为我简陋房屋的最重要的部分。我做得很认真,虽然我从清早开始干,直到晚上,我才只垒起了离地不过数英寸高的砖台。我睡地板时,正好可用它作枕头。枕这个,我印象中并没因此落枕,倒是以前不睡这个时,曾经有过落枕。

大约此时,一位诗人来我这里小住了半月,这使我的屋子显得更加拥挤。他把他的刀也带来了,我自己也有两把。我们经常把刀子插进地里,用这种方法把刀擦干净。他帮我做饭,在看到我的炉灶慢慢地升高,逐渐呈现出一种方正而结实的样子时,他为我高兴。我觉得虽然这样垒炉灶进展很缓慢,但据说这样更坚固。从某种程度上讲,烟囱是一个独立的个体,扎根地上,穿过屋子,升入空中。即便有时房子被烧毁,它可能照常屹立,由此可见它的独立性和重要性。当时接近夏末,如今已是11月了。

北风已经吹凉了湖水,因为湖水太深了,所以要连续不断地吹上几个星期,湖面才能结冰。当我第一天晚上生火时,烟在烟囱里畅行无阻,异常美妙。那时,墙上还有很多缝漏风,我还没给板壁涂抹灰浆。但在这寒冷通风的民屋里,我却度过了几个快乐的夜晚。四周都是有节疤的棕色木板,橡木则连接树皮高高横在头顶上方,后来墙壁涂上了灰浆,我更加喜欢自己的房子了。我必须得说这样更舒服。人们所住的每间屋子的房梁,难道不应很高吗?高得以至于有些隐晦。这样夜晚来临时,火光投射的影子便可以在橡木上跳跃不已。这种晃动的影子,与壁画或最昂贵的家具相比,更适合幻觉与想象。现在可以说,我第一次安居在自己的房子里,第一次用它遮风挡雨和取暖,我还做了两个旧薪架来架木柴。当我看到亲手建造的烟囱背后积起了烟灰,我非常欣慰。我比以前更加地道而惬意地拨火。虽然我的房子很狭小，无法引起回声，但作为一个单间，与邻居相隔得又远，就显得空旷了一些。一幢房屋应有的一切都聚集在这一个单间内，它是厨房、卧室、客厅兼储藏室。不论父母还是孩子，不论主人还是奴仆，他们在一间屋子能享受到的一切，我这里全部拥有。

卡托说，一个家庭的主人，在他的乡间别墅，必须拥有"一个能放油和酒的地窖，大桶的油和酒，可以应对不可预测的艰辛岁月，这样做对他有好处，并且是有意义的"。在我的地窖里，安放着一小桶的土豆、大概2夸脱的豌豆。架子上还有少量大米、一罐糖浆，以及黑麦和印第安玉米粉，它们分别有1配克。

偶尔，我会梦到一座宏伟的，能容纳很多人的房屋，矗立在远古神话的黄金时代，材料耐用，屋顶上有朴素的装饰，但它只拥有一个房间——一个宽阔、简朴、实用的保持原始风格的大客厅，看不到天花板和灰浆，只有光亮的橡木和桁条，它们支撑着头顶上的低空，抵御雨雪足矣。在那里，你进门向一尊古代俯卧的神像表达敬意之后，你会看到桁架中柱和双柱架同时在接受你的敬意。在那个宽敞空阔的房间里，你得把火把安在长竿的顶端才能看到屋顶；在那里，有人可以安居在炉边，有人可以睡在窗台，有人坐在高背长椅上，有人躺在大厅的一侧，有人则在另一侧，有人，如果他乐意的话，可以与蜘蛛同住在橡木上。你一打开那间房屋的大门，就走到了里边，不会感到不自在。在那里，疲惫的旅者可以洗澡、吃喝、聊天、睡觉，不必挂念继续旅行，它正是暴风雨之夜你梦想到达的一间房屋，所有的东西应有尽有，而且还没有管理家务的烦恼。在那里，屋中所有的财富就在眼前，所有需要的物品都挂在木钉上。房屋也集厨房、餐厅、客厅、卧室、栈房和阁楼于一体。在那里，你能看见木桶和梯子之类的东西和碗橱之类的厨房设备，你能听到水壶里的水开了,你向煮饭菜的火苗和烘焙面包的炉子表达敬意,而必需的家具和用具则是主要的装饰品。在那里,洗完的衣服不必挂到外面晾晒,炉火不熄,女主人也不会生气,也许她有时让你移动一下,厨师从地板的门里走进地窖,而你无须进去,就可看到里面的情况。

这房子像鸟巢一样,内部敞亮开放。你可以前门进后门出,也不必和它的房客打招呼。即便客人来访,也能感受到房中的自由气息,没有"八分之七不能擅自入内"的规定,也不是把你锁在一个特设的小房间内,让你自得其乐。其实,那是让你孤单地受到囚禁。如今,一般的主人都不愿意邀请你到他的炉火旁取暖,他特意请来泥瓦匠,单独给你在长廊里打造一座炉子,所谓的"招待",就是把你放在远方。关于做菜他自有一套秘方,仿佛要把你毒死一样。我只觉得,我拜访过不少房间,根据法律,我很可能被他们哄走,但是我从不觉得我去过许多人家中。如果让我走进那种宏伟的建筑,我会穿着粗布土衣,去拜访简朴生活的国王或皇后;如果让我进入一座现代宫殿,我会很乐意学一下溜走的本领。

由此可见,我们高雅的言语,好像已经失去力量而沦为无意义的废话了。我们的生命,早已远离了语言符号,隐喻和借喻都显得牵强,就像客厅,它们与厨房或工作场相隔太远,以致要用送菜升降机运送过去。甚至连吃饭也成了进食的比喻,似乎只有野蛮而原始的人,才与大自然和真理离得更近。住在遥远的西北疆土或马恩岛上的学者,怎么会了解厨房里沙龙一样的对话呢?

只有那么一两个客人,还有勇气和我一起吃玉米面糊糊。但是,当他们看到严冬要到来,也很快撤退了,仿佛严寒可震塌房间一样。煮过那么多玉米糊,我的房屋仍然完好地屹立。

直到天寒地冻时，我才往墙上刷泥浆。为此，我驾着一叶扁舟去湖对岸取更洁白的细沙。有这个交通工具，就算要去很远的地方旅行，我也很乐意。在此期间，我房间的四面都已钉满了细薄的木块。在钉这些细木板时，我特别愉快，我能一锤就钉好一只钉子。我的野心开始慢慢膨胀，要把灰浆迅速而漂亮地从木板刷到墙上。我想起一个故事，讲述一个自负的家伙。他身穿华服，经常在村里晃来晃去，对工人指手画脚。有一天，他突然想把自己的理论付诸实践，于是他卷起袖子，拿起一块泥瓦匠用的木板，涂上灰浆，总算没出差错，他得意扬扬地回头望下头顶上的木板，自恃勇敢地将灰浆糊上去，可是立马就露丑了——灰浆全部掉到他那傲慢的胸前。我再次欣赏灰浆时想到，它是如此的经济而又有力地击退了严寒，它平滑又美丽，我了解一个泥瓦匠还将会碰到什么样的事故。让我惊讶的是，在被泥浆晒干之前，砖头饥渴地吸收了灰浆中的所有水分。为了筑起一个新壁炉，我用了好多桶水。去年冬天，我曾用河流中出产的一种蛤蜊壳做试验，烧制出了少量石灰，所以我对从何处能取得材料十分清楚。如果我高兴，也许我会走上一两英里路，找出好的石灰石，亲自烧石灰。

此时，阳光常年照射不到的背阴处和湖中最浅的凹陷处，也已经结了一层薄冰，比整个湖结得早几天，比其他地方早了几周。第一块冰看上去十分有趣，十分完美。因为它坚固、透明、色泽发深，它为观察浅水湾下面的水质条件提供了很大便利。因为1英寸厚薄的冰已经完全可以承受你的重量，能让你躺在上面，就像湖面的掠水虫，可惬意地观看距离你不过两三英寸的湖底，就像观看玻璃后的图画，这时的水十分平静。

沙上的沟槽，有许多生物爬来爬去。那里四处可见残骸，四处可见白石英细粒形成的石蚕壳。也许就是它们演变成沟槽的，因为石蚕经常出现在沟槽中，虽然可能由它们构成，但那些沟槽显得过于宽大。

然而，冰本身更有趣，你要研究它，要趁早找机会。在冰冻后的那天早上，如果你仔细观察它，就会发现那些像是夹在冰层中的气泡，其实是依附在冰层下面的，还有许多气泡正从水底升上来。由于冰层结冻得比较结实，比较发暗，所以你能透过它看到水。这些气泡的直径，大约在一英寸的1/80到1/8，清晰而美丽，你在气泡里，能看到自己被它映出的脸。一平方英寸的冰块，可以胶着三四十个气泡。当然，也有一些位于冰层之内，狭小呈椭圆形，垂直排列约半英寸长，还有圆锥形的气泡。如果是刚刚冻结的冰，经常会有一串珠子一样的圆形气泡，一个连着一个。但在冰层中的气泡并不像附在冰块下面的那么多，也不那么明显。我经常扔石头去探试冰的厚度，那些凿穿了冰而坠入湖中的石子，带着空气，坠入时就形成了很大很鲜明的白色气泡。

一天，过了48小时后，我再去老地方观看，那窟窿虽然已经结了1英寸厚的冰，但是我仍然能看到那些美丽的大气泡，从冰间的裂缝中看得十分清楚。但由于前两天天气暖和，现在的冰已不再透明，而是呈现山水般的暗绿色，能让人看到水底，却不透明，一片灰白色。冰层虽然比之前厚了一倍，但却没有以前坚固。热量让气泡膨胀扩展，聚集在一起，但变得混乱无序，不再一个顶着一个，倒像一个袋子里倾泻出来的银币，杂乱地堆放到一起，有的摊成一张薄片，只占据一条细小的缝隙。

冰的美感消失殆尽，此时研究水底已经不是最好的时机。我很好奇，想搞清楚那个大气泡在新冰的哪个地方，我挖出一块中间有气泡的冰块，把它翻了过来。在气泡下面和四周已经结了一层新冰，所以气泡夹在两片冰中间；它全部都在下层中间，却又贴近上层，扁平状，也许有点像扁豆，圆边，深1/4英寸，直径4英寸；我惊奇地发现，在气泡下方，冰融化得很有规律，像一只倒扣的茶杯，在中间5/8英寸的高度，一条薄薄的分界线位于水和气泡之间，薄得还不到1英寸的1/8，在很多地方，分界线里的小气泡向下爆裂，也许在最大的直径为1英尺的气泡之下完全没有冰。我豁然开朗了，我第一次看到的附着在冰下面的小气泡，现在也被冻结在冰块里，它们不同程度地对冰块起着取火镜的作用，以融化冰块。融冰爆裂发出的声音，都来自于这些小气泡。

在冬天最初的温和开始消退时，我终于及时地完成了泥墙的工作。狂风开始在屋子的四周狂虐，好像它已经等待了好久，这时才被批准吼叫。每天晚上，野鹅在黑暗中隆隆而来，边叫边扇动着翅膀，一直到大地上铺上一层白雪后，它们中有的停留在瓦尔登湖，有的掠过森林到义港，准备去墨西哥。好几次，在夜里10点、11点的时候，我走在回家的路上，听到一群野鹅的脚步声，要不就是野鸭经过我屋后的洼地时，踩在枯枝败叶上的声音，它们要去那里觅食。有时，我还能听到领头雁发出的低鸣，那是它们在急速前进。

1845年，瓦尔登湖全部冻结的第一夜，即12月22日的晚上。此前十多天里，费灵特和其他较浅的湖，早都结冰了。1846年它在12月16日那一晚冻结；1849年大约在12月31日夜里；1850年大约在12月27日；1852年在1月5日；1853年在12月31日。自11月25日以来，地上的积雪越来越厚，冬天的景象突然间出现在我面前。我索性躲进我的小屋，期望我的屋里，以及我的心中，都有一团火焰温暖我。

现在，我的户外工作，就是到森林中寻找枯木。我把枯木抱在手中，或者扛在肩上，带回家。有时，我把它们拖回家时，臂下还挟着干枯的松枝。在夏天曾被我当作藩篱的茂密松树，现在也够我忙的，拖着它们很费力。我用它们祭奠火神，而它们已祭奠过土地神。到森林中去猎取，即偷取燃料煮饭，这很有趣。我的面包口感松软，肉食香气四溢。我们大多数的乡镇的森林中，都有很多木柴和废木料可以生火用，但如今它们起到作用，为人供暖，有人甚至认为它们妨碍了幼林的生长，以至于湖上，甚至还漂浮着许多废弃的木料。

夏天，我曾发现一只苍松做成的木筏，是修铁路时的爱尔兰人钉成的，树仍保留着皮。我把残缺的它拖上岸。它已被浸泡长达两年之久，现在又在高地上休息了6个月，虽说木头里溢满了水，无法晒干，但不能否认它是块很好的木料。后天，到冬天的某一天，我把木头一根根拖过湖，以为娱乐，就像溜冰似地溜过湖面，路程大概半英里，木头有15英尺长，一头放在我的肩上，一头放在冰上。或者，我就用赤杨的细枝把几根木料捆在一起，再用一枝长赤杨或桦木枝钩住它，将他们拽过湖去。虽然这些木头因为被浸了水沉重得像铅一样，但是它们不仅耐烧，而且火势很旺，我甚至觉得它们浸湿后更好烧，就像浸水的松脂，燃灯用时间更长一样。

吉尔平在叙述英格兰森林中的居民时说："有些人侵占土地，就是为了在森林中筑篱笆，建房屋。古老的森林法规认为，这是有害的，应以强占土地的罪名严惩。"因为这样打乱了自然的秩序，让森林受损，令飞禽害怕。但我对野兽和森林保护，比猎人或伐木者更关注，仿佛我就是森林的守卫者。如果它有一部分被烧毁，即使是无意的，我也会为此悲伤万分，比任何一个森林的拥有者哀痛的时间都长，而且难以平复。我期望伐木者在砍伐一片森林的时，能够感受到恐惧，就像古罗马人让神圣森林中的树木更为疏朗，以便让阳光进来之时，心底泛上的恐惧一样，因为他们认为这片森林由一些天神掌管。罗马人开始赎罪，之后祈祷：神啊，无论你是何方神圣，这森林因你而神圣，愿你降福于我，保佑我的家庭和子女……

即使是今天，在这个新的国度，森林仍然极有价值，那是一种比黄金更为永恒而普遍存在的价值，这真令人吃惊。虽然我们已创造和发明了很多东西，但没有人对一堆木料保持漠然。它对我们和对我们的撒克逊与诺曼的祖先一样，十分珍贵。如果他们用它制造弓箭，我们则用它来制造枪托。著有《北美林木志》的米绍在30多年前就曾说，纽约和费城的燃料价格，"几乎和巴黎最好木料的价格相同，有时甚至要超过这个价格，因为巴黎这个大都市每年都需要30万考德的木材，因此，方圆300英里内的土地都已被开垦"。

在这个镇，木料的价格持续不断地上涨，问题只在于今年比去年涨了多少。亲自来到森林的机械师或商人，肯定是来参加树木拍卖的，甚至有人愿出大价钱，以获得拾木头的权利。多少年来，人们总是到森林中寻找燃料和艺术品的材料。新英格兰人、新荷兰人、巴黎人、凯尔特人、农民、罗宾汉、古迪·布莱克、哈里·吉尔、世界各地的王公贵族、乡下人、学者、野蛮人，仍然去森林中寻找一些木头，生火取暖做饭。我的生活，当然更离不开它。

看见柴火堆，每个人都会很兴奋。我喜欢我的柴火堆，它就在我的窗前，细木块越多，越能让我忆起曾经的快乐时光。我有一把没人要的旧斧头，在冬天时，我经常在房屋向阳那面的豆田里挖树根。正如我耕地时，租给我马的那个人所预言的那样，这些树根向我提供了两次温暖，一次是我劈柴的时候，一次是树根燃烧的时候，所以说，再没有其他燃料能散发出这么多的热量了。至于那把斧头，有人向我建议，说到铁匠那儿去锻造一下，但我完全可以自己做到，之后再用一根山核桃木做斧子柄，就可以用了。尽管它不锋利，但至少被修好了。几块多脂的松木是宝贝，不知在大地深处，还藏着多少这样的燃料。前几年，我经常在寸草不生的山顶侦察，那儿原有一大片松林，我曾拾到一些多脂的松根。它们几乎是无法摧毁的。至少三四十年的老树根，木芯部分仍完好,虽然外边环绕的一圈已经腐朽,而那厚树皮在木芯外四五英寸的地方形成一个保护层,和地面平齐。你用斧子和铲子来探索这个矿藏,沿着金黄色牛油脂似的,如骨髓一般的储藏质,几乎是找到了金矿的矿苗,然后一直深挖到下。以前,我一般用森林中的枯叶来引火,它们是我下雪前我储藏在棚子里的。樵夫们在森林中野营时,精巧地劈开青翠的山核桃木,用做引火柴。每隔一阵,我就储藏一些这种燃料。像村里家家户户升起的炊烟一样,我的烟囱上也会冒出一道浓烟,告诉瓦尔登谷中的野生动物:我没有睡,我也是醒着的。

舒展双翅的轻烟啊,伊卡洛斯之鸟,
你高飞钻入云中,你的羽毛消逝空中。
安静无语的云雀,清晨的信使,
在房屋上空盘旋,它是你的窝,
抑或,是你逝去的梦。
午夜的朦胧身影,梳拢着你的衣裳,
夜晚的群星,被盖上了面纱,
白天的光明暗淡,遮蔽了太阳光。
我祭神的薰香,你从这壁炉飞升吧,
看到诸神时,请他们饶恕这明净的火焰。

虽然,我只是使用了少量刚被劈开的坚硬而青翠的树木,但它却比任何燃料更适合我。有时,在严冬的下午,我出去散步,会留下一堆旺盛的火苗,三四个小时后我回来,火依然熊熊燃烧着,好像我出去后,房中并不是空的,而有一个快乐的女管家在替我照料,住在房间里面的,是我和火。通常,我这位管家还是值得信赖的。但是也有那么一天,我在劈木头时,想到我去窗口张望一下,以免房子起火。记忆中,只有一次我为此事焦虑,因此我走到窗边向里张望,结果发现一个火星把我的床铺引着了，我就走进去将它扑灭，而它已经烧掉了手掌大的一块。收于我的房屋处在一个光线充足又挡风的位置上，它的屋脊又很低，所以冬天的中午，我都不必生火。

我的地窖里，有安居的鼹鼠。每次，它们都会啃掉我1/3的土豆，它们用我糊泥墙剩下的兽毛和一些牛皮纸，做成它们舒服温暖的窝。因为就算野性十足的动物，也像人类一般喜爱舒适和温暖。正是因为这个窝，它们才能度过寒冷的冬季。

我的几个朋友认为，我跑到森林中，是为了将自己冷藏起来。动物在背阴的地方搭建一张床，靠自己的体温就能取暖。人不靠自己的体温，只因为发现了火，于是把空气关在一个宽大的房间里，把它弄得温暖舒适，并把这暖室当成他的卧床，以便可少穿累赘的衣服，可轻便地活动。冬天能维持一种夏天的温度，还因为有窗户，太阳光照射进来，再点一盏灯火，白昼于是就被拉长了。这样，他超越本能一两步，剩下的时间，就可以从事艺术活动了。虽然当我被狂风长时间地吹打后，全身就开始麻木，但一旦我回到温暖舒适的房间，我的官能立即复苏，生命得以延续。就算住房奢侈的人，在这方面也没什么可夸口的，我们不必费心地猜测人类最终如何灭亡。事实上，像这样的人，北方吹来的一点凛冽的狂风，就可轻易地结束他们的生命。我们常常用寒冷的星期五和大雪来计算日期，但只是这么一个星期五，或是一场雪，就可摧毁地球上的人类。

次年冬天，由于经济的原因——森林并不属于我，我改用了一只小炉灶，但它的火不如壁炉的旺盛。那时，做饭已没有诗意，而只是化学过程了。在使用炉灶的日子，大家很快遗忘了印第安人在火灰中烤土豆的方法。炉灶不仅挤占空间，而且搞得房间里烟味四起，而且看不见火，我感觉好像失去了一个伴侣。你需要在火中辨认出一张脸。工作的人，夜晚时凝视着火苗，常把白天积攒的纷乱粗鄙的想法都投入火中去洗练。这多么好啊，可我再也不能这样坐着凝视火焰了。一位诗人的贴切而充满力量的诗句，在我的脑海中浮现：

明亮热情的火焰，请永远不要拒绝我，
你那珍贵而鲜活的生命，你的缱绻之情，
为何我的希望升腾得如此光亮？
为何我的命运在夜晚如此百转千回？
所有人都欢迎你，喜爱你，
为何却将你逐出壁炉和前厅？
难道你的存在比想象中还要绚丽？
所以不愿照亮迟钝无趣的众生？
难道你那神秘的光芒，
不是在与同性情的灵魂交流吗？
难道你们交谈的内容不可泄露？
确实，我们安全而坚强，因为此刻，
我们坐在没有暗影的火炉旁。
喜怒哀乐通通隐匿不见，
眼前只有温暖我们手脚的，
一束火苗，也不敢奢求更多。
有了眼前这个小巧实用的火苗，
旁边烤火的人便可坐下，安然入睡，
不必惧怕黑暗中出没的鬼魂。
在曾经的古树旁，
在火光摇曳中，我们喁喁细语。

昔日居民；冬日访客

我遇到过几次让人开心的风雪。那时,外面风雪呼啸,即便枭鹰的叫声,也会被湮没。但我在火炉旁,度过了很多愉快的冬夜。几个星期以来,我散步时从没有遇到过人,除了那些有时到林中作业的伐木者,之后他们会用雪车将木料运走。但是那些狂风暴雪,却教给我怎样在林中积雪深处踏出一条新路。比如,有一次,风将一些橡树叶吹到我踩出来的雪印里。它们驻留在那吸收着太阳光,使积雪融化,这使我有干燥的路可走,在夜晚时,它们黑色的线条又给我指出一道路。

说到与人交往,我就想起以前在林中居住的居民。在有关这个乡镇很多居民的回忆中,我房屋附近的那条路上,曾回荡着居民的闲谈与笑声,而他们的小花园和小住宅,则散落在两旁的森林中,斑斑点点。虽然当时的森林比现在浓密得多。甚至有些地方,我记得轻便马车的两侧都会蹭到浓密的松枝。不得不独自步行到林肯去的女人和孩子,经过这里时常常害怕,甚至会一路狂奔。虽说这是通往邻村的一条微不足道的小路,或者说只有樵夫常走,但它曾经因景色变幻,使一些旅行家醉心向往——当时它一步一景,比现在丰富多姿,在他们的记忆中存留久远。现在,村子和森林中间是片宽阔的原野,当时却是一片枫树林的沼泽区。现在,很多木料都做了小径的地基,为一条尘土飞扬的公路作了贡献。现在的斯特拉登,已是济贫院的所在地,公路经过田庄,一直延伸到布立斯特的山下。

我的豆田的东面,路的那一边,卡托·英格拉哈姆曾经居住,他是康科德乡绅邓肯·英格拉哈姆老爷的奴隶。这位主人给他的奴隶建造了一座房子,还批准他可以住在瓦尔登林里。当然,这个卡托不是尤蒂卡的那个,而是康科德人。有人说他是几内亚的黑人。还有人记得他在胡桃林中的一小块地,他将它培育成林地的目的,是年老后能有所用处,但最后被一个年轻的白人投机家买下了。现在,他住在一间狭长的房子里。卡托那个坍塌了一半的地窖至今仍在,一行松树遮挡了旅行家的视线,所以知道它的人很少。现在,那里长满了漆树,还有一种历史悠久的黄紫苑,长得十分茂盛。

在我的豆田的转角处,离乡镇更近的地方,有黑人女子济尔发的一幢小屋。她织细麻布,然后卖给镇上的人,以此谋生。她的嗓音响亮而激昂,她高亢的歌声能在瓦尔登林上方久久回荡。1812年,她的房屋被一些假释的英国兵烧毁了,当时她恰巧出门了,她的猫、狗和老母鸡都被烧死了。她的生活异常艰苦,几乎不是人过的。有一个出没森林的老人还记得,一天中午他经过她家时,听到她对着沸腾的壶低声地自言自语道:"你们都是骨头,骨头呀!"在那里的橡树林中,我还看到有一些残垣断壁。

沿路走下去,在右边的勃里斯特山上,勃里斯特·费理曼曾住在那里,人们都说他是"一个机灵的黑人",他曾是卡明斯老爷的奴隶。勃里斯特亲手栽种的苹果树,现在仍郁郁葱葱,已长成参天大树,但果实吃起来仍然野味十足。不久前,我去林肯公墓时,还看到他的墓志铭,他的墓紧挨着一位英国掷弹兵的墓碑,这位士兵战死在康科德撤退中,墓碑上他被称作"西彼奥·勃里斯特",人们曾称他为西彼奥·阿非利加努斯——"一个有色人种",人们已经无视他的肤色。墓碑上醒目地写着他死亡的时间。无疑,这是间接地告诉我,此人曾经存活于世。他的贤妻芬达与他长眠在一起。她替人算命,很讨人喜欢。她的体格壮硕,又圆又胖,皮肤又黑又亮,似乎比夜间出生的孩子都要黑。这样的黑人,在康科德附近是前所未有的。

沿山路直走下去,在森林左边的古道上,还遗存着斯特拉登家的残迹。他家的果树园,曾把勃里斯特山的斜坡全部占满,但最终被苍松逼退,只剩下少数树根,但老根上又生出了许多枝繁叶茂的小树丛。

在邻近乡镇的路的另一头,也在森林边上,会看到布里德地区,那地方因一个魔鬼而闻名。这魔鬼还没被记载在古代神话里,但他在新英格兰人的生活中很重要,理应像很多神话中的角色一样,总有一天有人为他作传:开始时,他伪装成一个朋友或雇工来到你家,然后抢劫甚至谋杀了你的全家。他是新英格兰的怪人。但历史并没记下这里发生的悲剧,让时间冲淡吧,给它们披上一层淡蓝色吧。有一个含糊其辞的传说,说这里曾有一个旅店,一口井,它既向旅客提供饮水,又给马解渴。人们在这里相聚一堂,交换信息,然后彼此上路,分道扬镳。

布里德的草屋,虽然已经茫然不见,但12年前却依然屹立着,大小和我的房子差不多。如果我没记错的话,在选举大总统的夜晚,几个调皮的孩子放火烧掉了它。那时,我在村边居住,入迷地读着戴夫南特的《贡迪伯特》。这年冬天,我的瞌睡病经常发作。不知这是否是遗传的,我的一个伯父,竟然刮着胡子都能睡着,于是他经常星期天去地窖采摘土豆芽,为了保持清醒的头脑信守安息日。另外,也可能因为这年我想读查默斯编的《英国诗选》,一首诗都没跳过地读它,以致有些昏昏欲睡了。戴夫南特的书,让我的神经屈服了。

我的头和书靠得越来越近,忽然火警响起,救火车急速向那个方向奔去,前后簇拥着一群散乱的男人和小孩,因为我能一跃而过溪流,所以我跑在最前面。我们以为起火的地点远在森林南面。我们以前都有救火的经验,兽厩、商店、住宅,或许全都起火了。"是倍克田庄。"有人叫道。"是科德曼家。"另外有人说。于是,又一阵火星在森林上空迸溅,好像屋脊已经坍塌,于是我们纷纷嚷起来:"康科德人来救火呀!"车辆疾驰飞去像飞箭,车厢里挤满了人,说不定保险公司代理人就在其中。无论多么遥远的地方起火,他都必须亲临现场。但救火车的铃声在后面响着,却越来越慢,越来越稳了。后来,大家私下议论说,在后面那批人中,有些人放了火然后又报了火警。就这样,我们像理想主义者一样,继续向前行进,全然不顾事实,直到路上转弯时,我们听到火焰发出噼啪的爆裂声,确实感到墙那边传来的热度,这才明白过来:噢,我们已到达火灾现场。接近现场,大家的热情反而大减。起初我们想用蛙塘的水扑火,最后决定随它烧去吧,因为这房子已被烧得发岌可危,失去了价值。于是,我们围住救火车,挤来挤去,通过扬声喇叭,发表看法,或者用低沉的声音谈论历史上的大火灾,包括巴斯科姆店的那次火灾。而其中的一些却想到,如果我们恰巧身边有"桶",并且附近有池塘的话,我们完全能把那次骇人的大火变成一次洪水暴发的。最后,我们什么坏事也没干就回去了,回去睡觉,我则回去接着看我的《贡迪伯特》。谈起这本书,序言中有一段话讲机智是灵性的火药,"但大多数人不懂机智,就像印第安人不懂火药一样",而我对此不以为然。

次日晚上同一时间,我又走过火烧过的地方。在那里,我听到一个人的呻吟声。在黑暗中,我摸索着走去,发现他是这家唯一存活下来的人,他继承了这家人的优缺点,也唯有他还关心着这场火灾。现在他躺在地窖边上,一边从地窖的墙边看里面还在冒烟的灰烬,一边自言自语,这是他的习惯。他全天都在远处河边的草地上工作,一旦时间可以自由支配，他就立刻来看一下他的祖业，他童年的美好记忆全在这里。他依次从各个方向、地点，观望地窖，身体一直躺着，好像他还记得哪块石头中间藏着什么宝藏，但实际什么也没有，只有砖头和灰烬。屋子已经烧毁，他望着残余的部分。我在旁边陪伴着他，这对他好像是莫大的安慰。他指给我看一口井，尽管黑暗中模糊不清。他还顺着墙根慢慢地摸索过去，找出他父亲亲自打造和建起来的吊水架，他让我摸一下那吊重物用的铁钩和锁环。现在，他能够保留的唯有这件东西了。他要我相信这个架子很不一般，我摸了摸。我后来每次散步经过这里时，都会看看这里，因为那里悬挂着一个家族的历史。

左边，可以看见井和墙边的丁香花。在现在的旷野里，纳丁和莱格罗斯曾住在这里。不过，他们早已回林肯镇了。

森林中比上文所提的地方都要遥远的，就是靠近湖的地方，陶器匠怀曼住在那里。他为乡镇的人们提供陶器，并把他的事业传给后代。他们经济上并不富裕，他在世时，也只是勉强维持着那块土地。镇长还经常来征税，就是来也无所获，仅仅"拖走一些廉价的东西"，做做样子，因为他确实一贫如洗，这是我在他的报告里看到的。夏季的一天，我正在锄地，有个人带着很多陶器准备去市场，他在我的田畔勒住了马，问我怀曼的近况。很久以前，他从怀曼的手里买下一个制陶器的轮盘，他很想知道他现在过得如何。我只在经文中读到有关制陶器的陶土和辘盘的信息，但从未见过，我们所用的陶器，也不是从远古流传到今天的古陶器，并不是没有损伤，或者如葫芦一样长在树上。所以，当我听说附近有人从事这个艺术创造工作，感到十分高兴。

在森林中生活的最后居民，是一位爱尔兰人，名叫休·夸尔，他借住在怀曼那里，他们称呼他为夸尔上校。据说，他曾是参加过滑铁卢战役的士兵。如果他还活着，我想他一定会把战争过程讲述一遍。他以挖沟谋生。拿破仑去了圣赫勒拿岛，夸尔来到瓦尔登森林。我听到的关于他的事情，都很悲惨。他举止优雅，像个见过世面的人，而且谈吐不凡。夏天时，他穿着一件大衣，因为他患有震颤性谵妄症，他的脸色像胭脂红。我到森林后不久，他就死在去往勃里斯特山脚的路上，所以他不算我的邻居。他的房子没拆之前，他的朋友认为那是"一座不吉利的堡垒"，都避而不去。我进去观看过一次，看到他那些穿破的旧衣服，被放在高高的木板床上。壁炉上放着他的破烟斗，而不是在泉水旁打碎的碗。泉水不能作为他死亡的象征，因为他曾对我说，尽管他久闻勃里斯特泉水之名，却从未看过。另外，地板上散落着一些肮脏的纸牌，那些方块、黑桃和红心老K等。一只黑羽毛的小鸡，黑得如同黑夜，安静得连咯咯声也没有——它还没被行政长官抓走，所以依然可栖宿在隔壁的房间里。也许，它在等那只列那狐狸，也未可知。

他的屋后，隐约可见一个花园的轮廓，有耕种的痕迹，但却一次也没被锄过，因为他的手颤抖得厉害，不觉已到收获季节。苦艾和叫化草长满花园，叫化草微小的果实都粘在我的衣服上。房屋背后，挂着一张上拨鼠的皮，这是他最后一次参加滑铁卢之战时的战利品，但现在，他已不再需要温暖的帽子和手套了。

现在，唯有地上的一个凹坑，可说明这些住宅的原址，修建地窖的石头也埋在地下，但向阳的山坡上，则生长着草莓、覆盆子、榛树和黄栌树，苍松或多节的橡树，则占据了烟囱那个角落。原来，也许是门槛的地方，一枝馥郁的黑杨树摇曳生姿。有时还能看见井坑，那里曾经泉水汩汩，现在则长满了干枯的野草。或许，它被杂草遮住了。很久以后，才会有人发现它。杂草下面有一块扁平石，这是他们中最后一个人离开时，搬过来用以遮住井盖的。这真悲哀啊，让人眼泪奔涌。这些地窖的凹痕，好像一些弃之不用的狐狸洞。古老的洞穴，证明这里曾有人类热闹地居住过，他们当时也曾用不同的形式和方言讨论过，什么是"命运、自由意志和绝对的预知"等问题。但据我了解，他们得出的结果不过是"卡托和勃里斯特在骗人"，这和著名的哲学流派的历史一样有启发性。

在门框、门楣和门槛消失了差不多有一代人以后，丁香花依然长得生机勃勃。每年春天，它都展开芬芳的花朵，让沉思的旅行者采摘。它是从前的一个小孩在屋前的庭院里种下的，现在却散在人迹罕至的牧场的墙根，并且，新兴的森林逐渐侵占它们的地盘。那些丁香，是这个家庭唯一的幸存者，它们孤独地生长着。那些皮肤黝黑的小孩子，肯定没想到，他们在屋前背阴处插入土中两个芽眼的细枝，被他们天天浇水后，居然将根扎得如此之深，活得竟然比他们还长，也比荫蔽它们的房子更久，甚至比大人们的花园和果园的寿命还长。在小孩子长大又故去以后，已经有半个世纪了，但丁香花仍然向孤独的旅行者讲述他们的故事。它们依然像第一个春天那样，开放着鲜艳美丽的花朵，花香沁人，它们依然绽放着柔美、低调而愉悦的光芒。

然而，这个小村庄完全可以如一棵幼苗一样，成长为参天大树。为何康科德仍盘踞在那生生不息，而它却失败了呢？难道它没有天时地利吗？比如水利条件不具备吗？瓦尔登湖之深，勃里斯特泉水之冷，资源十分丰富，水质也对健康有利，但人们除了用它们冲淡酒之外，在其他方面并不利用。他们全都是嗜酒的家伙。为什么编织篮子、做马棚扫帚、编席子、晒玉米、织细麻布、制陶器等这些行业在这里得不到发展，而任荒原像玫瑰花一样绽放？为什么也没有后人来继承他们的祖产呢？贫瘠的土地至少可抵挡低地的退化呀。可叹。这些居民竟然不懂得为自己的这片风景锦上添花。也许，大自然又准备拿我做实验，让我做这第一个移民，而我去年春天建造的房子，也将要成为这个村庄最古老的建筑。

我不知道，我现在居住的这片土地，之前有什么人在这里建过房屋。我不想安居在一个古城之上的城市里，因为古老的住宅已成废墟，园林已化为墓地。那里的土地早已贫瘠惨淡，早已被诅咒，而在此之前，大地本身已被摧毁。回忆在我心头闪现，我回到森林静心，像进入梦乡……

冬天，难得有客人来。积雪最深时，往往持续达一周，甚至半个月都不会有人走进我的屋子，但我活得很自在，就像原野上的一只老鼠或鸡，或者像一头牛，据说牛即便长期被埋在积雪中，不吃不喝，也能存活下来。或者，我就像本州萨顿城中那家早期移民一样，据说在1717年的暴雪中，他自己出门了，但大雪把他的草屋覆盖了，后来多亏一位印第安人。他看到烟囱冒出的热气，把周围的积雪化成了一个洞，才将他全家老小救出。但我是得不到善良的印第安人的关心的，其实也不需要，因为房屋的主人如今安居室内。听到"大雪"这个词，往往让人兴奋。但农民们再不能驱赶他们的牲口到森林或沼泽中，他们只好砍伐门前那遮挡阳光的树木，而当积雪不再松软，他们就来到沼泽区砍伐一些树带回去。次年春天，他们会发现：当初自己砍树时，竟然离地有10英尺高呢！

积雪最深时，公路到我家的路，足有半英里长，好像成了一条弯曲的虚线，每两点之间就有一大段空白。接连一周。天气很平和，我总是跨着相同的步数，迈着大小相同的步伐，小心走路，像圆规划出的那么准确，沿着自己深深的脚印前行。冬季将我约束在这条路线上，而脚印里，常装满了天空的蔚蓝色。其实，无论天气如何，我的步行都不受严重的阻碍。也就是说，我出门常常踩着厚厚的积雪，步行8英里或10英里。而我出门是为了赴约——我与一棵山毛榉、黄杨或松林中的旧相识，安排了见面的时间。那时冰雪把它们的树枝压得倒垂下来，树顶就更尖，雪后松树的样子更像铁杉木。有时，我在2英尺深的积雪中跋涉，往山顶走去，每迈出一步，都要将头上厚厚的积雪摇落下来。有几次，我甚至手脚并用爬着前行。我知道，此刻猎人们都躲在家中过冬呢。

一天下午，我兴致勃勃地观察一个全身长满条纹的猫头鹰。在晴朗的白天，它在一棵白松的一个枯枝上休息，我站在离它不到一杆远的地方，每当我向前移动，步履踩在雪上都会发出声音，它能听到，但它看不清我。我弄出很大声音时，它就伸长脖子，竖起颈上的羽毛，睁大眼睛张望，但立即又把眼皮合上，开始打瞌睡。我这样观察它半个小时后，我自己也有了睡意，它半睁着朦胧欲睡的眼，像一只猫，是猫有翅膀的兄弟。它眼皮之间只开了一条小缝。它以此与我保持着若即若离的关系。它从梦乡中望着我，努力想弄清我是谁，我是什么东西，难道是它眼中的一颗灰尘吗？最后，也许因为声响，也许由于我的接近使它不安，它在丫枝上缓缓转身，好像我惊扰了它的美梦。当它展翅松林中飞翔时，它展开的翅膀出人意料的宽大，但我没听到一点翅膀扇动的声音。它在松枝间飞行，好像不用视觉，而是靠直觉，好像它羽毛上有精密的仪器。在黑暗中，它向一个新枝头飞去，栖息在上面，看上去很安详。这回，它可以安静地睡到天明了。

我走在一条贯穿草地的铁路边，阵阵寒风直透骨髓，因为这里的冷风比其他地方的更自由。当霜雪抽打到我的左边脸颊时，虽然我是异教徒，但我还是把我的右颊也贡献出来，供它吹打。从勃里斯特山来的那条马车道，情况与此相同。因为我还是要去镇上的，就像一位友好的印第安人那样。当时在宽广的田野上，白雪被狂风席卷着，堆积在瓦尔登路两旁的墙垣间。行人留在雪上的足迹，不到半小时就又消失不见。在回来的路上,我又迎上一场新的风雪,我苦苦地挣扎。狂啸的西北风,在马路的大拐角处堆起银粉似的雪花,你根本看不到兔子的足迹,更别提田鼠的细小脚印了。但即使在深冬,在温暖松软的沼泽地带,青草和臭菘依然呈现绿色,还有一些傲寒挺立的鸟,依然抵抗着风寒,等待春天的脚步。

有时,虽然有雪,我依然坚持散步。回来时,我发现家门口有一排伐木者留下的很深的足印,从屋里延伸出来。火炉旁,有一堆他削的碎木片;屋中,还飘荡着他烟斗的味道。也许,在某个周日的下午,如果我正好在家,我能听到长脸的农夫踏雪而来的吱吱声,他穿过森林,走这么远的路,专门为了与我聊天。他是农庄人中少见的人物,经常身着一件工人服,而非那种类似教授的长袍。他讽刺教会或国家的道德信条时,好像他运送一车马棚中的肥料一样,信手拈来,头头是道。我们聊起了淳朴原始的时代,那时候,人们在寒气逼人的气候条件下围着火堆,席地而坐,头脑清醒。如果我们聊天时,没有水果可吃,我们就用牙齿咬开一些坚果——那是聪明的松鼠丢弃的。而那些外壳最硬的坚果,里面往往没有果仁。

从最远的地方,踩着最深的雪,在最大风雪天,来拜访我的,是一位诗人。这样的天气,即便是一个农夫、猎人、士兵或者记者,甚至一位哲学家,都会退避三舍,没勇气前来的,但对于他,这位诗人,什么也无法阻挡他的脚步——他来的目的,只是出于一种纯粹的爱。谁能预测到他的行踪呢?他的职业,驱使他常出门寻找灵感,即便是连医生都进入梦乡的时刻,我们俩人的开怀大笑还在我的小木屋响起。我们还低声交谈,谈了很多,打破了瓦尔登山谷长时间以来的沉默。相比之下,百老汇也越发显得沉寂荒凉。我们谈话的间歇,有笑声来点缀——我们的笑,也许因了刚才的一句话,或者因为正要脱口而出的笑话。我们一边喝着稀粥，一边谈到很多"全新的"人生哲学。这稀粥既可招待客人，又可作为甜点享用，在我们清醒地讨论哲学问题时。

我难以忘记，在那个我在湖畔居住的最后一个冬季，还有一位访客也很受我的欢迎。有段时期，他穿过雨雪和黑暗，来到我这间森林中的小屋，他与我一起，消磨了许多个漫长的冬夜。他是最后一批哲学家中的一位，康涅狄格州把他献给了世界。他起初推销康涅狄格州的商品，后来他声称要推销他的智慧。他现在仍然在推销智慧，赞扬上帝，批评世人，大脑是他唯一的果实，就像果肉才是坚果的果实一样。我感觉，他是世上最自信的人。他的言语和态度，让人感觉他比别人做得更好。随着时间的流逝，恐怕他是最后一个感到失落的人，因为现在他并没有计划。虽然现在没人关注他，但当属于他的时代来临时，出人意料的法规就会颁布，统治者们一定要向他咨询，倾听他的建议。

他是人类忠诚的朋友，也是人类进步的唯一朋友。与其说他是一位传统的凡人，不如说他是一位不朽的人。他心怀坚韧的毅力和信念，要阐释清楚人类身上镌刻的形象，而现在人类的神，只是一座摇摇欲坠的神像纪念碑。而他用仁慈的智慧拥抱孩子、乞丐、疯子和学者，兼容所有的思想，扩展它的广度和深度。我认为，他有必要开一家大旅馆，招待全世界的哲学家，并且在招牌上写明："招待人，不招待人的兽性。内心安静的人请进，寻找正路的人请进。"也许，他是最清醒的人，他是我认识的人当中最没有心计的一个，昨天的他和今天的他，并没什么区别。从前，我们散步和谈天时，很自然地就把周围的世界抛在脑后。因为他不属于这个世界的任何制度，他生来是自由和智慧的。无论我们转向何方，天地仿佛融为一体，因为他的存在，山水更加美丽。一个常穿蓝色衣服的人，最适合他的房顶便是苍穹，因为它反映了他的纯净。我不信他会死去，大自然也不愿他离开。

彼此讲出个人的看法，好像把木片摆出来晾晒。我们坐下相谈，把彼此的思想打磨得尖利，并试验我们的刀子，同时欣赏松木那明亮的纹理。我们安静而彼此尊重地涉水而过，或者，我们和谐地携手而行，所以，我们的思想之鱼不会因受惊扰而从溪流跑掉，也不会被岸上的渔人驱赶得四散。鱼儿从容地游来游去，好像西边天空中漂浮的白云，那片珠母色的云，时而聚拢成形，时而又消散开去。我们在那里工作，研究神话，修改寓言，建造我们的空中楼阁，因为大地没给楼阁提供有价值的基础。他真是伟大的观察家和预言者，与他聊天，是新英格兰之夜的快乐。噢，我们之间还有这样的谈话，隐士、哲学家，还有我说过的老移民，我们三个在屋里谈话，半天都在震动着我的小屋子。我们的谈话氛围，是那么好；我们谈话的分量，是那么重。我们的谈话，好像打开了一个有缝隙的圆弧，它还需要填补进很多话语才能填补圆满。但是，我已经准备好了足够的填充物。

还有一个人，我曾在他村里的家中住过，我们的共处时间也十分愉快，让我终生难忘。他经常来看我。

就是以上这些人，构成了我的朋友圈。

像在别处一样，有时，我也会期待一些意料之外的客人。《毗湿奴往事书》中说："房屋的主人，应在傍晚时在大门口徘徊，时间大概与挤一头牛的奶水的时间相同，必要时可延长时间，以等候客人的到来。"我经常这样认真地等候客人的来临，有时时间足有挤一群牛的奶水的时间那么长了，然而，却等不来一个从城镇来的人。

冬日的鸟兽

等湖水结成厚冰的时候，去许多地方不但有了一条新路和捷径，而且还能站在冰面上欣赏周围熟悉的风景。当我走在铺满积雪的费灵特湖上时，虽然我平常在这里划桨，也溜过冰，但此刻极目四望，视野格外开阔，而且奇怪的是，它让我脑中浮现出巴芬湾。周围林肯郡矗立的群山，把茫茫雪原包围起来，之前我似乎从未到过这片平原。站在冰上，看不清远处的景色，而这时，渔夫带着狼犬慢慢地移动，好像捕猎海狗的水手或因纽特人，在雾气蒙蒙的天气，他们像神话中的生物，隐约可见，我分不清他们究竟是人，还是侏儒。我晚上去林肯郡听演讲时，总是走在冰上，期间没经过任何一间屋子，我选择的是一条之前从未走过的路。在此途中，我经过鹅湖，那是麝鼠居住的地方，它们的住宅安扎在冰上，但当我走近时，没看到一只麝鼠。瓦尔登湖和其他几个湖一样，通常不积雪，最多是铺上一层薄雪，不久就会被吹散。现在，它成为我的庭院，我可以在它上面自由地散步。而其他地方的积雪，此时已将近2英尺厚了，村民们都被封锁在村里。远离村中的街道，几乎听不到雪车的铃声。我经常跌跌撞撞地，在雪中前行，边走边滑边溜，好像在平坦的鹿苑中行进，到处耸立着橡木和庄严的松树，它们不是被积雪压弯了腰，就是身上倒挂着很多闪晶晶的冰柱。

冬夜，其实白天也经常这样，从远处会传来一阵猫头鹰的哀叫声，绝望而不失优美的旋律，好像是用拨动冰冻的大地而发出的声音，这是瓦尔登森林独特的语言。后来，我对这段旋律就很熟悉了，虽然我从未见过那只猫头鹰歌唱。冬夜，我推开门窗，几乎每次都能听到它"呼，呼雷，呼……"的叫声，清脆悦耳，尤其最初的三个音节，似乎是"你好"的发音。有时，它只是简单地叫上两声。

一个初冬的夜晚，湖水还没全部冻结，约九点钟，一只飞鹅的大叫声惊扰了我。我走到门口，又听到它们扇动翅膀的声音，好像林中正要来一场风暴，它们低飞过我的房屋。它们飞过湖面，飞向美港，好像怕我的灯光，它们的领队用规律的声音叫个不停。突然，我确认到，在我的附近，有一只猫头鹰，它的声音沙哑颤抖。在森林中很难听到它的声音。每隔一段时间，他就回应飞鹅的叫声，好像在嘲笑那些来自赫德森湾的入侵者，于是它的音量更大更宽，好像"呼，呼"地要把它们赶出康科德的领空。我原以为这个夜晚只属于我，而你，噢，你要把整个森林都吵醒吗？为什么呢？你认为在夜晚时我已沉入梦乡，你以为我没有你那样的嗓音吗？"波呼，波呼，波呼……"我从没听过这种让人发抖又不协调的声音。然而，如果你的耳朵十分敏锐，你能听到其中又蕴涵着一种和谐的旋律，在这一带的原野，这种声音是前所未有的。

我还听到，湖里的冰块发出的咆哮声。在康科德，湖这家伙与我同床共寝，好像他在床上不耐烦了，或者像肚子胀气，而且做了个噩梦，想翻个身。有时，我能听见寒冷冻裂地面的声音，好像有人驾驭的一队驴马撞到我的门上。到早上时，我会发现地面出现了一道宽1/3英寸、长1/4英里的大裂痕。

有时，我还能听到狐狸走过积雪的声音。它在月夜寻觅鹧鸪，或者其他的飞禽，像森林中的恶狗一样，发出恶鬼一样刺耳的叫声，好像心急如焚，又好像想表达什么，要挣扎着寻找光明，变成可自由在街上奔跑的狗。如果我们计算一下年代，难道说禽兽不也和我们人类一样，也存在着一种文明吗？我觉得，它们像早期在洞穴里生存的人，总是保持警戒，等着某种变化。有时，狐狸会被我的灯光吸引，走近我的窗子，并向我发出一声好像是诅咒的声音，然后飞快地跑开了。

黎明时，赤松鼠总是把我叫醒，它在屋脊上来回蹿，攀上爬下，好像它们来到森林，就是为了这个。冬天时，我把大概半蒲式耳的未成熟的玉米穗扔在门口的积雪上，然后观察被吸引来的各种动物，我对此十分有兴趣。

傍晚和夜晚里，兔子经常会跑来吃一顿。赤松鼠一整天都来往着，它们姿态灵活，很讨我喜欢。有一只赤松鼠，它小心地穿过矮橡树丛，在雪地上跑跑停停，好像一张被风吹滚过来的叶子。它时而跑向这个方向几步，很快，也花费它不少精力，它飞奔着，快得无法形容，仿佛孤注一掷。时而它又跑向那个方向几步，但每次不会超出半杆远。突然间，它做个滑稽的表情后，停下脚步，再翻个跟斗，好像在为全世界的人演出。这些松鼠，即便是在最寂寞的森林深处，它们也像舞女一样，舞动身姿，似乎也总有观众。它在迟疑和谨慎中，耗费了很长时间。如果直线前进，全程早就结束。我从没见过一只松鼠这么泰然行走。后来，突然，转瞬之间，它就在小苍松的顶端傲然站立了，像做好了准备，要责骂台下幻想的观众。它像在独白，又像在对全世界讲话。我不知道它为什么这么做，我想它自己也未必知道。

最终，它来到了一堆玉米旁，挑了一个玉米穗，然后仍以不规则的三角形路线，蹦跳着过来，跳到窗前垒起的那堆木材的最高处。之后，它从正面看着我，一坐就是几个小时，不时去找新的玉米穗。开始，它很贪吃，把吃了一半的穗扔掉，后来变得机灵，拿着食物玩耍上了，而只吃玉米粒。当它用前掌擎起的玉米穗却不小心掉在了地上时,它便露出一副滑稽又怀疑的表情,低头看看玉米穗,好像在想玉米穗是否还活着,思考是捡起它,还是去拿另外一个,或者干脆直接离开。它时而看看玉米穗,时而侧耳听听风声,似乎在搜索什么声音或信息……

就这样,这个鲁莽的家伙,一上午糟蹋了好多玉米穗。最后,它才扛起最长最大的一支——比它自己都大很多,但它却很灵巧地背回森林去了,好像一只老虎背着一头水牛。但是,毕竟它走得费力,曲折迂回,走走停停,迈步吃力地向前,好像那玉米穗对它过于沉重,所以总是掉落下来。它先把玉米穗放在一条对角线位置,决心要把它拖回去的样子。真是个轻浮而不违心的小家伙!最终,它把玉米穗带回自己的住所,或许是四五十杆之外的一棵松树顶上。因为事后我发现,玉米穗的轴,被它丢在了森林的角落。

最后,猫头鹰来了,它们不协调的声音我早就听过,当时它们从八分之一英里之外,小心翼翼地飞近,谨慎地从这棵树,飞到那棵树上,沿途拾拣松鼠遗留的玉米粒。然后,它们就在一棵苍松的枝头栖息,很快将那粒玉米粒吞下,但玉米粒太大,卡在嗓子里了,呼吸被堵住,因此它又费力地吐出来,用嘴啄个不停,想啄成碎渣。显然,这行为看去更像一群盗贼,我不大喜欢它们。倒是那些松鼠,虽然开始它们总有点羞涩,但最后,它们像拿自己的东西一样,搬运我的粮食,一点不客气,反让我喜欢它们了。

与此同时,成群的山雀也会飞来。它们拾起松鼠掉下的玉米粒,飞到附近的树枝,用爪子稳住玉米粒,然后用小嘴啄开,一直啄到玉米粒小得不至于堵塞它们的细嗓子了,才吃掉它,好像在品尝树皮中的毛毛虫一样。这群小山雀,每天都会到我的木堆中饱食一顿,品尝我门前的玉米粒,并发出微弱短促的咬舌声,像草丛里冰柱冻裂的声音,然后精力旺盛地发出"得、得……"的叫声,特别难得的是,在阳光普照时日子,它们会从林子那边发出"菲比"声,像琴弦一样。它们跟我混熟了之后,有一天,一只山雀飞到了我夹在臂下的木柴上,毫无恐惧地啄着树枝。还有一次,我在园中锄地,一只麻雀飞来落在我的肩上歇息。当时我认为,就算被授予任何肩章,都比不上这种荣幸。后来,松鼠也和我熟悉了,有时它们抄近路过来,直接从我的脚背上踩过去……

在大地还没完全被雪盖住、冬天将要结束时,朝南的山坡上,以及我柴堆上的积雪,便开始融化。不论清晨还是傍晚,鹧鸪都会飞入林中觅食。不管你走在林中的哪一边,你的脚步声总会惊起几只鹧鸪,它们急拍翅膀而去,震落了枯叶,以及树枝上的雪花。雪花在阳光下飘洒时,好像晶莹闪亮的尘埃。这种勇敢的鸟,从不怕冬天,它们经常被积雪掩埋。据说,"有时它们振翅冲入柔软的雪中,能躲藏一到两天"。当它们在傍晚飞出树林,到野苹果树上吃蓓蕾时,我经常会在原野中惊扰到它们。每天傍晚,它们总是飞回以往经常停落的树枝上,而狡猾的猎人正在那儿等候着它们,那时在远处紧挨着树林的果园里,就会发生不小的骚动。无论怎样,鹧鸪总能找到食物,这让我很欣慰。它们,是天赐的大自然之鸟,它们以蓓蕾和泉水为生。

在漆黑的冬日早晨,或者在冬天的短暂下午,我有时会听到一大群猎狗的叫声,它们的嚎叫声,在整片森林上空回荡,它们控制不住追猎的本能。同时,我还听到断续的猎角声,从而得知它们后面跟着人。在森林中,它们的叫声会响彻云霄,但没有狐狸会跑到湖边开阔的平地上,也没有追猎者。在傍晚时分,我见到猎人把他的战利品——一根毛茸茸的狐狸尾巴,拖在雪车后,然后找旅馆过夜。他们告诉我,如果狐狸躲在寒冷的地下,它肯定能安然无恙地逃过追杀,或者,如果它逃跑时呈一条直线，没有一只猎狗能追得上它。但是，如果当它把追捕者远抛在身后，然后它便停下来休息，并且侧耳倾听，直到追捕者又追上来时再逃跑，那么它一定会被逮住。因为等它再次奔跑时，它就会兜个圈子，最终又回到老窝，而此时猎人正好就在那里等候。有时，它在墙顶上奔跑几杆之远，然后跳到墙的另一边，它好像知道水能遮掩它的臊气。一位猎人曾告诉我，一次他看到一只狐狸被猎狗追赶，逃到了瓦尔登湖边，那时冰上有一泓浅水，它跑了一段路程，又回到原来的岸上。不久，猎狗也来了，但到这里，它们的嗅觉，却没有办法帮它们找到狐狸。

有时候，有一大群猎狗会追狐狸，追到我的门前，经过门绕着屋子兜圈儿跑，丝毫不理睬我，只顾自己狂吠，好像得了疯病，什么也阻挡不了它们的追逐。它们这样绕圈追逐着，直到它们发现了狐臭的踪迹。聪明的猎狗总是不顾一切，只一味追捕狐狸。一天，有人从列克星敦来到我家，打听他的猎狗的下落——它已经独自捕猎超过一星期了。但是，就算我告诉他我知道的信息，恐怕也帮不到他，因为每当我回答他的问题时，他总是打断而询问我："你在这儿做什么呢？"他在森林中丢了一只狗，却发现了我这个人。

有位年长的猎人，说话平淡无奇。他每年来瓦尔登湖洗一次澡，在湖水最温暖的时候来。他来看我时，曾告诉我，几年前的某个下午，他背着一支猎枪，在瓦尔登森林中巡行，当走在威兰路上时，他听到一只猎狗追捕猎物的声音，不久一只狐狸跃过了墙，跳到路上，飞速如闪电，接着又跃过了另一面墙，离开了大路，他立即开枪，却没打中它。之后，一条老猎狗和它的三只小猎狗，快速追上来，帮他追赶，很快蹿进了茫茫的森林……

同一天的傍晚，他在瓦尔登湖南面的树林中歇息，听到远处美港的方向,传来猎狗追逐狐狸的声音,它们的追捕行动,居然还在持续!它们朝这边逼近,叫声让整片森林也为之震动,声音渐渐近了,近了,在威尔草地,在倍克田庄……他静静站着,长久地倾听它们音乐般的叫声。在猎人的耳中,这声音是如此美妙。突然,狐狸出现,飞快穿过林间小路,它的声音被树叶的飒飒声掩盖了,它快速而沉稳地了解地势,把追踪者远远抛在了后面。于是,它跳上林中的一块岩石,笔直地坐着、听着,它背朝猎人。瞬间,恻隐之心让猎人的手臂颤抖,但是这种感情来去都很快,瞬间,他的枪又瞄准了狐狸,"砰"的一声,狐狸从岩石上滚落下来,被枪击中,死了。猎人站在原处,听着猎狗的叫声。它们仍在追赶。此刻,周围森林中所有的小路上,全都回响着它们恶魔般的嚎叫。最后,那只老猎狗映入眼帘,它用鼻子在地面上疯狂地搜索着狐狸的气味,像中魔了一样狂叫着,朝岩石奔去,空气都被震动了。但当它看到已死去的狐狸时,突然安静下来,似乎惊愕了,沉默无声,它绕着死去的狐狸,静静地走了好几圈。它的小狗,都相继赶到母亲的身旁,它们也平静下来,在这肃穆的气氛中,都安静不语。于是,猎人来到它们中间,为它们揭开了谜底。他把狐狸皮剥了下来,猎狗在猎人身旁静静地转圈。之后,它们就在狐狸尾巴后面跟了一阵儿,最后拐进森林了。晚上,一个韦斯顿的乡绅,找到康科德猎人的小屋,打听猎狗的下落,还告诉猎人,猎狗就是这样追逐着,离开了韦斯顿的森林,距今已有一周的时间了。康科德猎人就把自己所了解的,全部告诉了他,并把狐狸皮赠送给他,他婉言谢绝后离开了。晚上,他没找到他的猎狗,但第二天他得知,它们那天过河后,在一个农家过了夜,在那里吃饱后,清晨就动身回了家。

老猎手还跟我讲起一位名叫山姆·纳丁的人的故事,他经常在美港的岩石上猎熊,把熊皮剥下来,然后拿到康科德的村庄,换朗姆酒喝。山姆·纳丁曾告诉他,他见过一只罕见的麋鹿。纳丁有一只有名的猎狐犬,名叫贝尔戈因,他却将它念成贝经,老猎手常借用他的狗。

在镇上,有一位年长的生意人,他既是队长、市镇会计,又是代表。我在他的每日账簿中,看到有如下记录:"1742至1743年1月18日,约翰·梅尔文,贷款一张灰狐狸皮,0.23美分。"现在,这种事已难得一见了。在他总账中,还有别的记录:"1743年2月7日,海齐基阿·斯特拉基,贷款半张猫皮,0.14美分。"这自然是山猫皮,因为从前法国横扫欧洲时,斯特拉基做过上士,当然不会拿比山猫还差的物品来贷款。当时也有拿鹿皮来贷款的,每天有鹿皮买进卖出。有人还保存着周围一带最后被杀死的鹿的鹿角,还有一人跟我讲述他伯父参加过的一次狩猎的故事。从前,这儿的猎手不但有很多,而且他们都很快乐。我还记得,有一位瘦高的猎手,他随意地在路边抓起一片树叶,就能用它吹出一段美妙的乐曲,那声音听起来比任何猎角声都更野性而动人。

月明星稀的夜晚,有时,我会路遇很多猎狗,它们在树林中奔窜,在我经过时,它们就会躲开,似乎很怕我,它们会安静地立在灌木丛中,直到我走过,它们才会再出来。

松鼠和野鼠,有时会因我储藏的坚果而争吵。我的屋子周围,有二三十棵青翠的松树,直径从1英寸到4英寸不等,去年冬天被老鼠啃过。对它们而言,那冬天好像在挪威度过一样,天寒地冻,积雪很多,它们不得不啃松树皮,来弥补它们粮食的短缺。但这些树仍然存活了下来,在夏天郁郁葱葱,尽管它们的树皮全被环切了一圈,但仍然有许多树长高了一英尺,但是下一个冬天,它们无一例外地全部死掉了。小小的老鼠竟然能吃掉整棵树,真令人惊讶!因为它们不是上蹿下跳,而是环抱着树来吃光它。但是对这片过于浓密的森林来说,这或许不是一件坏事,因为这有助于森林里树木变得不那么紧密拥挤。

森林中的野兔随处可见。整个冬天，它经常在我屋子下面活动，我和它之间，只隔着地板。每天清晨，当我在床上翻身时，它就急忙跑开，从而惊醒了我。"砰、砰、砰"，慌乱中，它的脑袋不时和地板相撞。傍晚时，它们经常绕到我的门口，来吃我扔掉的土豆皮。它们的颜色和大地很相似，以至于当它静止不动时，你几乎认不出它。有时在傍晚，我会忽然看不见它们，忽然又看见它们一动不动地呆坐在我窗前。黄昏时，如果我推门出来，它们就会吱吱地叫一声，然后一跃而去。等靠近看它们时，我的同情之心会涌上心头。有天晚上，一只野兔坐在我门口，离我两步远，开始它因害怕而发抖，但是却不肯跑开，可怜的小东西，它瘦骨嶙峋，耳朵受了伤，尖尖的鼻子，光秃秃的尾巴，细细的脚爪。看上去，好像大自然的所有高贵的品种都灭绝了，只剩下了它这个小东西。它的大眼睛，清澈明亮，但看去不健康，像生了水肿病。我向前一步看它，它立即一跃而起，跑过雪地，然后文雅地伸展它的身体和四肢，它野性自由的肌肉，向我诠释着大自然的活力和尊严。它的消瘦，并不是毫无根据的，那是它的天性。

假如没有野兔和鹧鸪，一片田野会变成什么样子呢？它们都是最简单的野生动物。远古时代，这些古老而值得敬畏的动物，就已经降临世间。它们与大自然同质相连，与树叶和土地更是亲密的盟友。鹧鸪不是靠翅膀飞翔的鸟，兔子不是靠脚奔跑的野兽。兔子和鹧鸪跑掉时，你根本不觉得它们是禽兽，它们属于大自然，好像飒飒的秋叶一样。不论这世界如何变化，兔子和鹧鸪一定可以永存，如同生生不息的人类。如果森林被砍伐，矮树丛和小树叶还可以掩盖它们这些动物，它们也可能会繁衍下去。没有兔子生活的原野，一定是贫瘠的。森林是它们生活的天堂。在每个沼泽周围，你都能见到兔子和鹧鸪的出没，但是，在他们活动的附近，也有牧童设置的细树枝做成的篱笆和马鬃毛做成的陷阱。

春 天 来 了

掘冰人对湖泊的挖掘,一般来说会让湖泊的冰更早地解冻,因为即使在严冬,被风吹的水波,也能够消融周围的冰块。但这年,瓦尔登湖没有受此影响,因为它很快结了厚厚的一层冰,取代了原来的一层。瓦尔登湖从来不像周围那些湖泊的冰,化得很早,由于相对来说,它的水很深,并且湖底下没有经过的流水来融化或损耗表面的冰层。我从没看到它在冬天有开裂,除了1852年至1853年的冬天,那个冬天对许多湖泊来说是一次严峻考验。它一般在4月1日开冻,比费灵特湖或美港晚一周或半个月,北岸和浅水的地方最先结冰。它比周围任何的水波都切合时令,指示着季节的脚步和进程,丝毫不受温度变化的影响。3月,如果天气稍微严寒些,便可推迟其他湖沼的冻结日,但瓦尔登湖的温度,却不间断地在升高。

1847年3月6日,插在瓦尔登湖湖心的一只温度表的刻度显示:水温为华氏32度,湖岸附近的水温是华氏33度。同一天,费灵特湖心的温度是华氏32.5度,离岸12杆远,在一英尺厚冰下面的浅水处,水温是华氏36度。费灵特湖的浅水和深水的温度相差3.5度,实际这个湖大多是浅水,这就是它的化冰日期要比瓦尔登湖早很多天的原因。那时,最浅处的冰,要比湖心的冰薄好几英寸。冬天时,湖心反而最温暖,那儿的冰也最薄。同样,夏天在湖岸浅处涉水而过的人都知道,靠湖面的水比较温暖，特别是在三四英寸的地方，游泳游得稍远点就能体会到，深水水面上要比它的下面温暖。

春天，万物复苏，天气回暖。这时，阳光透过一英尺或一英尺以上的厚冰，照射在浅水的水底，反射到冰面，使水升温，上面的冰也开始融化。同时，阳光从冰上面直直射过来，更直接地融化它，使之表面不平，气泡凸起，升上复下，直到后来冰块变成马蜂窝。最后，一阵春雨到来时，它们就全部和湖水融化为一体了。冰和树木一样，也有纹理。当一块冰开始融化，或者呈现蜂窝状时，无论它在什么地方，气泡与水面总是成直角相连。冰下面有突出的岩石或者木料时，往往很薄，容易被反射的热力溶解。我听说剑桥曾做过这样的实验：在一个很浅的木制湖泊中冻冰，在下面不断地释放冷空气，使冰的上下方都受到影响，而从水底反射上来的阳光，仍然使冰层融化。冬天时，一阵温暖的雨，使瓦尔登湖覆盖积雪的冰开始融化，在湖泊的中心，留下一块黑色的冰，坚硬而透明。反射的热量，使湖水的沿岸出现一条厚而已经开始融化的冰带，约有一杆宽。正如我前面所述，冰层中的水泡像灼热的凸透镜，在冰下融化冰层。

湖上的四季风景，每天都在发生着变化，细微而不易察觉。一般来说，每天清晨，水浅的部分比水深的部分更容易回暖，速度也快一些，不过两部分相差不多，但到黄昏时，它却降温非常快，一直持续到次日清晨。可以说，这一天的变幻，正是它一年变化的缩影。夜晚正如冬季，早晨和傍晚是春秋，而中午则是夏季。冰块爆裂的声音及其隆隆的响声，表示它的温度在上升或下降。

1850年2月24日，即在一个寒夜过后，在一个令人愉悦的黎明中，我飞奔到费灵特湖去，打算在那里消磨一天。我惊异地发现：我只是用斧头轻劈了一下湖面，它发出的响声便如敲锣声一样，延伸到好几杆远。也就是说，我好像在敲一只绷得很紧的鼓。大约1小时后，太阳升起，它从斜山上射下温暖的阳光，照耀在整个湖面，万物感受到它的温暖。湖中传来隆隆的响声，像是一个刚刚睡醒的人，伸了一下懒腰，打了个呵欠，声音越来越大，持续了大约三四个小时。正午时，它睡午觉，但快到傍晚时，吝啬的太阳收回了热量，湖中又开始响起隆隆声。正常的天气里，每天黄昏时，湖水都定时发出规则的鸣叫。只是在正午时分，裂痕太多，加上空气的弹性不足，所以它得不到共鸣，估计鱼和麝鼠听到了也会震惊。渔民们说，"湖的雷鸣"把鱼吓得都不咬钩了。但湖并非每晚都打雷，我也不清楚它的雷鸣何时发作，虽然从气候中感受不到异样，但有时它还会响起。谁会想到，一个如此冰冷并有着厚皮的冰层，竟会这样敏感？然而，它有自己的规律，它发出雷声，是告诉大家要服从它，犹如蓓蕾在春天萌芽一样，满身臃肿的大地，已开始萌发生机。可见，对于气候的变化，最宽阔的湖，也敏感得如同水管中的水银。

吸引我跑到森林居住的原因，是我想过悠闲地生活，想亲眼看见春天的到来。最后，湖中的冰块开始呈现出蜂房的形状。有时，我漫步冰上，双脚会陷入酥脆的冰中。雾、雨、温暖的太阳，慢慢将冰雪融化，白昼渐长。我储备的木柴，足够度过整个冬天，但现在已经不需要生火了。我静候着春天到来的第一个信号，倾听着飞鸟欢快的乐音，或者看身上布满条纹的松鼠唧啾不停，也许它储存的食物要告罄了吧。我也很想看看，冬蛰的土拨鼠在初春出现的样子。3月13日，我已经可以听到青鸟、篱雀和红翼鸫的叫声了，但那时冰层还有一英尺厚。由于天气转暖，它不会被水流带走，也不会像河里的冰崩裂，它只是在水面漂浮。虽然沿岸半杆远的冰面都已开始消融，但是湖中心依然像蜂房一样满溢着水，有6英寸深时，你还可以用脚蹬过去。但第二天晚上，一阵温暖的细雨和大雾过后，它就随着雾一起消失，快速而神秘地不见了。有一年，我在湖心散步五天后，冰层消失了。1845年，瓦尔登湖在4月1日全部融化；1846年，是3月25日；1847年，是4月8日；1851年，是3月28日；1852年，则是4月18日；1853年，是3月23日；1854年，大约是在4月7日。

生活在气候变化无常环境中的人们，十分关注河流和湖泊的融化，以及春天来临等景象。天气回暖时，沿河而居的人们，夜晚能听到冰块解冻发出的碎裂声，以及大炮响似的霆霆吼声。那响声令人震惊，好像冰的锁链瞬间崩断，几天之内冰层迅速消融，像鳄鱼突然从泥土中钻出，大吼一声，连大地都为之震颤，之后很快消失在水里了。

有一位老人，他对大自然观察得细致而精确，对大自然的变幻了如指掌，好像他有无穷的智慧。好像他年幼时，大自然就被安放在造船台上，他也曾被安置做龙骨的工作。如今，他已经成年，即便活得长久，活到老寿星玛土撒拉那么长，他掌握的关于大自然的知识也不会增长。他告诉我，有一年春天，他带着枪划船，想打野鸭。那时田野还封冻着，但河里的冰已经完全融化，他从他所住的萨德伯里出发，一路无阻地顺流而下，直达美港湖。在那里，他惊讶地发现，大部分冰依然坚实，毫无消融的迹象。天气早已暖和，地上却还有如此大体积的冰块。听到他的这种感叹，我十分诧异，因为我原以为他对大自然无所不知。他遍寻找不到野鸭的踪迹，就将船藏在北边，或者说湖中小岛的背面，他则躲藏在南边的灌木丛中，静候野鸭的出现。离岸三四杆远的水域，冰层已经解冻，一泓平滑温暖的湖水显现，可见湖底的泥泞，野鸭喜欢这样的环境。所以，他料定它们肯定会出现。他安静地躺在那里，大约一小时后，一种低沉而遥远的声音由远及近，慢慢加强，那声音，是他从未听到的，有些压抑的激撞声，或者说吼声。而且，它似乎还有一个响彻宇宙的尾声，让人难以忘记。他听了，感觉到有一大群野鸭就要飞来。于是，他急忙抓起枪，兴奋地跳起来，但他起身了才发现，他刚躺卧的一大块冰，在他静候野鸭时，已悄悄地浮向岸边。而他听到的声音，是冰块的边缘撞击湖岸的声音！起初，这声音还算温和，它试探着接触湖岸，一点点地碎落，但后来就沸腾起来，猛烈地撞击湖岸，以至于冰花飞溅，激起水花，然后落下，重归平静。

太阳终于升起来了，阳光从头顶直射下来，和煦的春风，吹散了雾气和细雨，消融了湖畔那最后的积雪。雾气散尽后，太阳对褐色土地上的炊烟展露出笑颜。旅人们穿越一个个岛屿，看到千条淙淙的小溪或小涧，对它们所奏出的音乐陶醉不已。冬天的血液，在河流的脉管中畅流，随之消逝而去……

看到解冻的泥沙从铁路的深槽两侧流下，还有什么比这更令我惊喜呢？我步行到村子里，总要经过那里，但不是经常能看到这种大规模的迁流。虽然从铁路兴建以来，各种粗细不同的细沙，常被用来修建路基。细沙的颜色各不相同，往往还夹杂着一些泥土。每当雾气蒙蒙的春天，甚至冬天乍暖还寒的时刻，沙子像火山的熔岩一样流下陡坡，有时它穿透积雪，奔涌而出，在无沙的地方铺陈泛滥。无数相互叠起交叉的小溪，于是混流为一体，既遵循着流水的规律，又遵循着植物的规律。它奔流而下的状态，就像嫩芽吐绿，或者像藤蔓植物的蔓延，向外呈浆状喷发，约有一英尺或一英尺以上的厚度。远远望去，它们的形态像一些长满苔藓、呈条纹状的、有裂片叠盖的叶状体，让人联想到珊瑚、豹掌、鸟爪、人脑、脏腑，或其他任何分泌物。这的确是一种奇异的植物。我们似乎在青铜器上，看到它们的形态和模仿它的颜色，这种建筑学中花叶的装饰，似乎比古代的莨苕叶、菊苣、常春藤，或其他任何植物的叶子都更加古老而典型。或许某些时候，它们也会迷惑将来的地质学家。

整个深沟，给我的印象十分深刻。它像一个打开的山洞，钟乳石在阳光之下暴露无遗；沙子色彩多姿，赏心悦目，包含铁的各类色彩：棕色、灰色、黄色、红色。当流沙流到路基下的排水沟里，它就铺陈开来，成为浅滩，各种溪流已打破自己原来的半圆柱形，变得越来越平坦宽阔。如果再湿润一些，它们就会彼此混杂在一起，直到形成一片平坦的沙地，但色彩还是千变万化、斑斓多姿，其中还可见原来植物的影子。然后，它们汇入水中，变成沙滩，像通常所见的河口那样。这时，植物的形态才消失不见。

整个铁路的路基，大概20至40英尺高。有时，花繁叶茂的装饰物将它覆盖，或者说，也可能是细沙留下的裂痕。它位于路基的两侧，长达四分之一英里，这是春天特有的产物。这些流沙枝叶的惊人之举，在于它是瞬间形成的。太阳先照射其中的一面，因此我在路基的一面看到的斜面毫无生气，另一面则有华丽的枝叶，我深深地叹服于这艺术品了。从某种意义上说，我好像站在创造这个世界和自己的大艺术家的工作室里，我闯进了他的工作室，他在这路基上游玩，挥洒他的旺盛精力，沿路画下别致的图案。我感觉自己好像和地球的内脏靠得更近，因为这里的流沙呈现的形状，如同动物的内脏。在这沙地上，你还会看到叶片的形状。难怪大地以叶片之形为其形，以其神为其神。原子已经掌握了这个规律，并已开始孕育出了成果。高挂在枝头的树叶，在这里可以看到它的原形。不管在大地或者动物身体的内部，都有湿漉漉的、厚厚的"叶"，这个词很适合用于肝、肺及脂肪。从外形而言，一张干燥的薄片似的叶子leaf，它的单词中的f音和v音，都是压缩发出来的b音。叶片lobe这个单词辅音是l、b，流音l陪衬着柔和的b音，并推动着它。在地球globe这个单词中，g、l、b是辅音，喉音g用喉部的容量，从而增加了词的分量。

鸟雀的羽毛。也是叶状的，但它更干更薄。由此，你能从土壤中笨拙的蛴螬想象到活泼飞舞的蝴蝶。我们的大地在不停更新，自我超越，它在自己的轨道上展翅起舞。甚至连冰，也是以精巧晶莹的叶状开始的，好像它是从一种模型雕刻而来的，而那模型，便是湖水中的植物。一棵树也不过由一片树叶扩生而成，河流是更大树叶的叶脉，叶子的汁液流经大地，而乡镇和城市，则像附着于叶脉上的虫卵。

夕阳西落时，沙石停止了流动。第二天清晨，它又开始流动，一道一道地，分割成亿万条川流。或许，你从这里可以了解血管形成的原理。如果你仔细观察，就会发现，在那溶解体中，流出一道软化的沙流，它的前端呈现水滴状，像指尖的指腹部分，缓慢而无目的地顺势流下，直到后来太阳升起，它吸收了更多的热量和水分。那较大的水流，为了遵循自然规律，与呆滞的水流分道扬镳，形成一道曲折迂回的渠道或血管，一条银色的川流活跃其中，好像一道闪亮的小溪，在泥沙形成的枝叶堆上流过，途中它又不断被细沙吞没，直至消失。

那些细沙，不仅流速快，而且还集合得十分完美，把最好的细沙都集中在渠道的两边，令人称奇。或许，这就是河流源远流长的原因吧。大概骨骼系统便由水分和硅组成，而肌肉纤维或纤维细胞，则是由更精细的泥土和有机化合物组成。人不就是一团溶解的泥土吗？人的手指和脚趾的顶端，就是凝结的水滴。手指和脚趾，就像从身体的溶液中流出，流到极限而形成了人体。在一个生机勃勃的环境中，人的身体还会扩张和流动到何种程度？手掌就像一张舒展的棕榈叶，叶片和叶脉都一应俱全；耳朵就是一种苔藓，悬挂在头两边；耳垂如叶片或水滴；嘴唇的上下两边都重叠又悬垂着。显然，鼻子就像一个凝聚的水滴或钟乳石，下巴则是较大的水滴，整张面孔聚合在这里。脸颊像斜坡，从眉梢进入脸的山谷，直逼而下，广布在颧骨的平原上。植物的每一片叶子，正是一滴流动的水滴,它们或大或小,都是叶片的手指,有多少碎片,就有多少流动方向。温度越高,水滴流动得越开阔辽远。

这样看来,这个小山沟边发生的故事,图解了自然万物的活动法则。大地的创造者,专注着创造叶子的形式。也许,埃及象形文字的考古大师香波亮,能够为我们解答这个图案的意义,使我们重新翻到新的一篇?这一现象带给我的欣喜,远大于拥有一个富饶的葡萄园。是的,从其性质说,这是排泄:从肝、肺脏、肠子的排泄,无穷无尽,好像大地内层被翻转过来。这起码可说明,大自然是有内脏的,而且,它是人类之母。

整个大地,染上了一层白霜,霜总是先于万物复苏。百花盛开的春天到来,就像神话的产生先于诗歌一样。我不知道,在经历冬天的雾霭和消化不良之后,还有什么能荡涤这一切。它让我相信,大地还是一个襁褓之中的婴儿,依然四处伸展着它娇嫩的手指。它光秃的额头上,开始生长出新的鬓发。万物皆有灵。路基上的叶状图案,好像火炉中的熔渣,它表明大自然内部之火仍在旺盛地燃烧。大地并不是一部逝去的历史的片段,它像重合的书页,层层叠叠,供地质学家和考古学家们去研究探索。大地就是一首生动的诗歌,好像一棵树的树叶,先于花朵和果实而生。地球不是化石,而是一个生机勃勃的星球。所有的动植物,都只是寄生在地球上。一场剧烈的地震,就能把我们的尸骨从坟墓中抛出。你可以将金属熔化,锻铸成你喜欢的美丽形体,但却无法像大地溶液生成图案一样,让我兴奋惊喜。不仅大地如此,而且所有的制度,都像陶器工人手中的黏土一样,都具有可塑性。

不久,不仅湖畔,而且每座小山、平原和洞窟,都披上了一层白霜,如同一只四脚动物从冬眠中苏醒过来,在奏鸣声中去寻觅着海洋,或者要消逝在云中。融雪那柔和的力量，比携带锤子的雷神要大，温柔使坚固的物体也慢慢溶化，而猛击只能使物体粉身碎骨。

大地上的积雪，一部分已经消融，接连的几个温暖天，都把大地晒干。这时，再看新一年的万物复苏的柔和景象，真是一件让人愉快的事情。特别是同那些走过冬天依然翠绿的植物相比，长生草、黄色紫苑、针刺草和其他高雅的野草，在这时往往比在冬天时显得更加鲜明有个性，好像它们的美，不经过严冬的考验不能成熟似的。棉花草、猫尾草、毛蕊花、狗尾草、绣线草、草原细草，以及其他枝茎强健的植物，为早春的飞鸟提供啄之不尽的粮仓。至少，这些有杂草，是大自然严冬过后最初的点缀。我尤其喜欢羊毛草的穹隆像禾束一样的顶部，它将夏天带进冬天的记忆中，那也是艺术家喜欢描绘的形态，而且，在植物世界里，它的形态极符合人类的想象力，好像星象学与人心智的关系一样。它的古典风格比希腊和埃及更古老。冬天的景色往往暗示了不可言传的柔和和美丽，它常被描绘成粗暴狂烈的君主，而事实上，它正用情人般的温柔，为春天的树木乔装打扮。

春天到来时，一对对赤松鼠蹿到我的屋檐下。在我阅读和写作时，它们就躲在我的脚底，连续地发出奇怪的叽咕声，要是我蹬几下地板，它们的叫声更高，丝毫不怕人，无视人类的禁令。它们丝毫不理会我的禁令，甚至还对我大叫示威，我束手无策。

春天的第一只麻雀来了。新年又到了，在崭新的希望中来了。开始，从一些光秃而润湿的田野，传来青鸟、篱雀和红翼鸫的微弱叫声，信念冬天最后的雪花在零落的声音。这时，历史、编年纪、传说和启示录的文字，它们的意义何在？小溪迎着春天高唱着它的赞美诗，苍鹰在原野上空飞翔，它开始寻觅苏醒的脆弱动物。在山谷中，能听到雪化的滴答声,湖上的冰块悄然融化。而野草,像春天的火焰,迅速燃烧、漫延开来,好像大地将内在的热力释放出来,迎接着太阳的来临。

但这火焰不是黄的,而是绿的,它是永恒青春的象征,那草叶像一条长长的绿色飘带,从泥土里冒出,然后飘入夏季。是啊,它曾被霜雪压过,但它不久就从地下发芽——从去年干枯的长茎中,勃发出新的生命!它就像泉源的水,汩汩着从地里冒出。小草与小溪,几乎融为一体,因为在六月的炎夏中,小溪渐渐干涸,草叶则会铺满它两岸的小道。岁月轮回,有无数牛羊在这永恒的绿色溪流上喝水。到那时,人们在此割草以备过冬,即便人类的生命灭绝,野草也不会灭绝,它的新生命一轮又一轮,依然生机勃勃地生长,它的永恒,如同那绿色的草叶。

此时的瓦尔登湖,已全部融化了。湖畔的北边和西边,有一条两杆宽的运河,东西两边更宽阔。大部分的冰,已从冰层分裂。我听到湖畔灌木丛中传来篱雀的唧喳叫声:"噢里、噢里……唧喳、唧喳……恰恰、喂食、喂食……",它们似乎在为冰块的破裂欢呼呐喊。冰层断裂的曲线,十分美丽,跟湖岸的曲线相呼应,但是冰层的曲线很规则。因为近日曾有一段短暂的严寒时期,所以冰层异常坚硬,冰面上结起的波纹,好像一座王宫的地板。春风拂过,冰块被向东吹去,直把远处的水波吹起一片涟漪。湖水好像一条缎带,在阳光下闪闪发光。湖面上,荡漾着青春和快乐,好像鱼水之乐,湖岸细沙的欢乐好像也蕴含在其中了。湖光闪闪,波光粼粼,整个湖变成了一条快乐的鱼儿。冬春两季的不同,尽在其中。瓦尔登湖仿佛死而复生。而且,今年春天,湖水融化的时间显得更加漫长。

从天寒地冻到和风吹拂,从冰冷黑暗到春光明媚,这种转变,昭示给我们:天下万物的生长都值得珍惜和纪念。最后,它好像一夜就席卷而来。突然来临的温暖和光明，也把我的屋子照亮了。虽然那时黄昏将近，而且天空还布满了冬天的灰云，屋檐还低落着雨雪融化后的水珠。我从窗口望去，啊，昨天那个地方还是灰色的寒冰，今天就已变成一泓如镜的湖水，平静得宛如夏天的傍晚，充满希望。在它平滑如镜的湖面上，映照出夏天的黄昏，虽然上空并没有漂浮着夏天的云朵，但它仿佛已与远方的天空心灵相通了。我听到远处一只知更鸟在啼叫——好像很久没听到它的叫声了。纵使它的叫声已越过了几千年，但我依然对它刻骨铭心。它的歌声永远那么甜蜜而高亢，和往日的一样。噢，它们是夕阳暮霭中的知更鸟，在新英格兰夏天的夜空下，正在歌唱。我多么想找到那降落的那棵树，找到它的栖息的树枝。

我房子周围林立着枯萎很长时间的苍松和矮橡树，突然间它们又焕发出勃勃生机，看上去更鲜亮、青翠、挺拔、生机盎然，仿佛它们被雨水清洗过重新容光焕发了一样。我知道再也不会下雪了。因为森林中每一个枝丫上都不再有积雪，而且从那堆逐渐减少的燃料上推测，你就可判断出冬天有没有过去。天色渐晚，我被低飞过森林的大雁惊起，它们像从南方湖上飞来的疲倦旅者，匆匆来到，相互安慰、诉苦。我站在门口，能听到它们扇动翅膀的声音。它们向我的房屋方向走近时，突然发现灯火通明，声音忽然停下来，然后它们盘旋而去，飞向湖畔。于是，我关了门，在树林中度过我的第一个春夜。

次日清晨，我望着雾霭中的大雁在50杆以外的湖心徘徊，它们多而杂乱，瓦尔登湖好像成为它们嬉戏的人造池子了。但当我走到湖畔，它们的头目立即发出信号，于是29只大雁全体扇动翅膀很快起飞，列成整齐的队形，在我头顶盘旋一圈，直飞向加拿大。它们的头目，每隔一段时间便发出一声鸣叫，似乎是通知它们，该吃早饭了。于是，一大群野鸭也同时起飞，随着聒噪的大雁向北飞去。甚至有一周，我能听到一只掉队的孤雁，在雾气蒙蒙的清晨盘旋、啼叫，寻觅伙伴，它的哀鸣，孤单而凄凉，使森林都难以承受。

4月，鸽子一群群地飞来。此时，我听到林中空地上好像有燕子叽喳的声音。而事实上，它们并非燕子，燕子一般在乡镇待太久了，才飞到我这里来。我以为，它们也许是古代鸟类的后裔，在白人来到这片土地之前，它们就栖息在树洞中。无论在什么环境，乌龟和青蛙都是春天的前驱者和信使，而歌唱的鸟雀，则扑闪并梳理着自己的羽毛，植物破土而出，花朵争相开放，春风吹拂。所有这些，好像都为两极的协调，为大自然的平衡做着自己的努力。

我以为，每个季节都有其妙处。春天到来，仿佛混沌初开，宇宙创世，像黄金时代的再现：

当春风退到奥罗拉和纳巴泰王国，
退到波斯和清晨曙光下的山冈。
人类诞生了。终究是主创造万物，
为了世界更美好，主用神的种子创造了人。
大地刚和天空分离，
而将人的种子保留在大地。

一场和风细雨，使青草青翠欲滴。当美好的思想融入脑海，我们的未来将更加光明。如果我们经常活在当下，珍惜身边的事物，就像青草不会浪费最小一滴露水给它的影响。我们不要惋惜机会已去，却把时间浪费在抱怨中，而应认识到自己的责任。春天已经来了，我们为何还要停留在冬天？在一个快乐的春天的早晨，所有人类的罪恶全部得到宽恕。在这样的日子里，罪恶全部消融。阳光如此温暖明媚，即使恶人也会悔过自新。因为我们自身恢复了纯洁，我们才能看到邻人身上的纯洁。也许昨天，你还把你的邻居看作小偷、酒鬼、好色之徒，不但可怜他，而且轻视他，同时你的世界观也会变得非常悲观。但当温暖的太阳升起，在春天的第一个黎明时普照并重新创造世界时，你遇到正在做清洁工作的他，看到他衰败纵欲的血管中满溢着愉悦和欢乐，正静静地祝福这个新的春天，好像纯洁的婴孩一样，感受到春天的到来，你就会立即忘记他曾经的错误。不仅他浑身上下充满了善意，甚至周围还环绕着一种圣洁的风，在寻找机会表现出来。也许这种感觉有些盲目和徒劳，但似乎是一种新的本能。顷刻间，向阳的山坡上，粗俗的笑声不再回荡。凹凸不平的树皮上，生长着纯洁的枝丫，寻觅着新的生活，树叶的颜色柔和而新鲜，犹如一棵幼树。他甚至已经感受到上帝恩赐的喜悦。为什么狱吏不打开牢狱之门？为什么法官不撤销手上的案件？为什么布道的人不宣告布道结束而让公众散开？这是由于这些人不按照上帝的指令做事，也因为他们不准备接受上帝恩赐给人类的宽恕。

"牛山之木尝美矣，以其郊于大国也，斧斤伐之，可以为美乎？是其日夜之所息，雨露之所润，非无萌蘖之生焉，牛羊又从而牧之，是以若彼濯濯也。人见其濯濯也，以为未尝有材焉，此岂山之性也哉？"

"虽存乎人者，岂无仁义之心哉？其所以放其良心者，亦犹斧斤之于木也，旦旦而伐之，可以为美乎？其日夜之所息，平旦之气，其好恶与人相近也者几希，则其旦昼之所为，有梏亡之矣。梏之反覆，则其夜气不足以存；夜气不足以存，则其违禽兽不远矣。人见其禽兽也，而以为未尝有才焉者，是岂人之情也哉？"

黄金时代初创之时，世上没有复仇者，
没有法律，而人们自觉遵守忠诚与正直。

从来没有惩罚和恐惧,
也没有高挂起的黄铜上的恐吓文字。
恳求的众生,对法官的判词从不焦虑,
世上的一切都很平安,世上没有复仇者。
高山上的茂密松树,从未被砍伐,
水波可任意地流向异国。
人类只知道自己的国家,
并不知道还有其他异域的存在。
这里春光永在,永不消逝,
徐徐的和风,温暖地吹拂着,
还有鲜花,无须播种就自然发芽。

4月29日,我到九亩角桥附近的河畔钓鱼。我站在有麝香鹿出没的摇曳的青草地,站在柳树下。我听到一种奇怪的响声,像小孩手指敲打木棒发出的声音,抬头一看,是一只小巧美丽的鹰,时而如水花似的飞旋,时而猛然一下翻身俯下一二杆,如此轮番交替,在阳光下展示它翅膀的内侧,闪闪的像一条缎带,还像贝壳内层闪亮的珠光。这情景让我想起鹰击长空、捕捉禽鸟的技术,多少诗人曾为它写过诗歌啊!这种鹰,好像叫灰背隼,我不在意它叫什么。这是我所见过的最矫健的飞翔。它并不像蝴蝶那样翩翩起舞,也不像巨大的鸢鹰那样扶摇直上,它自豪地在空中嬉戏,发出奇怪的咯咯声,飞到高空,自由而优美地来一个俯冲,如鸢鸟般连连转身,继而直冲上云汉,好像从不想降落。

看到整片天空中没有它的同伴,它便独自嬉戏,有空气和黎明相陪,它仿佛也不需要伙伴相陪。它并不孤单,反而下面的大地异常孤寂。它的母亲在哪里呢?它的伙伴呢?还有他的父亲呢?它在天空中居住,这似乎是它和大地唯一的关系,它曾是一个鸟蛋,在岩缝中被孵化。或许,它故乡的巢穴，就在云中的一角，用彩虹做装饰，以夕阳的天空为背景，还有地面浮起的仲夏的薄雾。或许，它的家就在云中的悬岩上。

另外，我还捕到了一堆杯形鱼，它们身上有闪亮的金银色，像一串珍宝。无数个早春的清晨，我走近这些草地，在小山丘间跳跃，在很多柳树间来回走动，纯净、璀璨的阳光，照耀着壮美的河谷和森林，如果死者真像别人想象的那样，只不过是在坟墓中长眠，那么他们肯定也会被这阳光唤醒，根本不必什么有力的证据来证明自己的不朽。万物沐浴在阳光之下。死神，你的光芒在哪里？坟墓，你又有什么胜利？

如果没有森林和草原围绕，那么乡村生活将是多么枯燥乏味！我们需要旷野的滋润，跋涉在隐匿着山鸡和鹭鸶的沼泽地区，倾听着射鹬的叫唤声，嗅着薰衣草的气息，那是一些孤独的鸟筑巢的地方，而肚皮贴着地的貂鼠，爬行着悄悄过来。在我们热情地向大自然学习时，我们多么希望万物永远神秘不可测，希望大地和海洋永远不失野性，不经勘察也无法测量，因为它们是深不可测的。对于大自然，我们永不厌倦。我们需要从它永远不灭的精神得到力量，从海洋和海岸的残舟碎片，从无垠的生意盎然的旷野，以及生长的腐朽林木，从生出雷电的乌云，从连绵不断地降雨三周所致的水灾中，从所有这一切中，得到力量。我们必须超越自己的局限，应选择到一些从未去过的牧场，过一种自由舒畅的生活。

当看到鸷鹰吃着令人作呕的腐尸，它因此得到力量时，我们应该高兴。在回我的小木屋的途中，有一匹死马，一直躺在洞穴里面，它散发的气味逼得我只能绕道而走，特别是在夜晚空气沉闷时。现在我得到了很好的补偿，我相信大自然强壮的胃口与不可摧毁的健康。我喜欢大自然勃勃的生机，它能经受得住无数生灵相互搏斗厮杀，力量薄弱的动物，就像软浆一样被榨掉了。苍鹭一口就吃掉了蝌蚪，乌龟和蛤蟆在路上会被车轮碾成烂泥。虽然有时这样的残杀搞得尸横遍野，鲜血淋淋，险象环生，但我们也不必太在意。在智者的眼中，宇宙万物都是清白无辜的。毒药不一定有毒性，遍体鳞伤不一定能致命。不必怜悯，因为它不可靠，它稍纵即逝，经不住时间的考验。

5月初，橡树、胡桃树、枫树，以及其他树，从沿湖的松林中长出新的枝叶，像阳光一样，给景色锦上添花。特别在多云天，太阳好像撕破了云雾，微弱地照耀着小山。5月3日或4日，一只潜水鸟在湖里上下潜伏。在这月的第一周，我听到夜莺、棕鸫、威尔逊鸟、美洲小鹟，以及其他鸟类的叫声。我早就听到林中棕鸫的叫声，而小鹟则不时地飞到我的窗前张望，大概是看我的木屋能否做它的圆桌。它一边急促地拍着翅膀，在空中停留，一边紧紧地抓着爪子，好像空气在托着它，同时它还不忘仔细地打量我的屋子。苍松硫黄色的花粉，很快就铺满湖面，圆石以及湖畔腐朽的树上，也都撒上了，多得能装满一桶了。这就是人们所听的"硫黄雨"。甚至它在迦梨陀娑的剧作《沙恭达罗》中，我们也读到了"荷花的金色粉末染黄了小溪"的句子。季节就是这样流转，夏天时，人们就开始在日益长高的草丛中漫步……

我第一年的林中生活，就是这样。第二年的生活也是这样。1847年9月6日，我最终告别了瓦尔登湖。

冬 日 漫 步

微风轻拂，吹过百叶窗，轻柔如羽毛。偶尔，它也像几声叹息，我不禁想起夏日漫漫长夜里风儿轻抚树叶的声音。草地上，田鼠正在地洞里舒适地睡着，猫头鹰在沼泽地深处的一个空心树里蹲着，兔子、松鼠、狐狸都躲在家里安居。看门的狗在暖炉旁静静躺着，牛羊在栏圈里无声地站着。就连大地都在沉睡，但这不是死亡，而是辛苦一年来首次安然入睡。时值半夜，大自然仍在忙碌不停，但只有街上的商店招牌和木屋的门，在隐约嘎吱作响，给寂寥的大自然增添一些慰藉。茫茫宇宙，唯有此音，预示着在金星和火星之间，天地万物还没有完全入睡。给我们一种似远又近的温暖，以及神圣的欢欣和难得的深情，但这种境界在天神们互相往来时才有领略，凡人往往耐不住这荒凉。大地酣睡时，空气仍活跃，鹅毛大雪纷纷落下，仿佛北方的五谷女神，正向田地里撒下银色的种子。

我们也入睡了。一觉醒来，正是冬天的早晨，万籁俱寂。雪下得很大，窗棂上好似铺了温暖的棉花，窗格子显得宽了，玻璃上结了冰纹，光线暗淡而神秘，室内变得温馨舒适。早晨的宁静，让人难忘。走向窗口，木板在脚下咯吱作响，透过一处没被冰霜封住的地方，眺望远处的田野；屋顶被白雪覆盖，屋檐下、篱笆上都累累地挂满像钟乳石一样的雪条；院里立起很多像石笋似的雪柱，雪柱里是否蕴藏着什么东西？没人知道。树木的白色枝干，四处伸展，指向天空。墙壁、篱笆，形态奇妙，在昏暗的大地上，它们跳跃着，向左右延伸……似乎在一夜之间，大自然就把田野风光重新做了设计，以让人类的艺术家临摹。

悄悄拔去门闩，雪花飘然而入。走到屋外，寒风扑面，刺骨激髓。星星有些黯淡无光，地平线上笼罩了一层阴沉朦胧的薄雾。东方出现一束古铜色的光，预示天要亮了。然而，西方天空的景色，仍然模糊，一片幽暗，无声无息，影影幢幢，非比人间。传到耳边的声音，有点阴森可怕。鸡鸣犬吠，木柴的砍劈声，牛群的低鸣声……一切好像，好像阴阳河对岸冥王的农场里发出的声音。不是说这些声音凄凉，只因天色未明，所以听来很神秘可怕些，不似人间。院子里的雪地上，狐狸和水獭所留下的足迹是新的，这些提醒我们：即使是在冬夜最寂静的时候，自然界的生物都时刻在活动着。它们在雪上留下足迹。打开大门，迈着轻快的步伐，踏上僻静的乡村小路。雪又干又脆，脚踏上去发出破碎的声音。早起的农夫，驾了雪橇，到远处的市场赶早市。这辆雪橇，整个夏天都在农夫的门口闲置，与木屑稻梗为伍，此刻它却有了用武之地。它那尖锐、清晰、刺耳的声音，对于早起赶路的人，起到提神醒脑的作用。透过堆满积雪的农舍窗户，可以看见农夫点起蜡烛，像一颗暗淡的星，散发出孤寂的光，好像某种简朴的美德在作晨祷。接着，树际和雪堆之间，炊烟袅袅升起。

大地冰封，农夫劈柴声，鸡鸣狗吠声，阵阵入耳。稀薄干冷的空气，只能把那些尖锐的声音传入我们的耳中，短促而悦耳，像至清至轻的流体，波动很少，因为里面的晶体硬块很快沉到底下去了。地平线远处传来的声音，清晰响亮，像是钟声的。冬天空气清明，不像夏天那样的多杂质阻碍，因此声音听起来，也不像夏天那样毛糙模糊。脚下冰封的土地，铿锵有声，像叩打坚硬的古木的声音。即便是平凡的乡村声音，此刻听来都那么悦耳。树上的冰条,互相撞击,声音如流水,似音乐。大气里面一点水分也没有,水蒸气不是干化,就是凝结成了霜,空气十分稀薄而有弹性,人呼吸其中,感到心旷神怡。天似乎绷紧了,往后收缩,向上望去,感觉置身于大教堂中,顶上是一块块弧状的屋顶。空气中闪光点点,好像有冰晶沉浮在中间。据在格陵兰住过的人告诉我,结冰时,"海就冒烟,正如大火燎原,雾气升腾,称为烟雾。这种烟雾有害健康,会使人的手和脸生疮肿胀。"这的空气,虽然寒冷刺骨,但质地清纯,可提神清脑清肺。不要把它当成冻霜,而应把它看作夏天雾气的结晶,经过冬天的洗涤,变得更加纯净了。

到了冬天,大自然更像一个橱窗,装满各种干枯的标本。它们按照各自生长的规律和次序,被安排得井然有序。草原和树林,成了一座植物标本馆。在空气的压力下,不需要用螺丝钉或胶水来固定。树叶和野草,保持着完美的形态。鸟巢,并没有建在人工的树枝上,虽然它们已枯萎,但那也是真树。

闲逛时,乌云密布,雪花纷纷落下,越下越大,远处的景色,渐渐从视野中消失了。雪花落在每一棵树上,每一寸土地上,它们无孔不入,其足迹遍布河流、湖畔、小山和山谷。

在这个平和的时刻,四脚动物们都躲藏起来,小鸟在巢中休息,周围一片寂静。但是,渐渐地,山坡、灰墙和篱笆、光亮的冰,以及枯叶,本未被埋住的,现在都被白雪覆盖,人和动物,都销声匿迹了。大自然,不费丝毫力气,又重申了它的规则,把人类行为的痕迹抹擦得干干净净。让我们听听荷马的描述:

冬天里,雪花飘落,厚重快速。风渐渐平息,雪仍下个不停,覆盖了山顶和山丘，覆盖了长着酸枣树的平原和耕地。它也会落到波澜壮阔的海湾，但又悄悄地被海浪吞噬。"

白雪覆盖所有事物，把它们深深裹在大自然的怀抱，像夏季里某些植物的藤，爬上寺庙檐和堡垒的角楼，征服了人类的艺术品。

无 原 则 的 生 活

亲爱的读者，我想对你说一些事情。既然你是我的读者，我也不再是一个旅行者，我就不再讲千里之外的人们，我还是说说你我身边的事吧。由于时间关系，我就不说什么恭维话了，直接说出我的观点。

让我们想想，我们每天都是怎么度过的？

这是个充满交易的世界，忙碌不停。几乎每晚，我都会被机车的隆隆声吵醒，机车的隆隆声扰乱了我的清梦，让我永无安息的日子。人们好好休息一次，成为无上荣幸的事。人们除了工作，还是工作、工作。我都很难买到一本空白本子，以写下我的思想了，它们全被美元和美分占领。一个爱尔兰人看见我在地里发了一分钟的呆，就认为我是在计算工资。倘若一个人在婴儿时被扔出窗外，因此一生跛足，或是被印第安人吓得魂飞魄散，那么他唯一的遗憾，就是丧失了打拼事业的能力。我以为，没有什么，相比犯罪，永无休止的工作更与诗歌、哲学，以及生活背道而驰。

在我们小镇的郊区，有一个粗俗暴躁、只知道揽财的人，他打算在山下沿着牧场的边缘建起一圈围墙。这个念头促使他去作恶，他希望我能花三个星期陪他挖地基。这样做，他也许能得到更多的钱，去支付膳宿费并且留给子孙后代。如果我帮了他，大多数人会称赞我勤快，但如果我做某些赚钱虽少但真正有意义的劳动，他们就视我为懒汉。不过，我不想受这没意义的劳动的束缚，也不需要得到来自工作，或者来自政府企业的赞扬。我不想为了愉悦他们，而失去了自己的快乐。还有，我不想只待在一个学校，我宁愿在不同的学校受教育。

如果一个人因为喜欢山林而每天在那里散步，他就会被人指责为懒汉。但如果他作为一个投机商在砍伐森林、剥光土地这种事上度过一天，他就会被称赞勤劳上进。似乎城镇并不需要森林，所以不在乎砍掉它。

如果有人雇你做这种事：把石块从墙内扔到墙外，再从墙外扔回来，以此获得工资，那么大多数人感到受了侮辱。但确实，很多人在受雇时都难得到尊敬了。比如：在一个夏日的清晨，太阳刚刚升起，我看到一个邻居走在他的牲口旁，它们正慢慢地拉动车轴底下转动的笨重凿石。周围笼罩着一种工业的气氛。一天的工作开始了，他的额头渗出汗珠，嘴里咒骂着所有游手好闲的懒鬼，拍拍并排走的牛的肩膀，半转过身，称赞手中仁慈的皮鞭，在他手里，这些鞭子物尽其用。

我想，这就是美国国会要保护的劳动：诚实、辛勤，诚实如白昼之长，这使面包香甜，使社会保持和谐，所有人都相互敬重，乐于奉献，只需要这一支圣队去做必要而烦人的工作。而我感到有些羞耻——因为我从窗里看着这一切，并没出去做这些工作。一天结束了，晚上，我经过另一个邻居的院子，他有很多仆人，他随意挥霍金钱。他并没有为普通股做什么贡献，在那儿我看到了早上的石头，它躺在一个古怪建筑的旁边，装饰着蒂莫西·德克斯特勋爵的房屋。在我看来，赶畜人的劳动瞬间失去了尊严。我以为，发光的太阳比他更辛苦。或许说，他的雇主已经跑了，欠了镇里好多账，在衡平法院传唤之后，已经移居别处，在那里又成了一个艺人赞助商。

获取金钱的方法，几乎都会让人堕落。不择手段地赚钱，只会让人活得空虚甚至更糟糕。如果一个员工，除了工资以外，什么也得不到，那他就是被骗了，他自己也在自欺欺人。倘若你想以作家或演讲家的名义赚钱，那么，你必须先使自己受欢迎，而这是赤裸裸的堕落。社会上那些乐意支付给你工资的服务，其实是最不愿提供报酬的职业。你得到的报酬总是比别人少。这个国家，已不再明智地奖励天才了。即使是桂冠诗人，也不愿去参加皇室的活动。必须先贿赂他一大桶酒，也许另一个诗人也得从他的缪斯身边召来，去测量那个超大号的酒桶。

说到我的工作，纵使我用最大的热情去测量，我的雇主也不会满意，他们反而会说我的工作劣质粗糙，还不够好。当我发现另外一种不同的测量方法时，那些雇主就纷纷问我，哪种方法可让他们得到最多的土地，而并不问我哪种方法是最正确的。我曾经发明了一种测量堆积木的规则，想把它引进到波士顿，但那里的测量员告诉我，那些卖家并不想精确地测量木头。

劳动者的目标，不该只是为了活着，或是为得到一份"好差事"，而是如何出色地完成某项工作。从金钱的角度讲，这也会使城镇合理地支付劳动报酬，让人们就觉得，单就生计方面讲，他们不是在向低处走，而是走向更科学，甚至更道德的发展方向。不要雇佣那些只为了钱而为你工作的人，而应该雇佣那些真正热爱这份工作的人。

但值得注意的是，很少有人被这样雇佣，有点思想的人，用一点钱，或是名利，就足以把他们买下，使他们从当下的追求中坠落。我看过给年轻人拍的广告，似乎只有青春活力是年轻人的资本。我还惊讶，有人居然很有信心地邀请我去他那里工作，他是个成熟的男人，事业有成，好像在他看来，在此之前我什么都没做，到现在为止，我的生活已经彻底失败一样。这是对我有质疑的讨好啊。就好像他在乘风破浪没有阻力地穿越大洋的途中，遇见我，极力让我和他一起走。如果我答应了，你认为那些承销商会怎么说？不，在这段航程中，我不是没有工作。老实说，当我还是个小男孩，在我家乡的港口闲逛时，就看到过招聘熟练水手的广告，一到可以当船员的年龄，我就来了。

在社会上，没有一件贿赂可以诱惑那些有智慧的人。你可以筹集足够的钱在山上开凿隧道，但你永远筹不到足够的钱，去雇佣一个专注于自己事业的人。有能力有价值的人，会做他自己能做的事情，无论有无回报；无能的人将他们的低能贡献给买家，并满怀期望能坐到办公室。可以想见，他们必定会失望。

也许，我比一般人更在乎自己的自由。我以为，自己和社会的关系微弱而短暂。那些足以维持我生计，让我感到对别人有价值的简单而轻微的劳动，对我来说更有吸引力，也是我的一种乐趣。并没人提醒我，那些劳动是必须要做的。到目前为止，我很成功。但是我可预见，如果我的欲望增加，满足欲望的劳动将会变成苦差事。如果我把自己的上午和下午全都出卖给社会，像大多数人那样，我敢肯定我活着就没什么意义。我坚信，我一定不会将自己与生俱来的权利出卖给眼前的蝇头小利。我想告诉大家的是，一个人可以既勤劳也不浪费时间。没有比在养家糊口上浪费生命的大部分时间更愚蠢的事了。所有伟大的企业家都很自立。比如，诗人以诗歌养活自己，就像一台蒸汽滑行机，要用自己生产的木屑填充锅炉一样。你必须用爱而活。但正如商人所说，100次中会有98次失败，以此为标准，人们的生活多是失败的，破产也在意料之中。

一个人来到这个世界，如果只是为了当财产继承人，那么他还不如不出生。慈善机构和政府养老金的支持，使你能继续活着，说到底，也只是靠救济院生活罢了。周日，贫穷的债务人来到教堂，算算口袋里的钱，一定会发现自己又入不敷出了。尤其是在天主教堂里，他们走进衡平法院，做一个深刻的忏悔，放下所有包袱，想着东山再起。人们总是只仰面朝天，嘴里谈论着失败，却从来不想着努力爬起来。

人们为自己的生活制定了不同层次的要求，大体有这两种：一种是满足于取得和别人同一层次的成功，但这种成就往往会被迎面而来的挫折击败；另一种是无论生活有多少低潮和失败，都会不断提高自己的目标，即便他的目标是异想天开。当然，我选择成为后者，虽然东方人说："伟大永远不会垂青于那些不求上进的人，眼高手低的人总处于贫穷当中。"

需要指出，说到谋生时，没什么值得大书特书的。怎样谋生，不仅是诚实光荣的事，而且是独具魅力的事。因为如果不是这样，就没有必要活着了。也许有人认为，通过阅读名著，某个问题就不必一个人苦思冥想了。人们是否讨厌说出自己的经历？金钱教给我们的珍贵一课，就是：我们总是倾向于全盘忽略。关于谋生的手段，我很惊奇，各阶层的人都在思考这件事，甚至那些所谓的改革家，无论继承、赚取，还是抢劫。我认为，在这方面，社会什么也没为我们做，至少它没有做他能做的事。

这个标题的明智在于，在大多数情况下会被误用。倘若一个人不知道如何比他人过得更好，他怎么成为一个明智的人？倘若他只是更奸诈狡猾呢？一份蹬车轮的工作，智慧还有用吗？或者说，智慧只是在以自己为榜样，教大家怎样成功？有没有这样一种东西，它像智慧但不适用于人们的生活，她只是磨碎最强逻辑的磨坊主？就像问柏拉图，他是否比同时代的人过得更好更成功，因为他的姑姑在遗嘱里提到了他？多数人谋生的方法是：活着。但这只是权宜之计，是对生命真谛的逃避。主要因为是他们不知道人生的真谛，部分原因是他们不想知道得更合理些。

比如，加州的淘金热，不仅商人，连那些和淘金有关的哲学家和先知们，也持此态度，从而反映出人类最大的耻辱。这么多人，都想靠碰运气生存，以此来获得命令倒霉蛋劳动的地位，而无需对社会有任何贡献。这就是企业。没有比不道德的交易，更让人产生吃惊的发展了，而这恰恰是谋生所用的惯用伎俩。这种人的哲学、诗歌和信仰，连尘菌上的尘土都不值。那些靠寄生、煽动国家生存的贪婪者们，最终会为自己的行径感到羞愧。如果我动动手指，就能调遣世界上的所有财富，我不会为此付出如此大的代价。甚至穆罕默德也知道，上帝不是随便创造世界的。上帝就像一位有钱的绅士，洒下一把钱，就是为了看看人类怎么抢夺它们。这是怎样的一个时代啊，多么讽刺，就在我们的制度下产生的，它的结论是：人类将会在树上自缢而死。

《圣经》上的戒律，就教会了我们这个吗？人类最新最伟大的发明，就只是一个改良的粪耙吗？这就是东方人和西方人相会的陆地吗？上帝是这样管理我们，为了谋生，就去挖从未种植过的土地，以此谋生吗？而且，他为此还可能奖励我们金子吗？

上帝赐给正直的人一个证书，使之有权得到食物和衣服。但邪恶的人，在上帝的金库中发现了同一个摹本，于是顺手牵羊，像正直的人那样，得到了食物和衣服，于是产生了这个世界最庞大的伪造系统。因为对黄金的渴望，人类已经遭受了多少痛苦？我知道，金子的延展性很强，但比不上智慧的弹性；一粒金子能给物体镀上一层漂亮的表皮，但它不如智慧带给人的光辉。

山谷里的淘金者,多得像旧金山酒吧里的赌徒。摇晃泥土和掷筛子,有什么不同吗?如果你赢了,社会就失败了。无论有什么支票和报酬,淘金者都是诚实的劳动者的敌人。你告诉我,努力工作但得到黄金还远远不够。魔王努力工作也是如此。违规者的道路,在很多方面也许很艰难。去矿山的谦卑观察者看了说:淘金和中彩票其实性质一样,以此得到的黄金,和通过诚实劳动得到的工资不一样。但实际上他已忘记自己看到的东西了——他只看到事实,但没看到本质,而且那里有交易产生了。他以为只是买了一张能验证另一张彩票的票,事实没那么简单。

一天下午,看完休伊特在澳大利亚淘金的描述后,一晚上,我的脑海浮现无数的山谷,溪流侵蚀着污秽的棱角,这些山谷深达10英尺到100英尺,宽则6英尺,窄的可以进行挖掘,部分地方有水。这就是人们狂热奔去试探命运的地方。不确定在什么地点破土动工,但金子就在帐篷底下。有时在找到矿脉之前,要挖160英尺,或许离开一英尺就会错过。在财富的渴望下,人们变成了恶魔,不顾他人的利益。整个山谷,30英里内,瞬间充满矿工,成千上万……他们站在水里,身上沾满污泥和黏土,日夜工作,然后在寒冷和疾病中死去。读完这些,我不觉思考自己这令人不满的生活——别人做什么,我也跟着做什么。当矿区的景象浮现在眼前时,我问自己:为什么不想每天也淘一些金子?它是成色最好的微粒。为什么我不把竖井打到金子上,在矿山工作。巴拉腊特和本迪戈在等着你不管怎样,也许我可以开拓出一条道路,虽然这条道路孤独、狭窄而曲折,但在这里,爱和尊严与我相伴而行。

人们匆匆赶到加利福尼亚和澳大利亚,好像那里发现了真正的金子,但是南辕北辙,真正有金子的地方,不在那里。他们探矿的方向,和应该去的正确的方向，越来越远。当他们还在想：自己是最成功的人时，他们已经成了最不幸的那个人。我们国家的土壤里，没有金子吗？从金山而来的溪流，不流经我们的山谷吗？说来奇怪，如果一个矿工偷偷溜走，深入我们周围未曾探寻的荒野，去探测真正的金子，他没有别人紧随其后并努力拖垮他的危险。甚至，他会声称要挖掘整个山谷，包括开垦和未开垦的土地，他一生会很安宁，因为没有人和他争论。人们不关注他的淘金槽。而他，不局限于自己宣布的那12平方尺的地方，如巴拉腊特，而是去任何可能有金矿的地方，在他的淘金槽里，把全世界清洗一遍。

那个住在澳大利亚本迪戈矿区，发现那块28磅重、成色很好的天然黄金的人，被休伊特如此描述："他很快就开始酗酒，有了一匹马，到处骑着，到处狂奔。遇到人时，他就会高声呼喊，问人家是否认识他，然后亲切地告诉人家，他就是那个'发现金块血腥的坏蛋'。最后，他以全速向一棵树奔去，差点把脑浆撞了出来。"但我想，这个倒不算危险，其实他的头，早已经撞上金块而脑浆迸裂了。休伊特又写道："他真是一个无药可救、被毁了的人"。但这种人，却代表了一个阶级，他们都是急迫的人。听听他们挖掘地的名字："蠢驴公寓"、"羊头沟"、"凶手酒吧"，等等，这些名字里，难道没有讽刺意味吗？让他们带上他们非法所得的财富，去他们想要去的地方吧！我想，那里不是"蠢驴公寓"，就是"凶手酒吧"。

我们的最后资源，是巴拿马地峡抢劫的墓地。一个还在发展初期的企业，根据最近的账目，一个议案已经通过了新格拉纳达立法机构的二读，用以调节采矿业，《论坛报》的一名通讯记者写道："在旱季，当天气允许适度勘探时，其他矿藏丰富的'墓地'也会被发现。"对于移民，他说："12月之前禁止前来，地峡航线优先于博卡·德尔·托罗航线。禁止携带无用的行李，禁止携带累赘的帐篷，带一条必要的好毛毯。必须带一把材质好的鹤嘴锄、铲子和斧子。"《宝德指南》中已列出建议，用斜体和小写字母写下最后的总结："如果你在家里是一把好手，那就留在那儿吧。"即"如果你在家里靠盗墓生活得很好，就留在那儿吧。"

但为何要把去加利福尼亚作为正文呢？因为她是新英格兰之子，是自己的学校和教堂培育起来的。